KB000613

밑바닥 사람들

잭 런던
걸작선 5

밑바닥 사람들

잭 런던 | 정주연 옮김

궁리
KungRee

대제사장과 통치자들이 이렇게 외친다.

"오, 주님, 우리는 잘못한 것이 없습니다.
우리는 우리 아버지들이 지은 대로 지을 뿐입니다.
당신의 상(像)들이 우리 나라 전체에서
지상권과 독점권을 나타내고 있는 것을 보십시오."

"우리 일은 힘듭니다. 검과 불로,
당신의 땅을 그대로 영원히 지키고,
예리한 철 갈고리로 당신께서 남겨두신 그대로
당신의 양을 지키는 것입니다."

그때 그리스도가 이마가 좁고 왜소하고 여윈 어떤 장인과
빈약한 희망과 죄 때문에 일그러진
엄마 없는 야윈 손가락의 소녀를 찾았다.

그가 그들 가운데 있게 되자
그들은 그를 더럽힐까 두려워 옷자락을 여몄는데,
그가 말했나.
"보라, 여기 이것들이 너희가 나를 보고 만든 상이다."

-제임스 러셀 로웰

서문

이 책의 내용은 1902년 여름, 내가 직접 경험한 일이다. 그때 나는 탐험가가 된 심정으로 런던의 밑바닥으로 내려갔다. 나는 직접 조사해보지 않은 이들이 가르쳐주는 것이나 이전에 가본 사람들의 말보다는 직접 내 눈으로 본 것을 믿고 싶었다. 또 밑바닥 삶을 평가하는 나만의 간단한 기준도 있었다. 사람들이 활기차고 심신이 건강하다면 그들의 삶은 좋은 것이지만 활기가 없고 상처입고 왜소하게 일그러져 있다면 나쁜 것이라는 생각이었다.

곧 알게 되겠지만 내가 본 대부분의 사람들은 나쁜 삶을 살고 있었다. 게다가 내가 경험한 그 시기가 영국의 '호황기' 였는데 말이다. 내가 목격한 굶주림과 주택 부족은 끔찍한 만성적 상황으로 영국이 가장 번영을 누렸던 시기에도 결코 해소되지 않고 있었다.

그해 여름이 지나자 혹독한 겨울이 찾아왔다. 고통과 굶주림이 사회가 감당할 수 없는 수준까지 확대되었다. 매일같이 수많은 실업자가 십수 명씩 떼를 지어 먹을 것을 달라고 부르짖으며 런던 거리를 행진했다. 저스틴 매카시가 1903년 1월자 뉴욕판 《인디펜던트》에 기고한 글에 그 상황이 잘 요약되어 있다.

"구빈원은 음식과 잠자리를 구하려 몰려든 굶주린 사람들로 밤낮없이 들끓는다. 런던의 도로와 골목길, 다락방과 지하실에서 굶어 죽어가는 사람들을 위해 모든 자선기관이 식량 공급량을 늘리자 그 기금이 다 바닥나버렸다. 런던 전역의 구세군 병영은 밤이 되면 잠자리도, 생명 유지에 필요한 수단도 없는 실업자들이 점령한다."

사람들은 내가 영국에서 발생하는 일에 대해 너무 비관적으로 보고 있다고들 비판한다. 그러나 제대로 말하자면 나는 단연 가장 낙관적인 사람이다. 그리고 나는 정치적 성향이 아니라 개인을 기준으로 인간을 평가한다. 사회는 발전하지만 정치적 기구들은 산산이 조각나서 '폐품'이 되기 때문이다. 내 생각에 영국의 미래는 인간다움, 건강과 행복이 있는 한 밝다. 그러나 인간다움, 건강과 행복을 잘못 관리하고 있는 수많은 정치기구들은 폐품더미로밖에 보이지 않는다.

잭 런던

캘리포니아 피드몬트

차례

벤치는 잠든 사람들로 꽉 찼다.

1

잠입

그리스도께서 이 도시의 우리를 보시고
우리의 동정심과 인정은 그대로 두시면서
얼굴은 천국을 향하게 하신다.
우리가 힘들지 않도록.
-토머스 애시

"안 돼. 가면 안 돼." 내가 런던 이스트엔드로 내려가는데 도와 달라고 했을 때 친구들이 대답했다. 친구들은, 아무 생각 없이 무턱대고 찾아온 이 미친놈의 정신 수준에 맞춰 다시 곰곰이 생각해보더니 이렇게 덧붙였다. "저기 말이야, 경찰한테 안내를 부탁해야 할 거야."

"그런데 난 경찰은 싫거든." 내가 마다했다. "난 말이야, 이스트엔드 내부에 들어가서 내 눈으로 직접 보고 싶어. 사람들이 어떻게 살고, 왜 하필 거기 살고, 뭘 하며 사는지 알고 싶어. 그러니까 거기서 진짜 살아보겠다는 거지."

"거기서 진짜 산다고? 안 돼!" 모두가 고개를 절레절레 흔들었다. "사람 목숨 값이 2펜스도 안 되는 곳이 있대."

"바로 그런 곳이야, 내가 보고 싶은 곳." 내가 말을 잘랐다.

"가면 안 돼." 그들도 뜻을 굽히지 않았다.

"이렇게 나올 줄은 몰랐어." 친구들이 이해를 못하는 것이 좀 짜증나서 부루퉁하게 말했다. "난 외국인이잖아. 그러니 자네들이 이스트엔드에 대해 알려줘. 그래야 내가 어디서부터 시작해

스피탈필즈 도싯가. 런던 최악의 거리.

야 할지 알지."

"하지만 우린 이스트엔드에 대해선 아는 게 없어. 저 건너편 어딘가라는 것밖엔." 그들은 드물게 해돋이가 보이는 쪽을 대충 손짓으로 가리켰다.

"그럼, 쿡 여행사에 가봐야겠어." 내가 말했다.

"아, 그래. 맞아. 그 회사 사람들은 알고 있을 거야." 친구들은 한숨 돌렸다는 듯 말했다.

하지만 토머스쿡앤선, 전 세계의 길잡이이자 어리둥절한 여행자들이 처음으로 손을 내미는 저 위대한 길의 개척자들은 아프리카 오지나 티베트 오지 중의 오지에라면 서슴없이 쉽게 보내줄 수 있었지만 럿게이트 광장에서 엎어지면 코 닿는 이스트엔드로는 보내주지 않았다.

"저, 그건 안 됩니다." 쿡사 치프사이드 지점에서 근무하는 노선 및 운임 전문가가 말했다. "그것은 너무도, 으흠, 이례적인 일입니다."

"경찰에 문의해보십시오." 그는 내가 고집하자 권위적으로 말했다. "저희 회사는 이스트엔드에 여행객을 보내지 않습니다. 그런 요구를 받은 적도 없습니다. 그러니 그곳에 관해서는 전혀 아는 것이 없습니다."

"괜찮습니다." 나는 그가 거절하며 매정하게 나를 사무실에서 밀어낼까봐 얼른 덧붙였다. "부탁드릴 일이 있습니다. 제가 하려는 일을 미리 알고 계시다가 제게 문제가 생기면 제 신원을 확인해주시면 됩니다."

"아, 알겠습니다. 손님께서 살해당하시면 사체의 신원을 확인해드리겠습니다."

그가 너무도 냉정하고 아무렇지 않은 듯 말해서 그 순간, 뻣뻣하게 굳은 내 시체가 물을 질질 흘리면서 판자 위에 놓여 있고 그가 내 몸을 굽어보며 애석해하면서 그것이 이스트엔드에 가려고 고집했던 미친 미국인의 시체라고 확인하는 모습을 눈앞에서 보고 있는 듯했다.

"아니, 아닙니다." 내가 대답했다. "제가 '바비들(경찰, 이후 모두 경찰로 번역함—옮긴이)'과 말썽에 휘말렸을 때만 제 신원을 확인해주시면 됩니다." 바비라는 단어를 내뱉으면서 짜릿했다. 정말이지, 그 방언을 제대로 써먹은 것이었다.

"그것은 저희 사장님께서 결정하셔야 할 문제입니다"라고 그가 말했다. 그런 뒤 "그게, 유례가 없는 일이라서요"라고 사과하듯 덧붙였다.

그 사장이라는 사람은 한참 머뭇거렸다. "고객에 대한 정보는 발설하지 않는 것이 저희 원칙입니다"라고 그가 설명했다.

"하지만 이번 경우는 제가 저에 대해 알려주라고 요청한 경우지 않습니까?"라고 내가 반박했다.

그는 또 한참 머뭇거렸다.

"물론, 유례가 없는 일이라는 건 알고 있지만요"라고 내가 재빨리 앞질러 말했다.

"제가 막 말씀을 드리려는 참입니다만, 유례가 없는 일이니 저희가 손님께 해드릴 일이 없겠습니다."

하지만 나는 이스트엔드에 산다는 탐정의 주소를 들고 출발했고, 가는 길에 미국 총영사를 찾아갔다. 드디어 '말이 통하는' 사람을 만난 것이다. 그는 머뭇거리지 않았다. 눈썹을 추켜올리지도 않았고 대놓고 의심하지도 않았고 크게 놀라지도 않았다. 1단계, 내 소개를 하고 계획을 설명했더니 내 말을 그냥 받아들였다. 2단계, 그는 곧바로 내 나이와 키, 몸무게를 묻고 나를 훑어보았다. 3단계, 작별의 악수를 나누었다. "좋습니다, 잭. 당신을 기억하고 기록을 남기겠습니다."

나는 안도의 한숨을 내쉬었다. 이제 뒤에 배를 마련해두었으니 미지의 바다에 맘 놓고 뛰어들어도 됐다. 하지만 곧 새로운 난관이 마부의 모습을 하고 나타났다. 회색 수염을 기른 너무도 예의바른 사람으로, 몇 시간 동안 태연하게 나를 '시티(런던의 금융 중심지—옮긴이)' 주위로 데리고 다녔다.

"이스트엔드로 갑시다." 앉으며 내가 말했다.

"어디라고요, 손님?" 그가 화들짝 놀라며 물었다.

"이스트엔드 말입니다. 거기 아무 데로나 갑시다."

이륜마차는 얼마 동안 정처 없이 달리다가 갑자기 멈추었다. 내 좌석의 열린 지붕으로 마부가 난처한 표정을 지으며 들여다보고 있었다.

"저기, 어디 가시겠다고요?"

"이스트엔드요." 내가 다시 말해주었다. "거기 아무 데나요. 거기 아무 데서나 내려주시오."

"그런데 거기 주소가 어떻게 되는지요, 손님?"

"이보시오!" 내가 소리를 꽥 질렀다. "이스트엔드에 데려다 주시오. 지금 당장!"

그가 이해하지 못한 것은 당연했다. 하지만 어쨌든 그는 말을 몰기 시작했다.

런던 거리 어디서나 비참하게 가난한 사람들이 눈에 띄었으며 5분만 걸으면 슬럼가에 갈 수 있었다. 하지만 내가 탄 마차가 통과하고 있던 곳은 끝없는 슬럼이었다. 거리는 키가 작고, 남루하고 맥주에 푹 찌든 사람들, 처음 보는 인종들로 넘쳐났다. 마차는 수 킬로미터의 벽돌담을 지나 더러운 길을 착실히 달렸고 사거리 너머와 골목길 안쪽으로 기다린 벽돌담과 비참한 가난의 풍경이 휙휙 지나갔다. 여기저기 남녀를 불문하고 술 취한

어디서나 비참하게 가난한 사람들이 눈에 띄었다.

사람들이 휘청거리고 있었고 대기는 서로 싸우고 옥신각신하는 역겨운 소리로 가득했다. 시장에서는 늙은 남자와 여자들이 썩은 감자, 콩, 채소 진창에 던져진 쓰레기를 뒤지고 있었고, 어린 아이들은 썩어빠진 과일 주변에 파리처럼 우글거리며 질척한 그 부패물에 팔을 어깨까지 쑥 넣어 먹을 것을 조금씩 꺼내고 있었다. 썩어가는 것이었지만 아이들은 그 자리에서 그것들을 먹어치웠다.

거기까지 오는 동안 마차라고는 한 대도 보지 못했다. 그러니 내가 탄 마차가 더 나은 세상에서 온 환영(幻影)처럼 보였을 테고 아이들이 줄곧 마차를 따라오는 것은 당연했다. 단단한 벽돌담, 좁은 인도, 시끄러운 거리가 끝없이 이어져 있었다. 내 평생

늙은 남자와 여자들이 진창에 던져진 쓰레기를 뒤지고 있었다.

처음으로 군중이 두려웠다. 바다를 대할 때 느끼는 공포와 같았다. 거리마다 넘쳐나는 비참한 사람들은 악취를 풍기는 거대한 바다의 수없이 많은 파도처럼 내 앞에서 철썩거리며 나를 집어삼키겠다고 위협했다.

"스테프니입니다. 손님. 스테프니 역이요." 마부가 내려다보고 소리쳤다.

주변을 둘러보았다. 정말 기차역이었다. 마부는 그곳이 그 황무지에서 유일하게 이름을 들어본 장소였기에 필사적으로 그곳으로 말을 몰았던 것이다.

"그래서요?" 내가 물었다.

그는 어쩔 줄 몰라 하며 머리를 저으며 아주 난처해했다. "저는 이곳을 잘 모릅니다." 그가 가까스로 입을 열었다. "그러니까 스테프니 역에 안 내리실 것이라면 손님이 가고 싶은 곳을 말씀해주세요."

"그래, 그러지요." 내가 대답했다. "헌옷 가게를 찾아갑시다. 가게 직전 모퉁이에서 내려주면 됩니다."

마부는 한층 더 자기 승객이 의심쩍었겠지만 곧 길가에 마차를 세우고 좀 전에 헌옷 가게를 지나왔다고 알려주었다.

"요금은 안 주십니까?" 그가 투덜거렸다. "7펜스 6실링입니다."

"드리죠." 내가 웃었다. "볼일을 다 보고요."

"아이고, 하지만 돈을 안 주시면 손님이 볼 장 다 보게 될 겁니다"라고 그가 쏘아붙였다.

헌옷 가게.

이미 남루한 구경꾼들이 마차 주변에 모여들어 있어서 나는 한 번 더 웃고는 헌옷 가게로 재빨리 걸어갔다.

그 가게 점원은 내가 정말로 헌옷을 사려고 한다는 것을 믿으려 들지 않았다. 하지만 끔찍한 새 코트와 바지들을 몇 번 들이대다가 안 먹히자 헌옷이 좀 쌓여 있는 곳으로 데려가면서 알 만하다는 표정을 지어보였다. 의도는 뻔했다. 자기가 내가 어떤 사람인지 알고 있다고 겁을 주어 바가지를 씌우려는 것이었다. 나를 말썽을 일으킨 사람이거나 외국에서 온 고위층 범죄자로 보고 있었다. 어쨌거나 경찰을 피하려고 할 터였다.

그러나 그는 내가 터무니없는 옷값에 대해 따지고 들자 생각을 고쳐먹고 까다로운 손님과 까다롭게 흥정을 시작했다. 마침

내 나는 꽤 낡은 두꺼운 바지 한 장, 단추도 하나밖에 안 남은 닳아빠진 재킷, 석탄 운반 때 신었던 것이 분명한 투박한 단화 한 켤레와 얇은 가죽 벨트, 몹시 더러운 모자 하나를 골랐다. 내 속옷과 양말은 돈 없는 미국 떠돌이들이 입을 수 있는 평범한 것이었지만 새 것이었고 따뜻했다.

내가 마침내 흥정을 끝내고 옷값으로 10실링을 건네자 그는 "잘 깎으시네요"라며 놀라는 척 말했다. "페티코트 골목에 못 가본 모양인데, 그 코트, 모자, 새 화부 러닝셔츠 같은 건 물론이고 당신 바지는 일꾼들이 5실링씩에 사가는 것이고, 그 신발은 부두일꾼들에게 2실링 6펜스에 팔리는 거요."

"내가 팔면 얼마 주겠소?" 내가 불쑥 따져 물었다. "내가 당신한테서 10실링에 샀으니 당신한테 8실링에 팔겠소. 사시오. 당장 사."

그러나 그는 싱긋 웃으며 고개를 저었다. 내가 값을 깎아서 사기는 했지만 흥정은, 불쾌하게도, 결국 그가 더 잘한 셈이었다.

그 마부는 어떤 경찰관과 마주 보고 쑥덕이고 있었다. 경찰은 내가 안고 있는 옷뭉치를 뚫어져라 보더니 가버렸고 그 말 잘 안 듣는 마부만 남았다. 그는 7실링 6펜스를 받기 전에는 꼼짝도 하지 않으려 했다. 돈을 받더니 고집부려 미안하다고 사과하고 런던타운에서 만난 이상한 손님들 이야기를 들려주면서 나를 지구 끝까지라도 데려다주려 했다.

하지만 나는 북부 런던의 하이버리베일에서 내렸다. 내 짐이 있는 곳이었다. 다음 날 나는 (가볍고 편해서 벗기가 아쉬운) 신발

페티코트 골목의 광경.

과 촉감 좋은 회색 여행복을, 아니 사실상 내 옷 전부를 벗어서 그곳에 두었다. 그리고 상상도 잘 안 되는 누군가의 옷을 입기 시작했다. 그 옷의 주인들은 초라한 푼돈을 받기 위해 그 넝마라도 내놓아야 할 정도로 운 없는 사람이었음이 분명했다.

러닝셔츠 겨드랑이 안쪽 부분에 1파운드짜리 금화(위급할 때 그럭저럭 쓸 만한 액수)를 넣고 꿰매 입었다. 그리고 앉아서 나의 무던한 인생과 지방질, 즉 내 피부를 말랑말랑하고 예민하게 만든 것들에 대해 반성을 좀 해야 했다. 그 러닝셔츠가 마치 고행자들이 입는 털 섞인 옷처럼 거칠고 까끌까끌했기 때문이다. 그 후 24시간 동안 내가 겪은 일은 가장 엄격한 고행자들이 겪은 일과 크게 다르지 않았다.

나머지 옷은 꽤 입기 쉬웠는데 그 튼튼한 구두는 그렇지 않았다. 마치 나무토막처럼 뻣뻣하고 딱딱해서 윗부분을 주먹으로 한참 두드린 다음에야 겨우 발을 밀어넣을 수 있었다. 그런 뒤 은화 몇 닢, 칼, 손수건, 누런 종이 몇 장과 담배 조각을 호주머니에 넣고 쿵쾅거리며 계단을 내려와 불안해하는 친구들에게 작별인사를 했다. 문을 나서려는데 곱상한 중년 여자 '가정부'가 참지 못하고 입술을 비틀더니 이를 드러냈고 이윽고 자기도 모르게 목에서부터 우리가 '웃음'이라고 부르는 무례한 소리를 냈다.

거리에 발을 내딛는 순간부터 내 옷 때문에 달라진 신분 차이를 실감할 수 있었다. 보통 사람들이 나를 보고 전혀 굽실거리지 않았다. 너무도 빨리! 눈 깜짝할 새에, 나는, 말하자면 그들과 같은 사람이 되어버렸다. 닳아빠지고 팔꿈치가 해진 내 재킷은 내가 그들과 같은 계급이라는 표식이었다. 그들과 같은 종류의 인간이 되었으니 지나치게 공손한 대우와 아첨을 받는 대신 그들과 동지애를 나누게 됐다. 더러운 코듀로이 네커치프를 두른 사내가 이제 나를 '선생님'이나 '상전'이라고 칭하지 않았다. 그냥 '여보게'였다. 그 말은, 다른 표현이 담지 못하는 애정과 반가움을 담은, 사람을 약간 들뜨게 하는 따뜻한 말이다. '상전'이라는 말은 지배와 권력, 무거운 권위의 냄새가 난다. 윗사람의 지배를 받는 사람은 재갈을 늦추고 짐을 덜기 위해 경의의 표시를 바친다. 그러니까 자선을 구걸하는 것이다.

넝마 같은 옷을 입자 나는 미국에서 온 보통 사람이 아니었다. 덕분에 좋은 점도 있었다. 유럽의 미국인 여행자들은 크로이소스(기원전 6세기 리디아 최후의 왕. 큰 부자로 유명함—옮긴이) 같은 엄청난 부자가 아닌 이상 너무도 인색해져버릴 수밖에 없다. 새벽부터 밤중까지 발걸음을 잡아채며 굽실거리는 약탈자들, 설령 쉴 새 없이 지갑을 채운다고 해도 곧 비어버리게 만드는 그 무리 때문이다.

넝마를 입자 팁을 주는 악습을 버리고 사람들을 동등하게 대할 수 있었다. 아니, 그 정도로 그치지 않고, 하루도 채 안 지났는데 나는 완전히 달라져서 한 신사의 말을 잡아준 뒤 그가 내 간절한 손바닥에 1펜스를 떨어뜨려주자 감격에 겨워 "고맙습니다, 선생님" 하고 말하는 지경에 이르렀다.

옷 덕분에 내 처지도 달라졌다. 복잡한 교차로에서 차라도 만나게 되면 더 적극적으로 피해야 했다. 옷 때문에 내 인생의 격이 이렇게 곤두박질칠 수 있다는 사실이 몹시 놀라왔다. 이전에 경찰관에게 길을 물어보면 경찰관은 보통 내게 이렇게 물었다. "버스를 타십니까? 마차를 타십니까? 선생님"이라고. 하지만 이제 경찰관은 "걸어가요, 타고 가요?"라고 물었다. 기차역에서도 이전에는 으레 이런 질문을 받았다. "1등석으로 드릴까요, 2등석으로 드릴까요? 손님." 하지만 이제 아무도 그렇게 묻지 않고 당연하다는 듯 3등석 표를 내민다.

하지만 그 모든 일 덕분에 얻은 것이 있었다. 우선, 나는 영국 하류계급을 직접 만나 그들이 어떤 사람인지 알게 됐다. 놈팡이들과 노동자들은 길모퉁이나 술집에서 인간 대 인간으로 꾸밈없이 나에게 이야기했다. 내가 그들의 이야기 내용이나 방식에 관심이 있다는 것은 전혀 눈치채지 못했다.

그리고 마침내 이스트엔드 사람이 되자 다행히도 군중의 공포가 따라다니지 않았다. 나는 그들의 일부가 되었다. 그 악취를 풍기는 거대한 바다가 부풀어올라 나를 덮쳤다. 아니 내가 그 속으로 슬그머니 미끄러져 들어갔으니 전혀 두렵지 않았다. 그러나 단 하나, 그 화부용 러닝셔츠는 좀 두려웠다.

2

조니 업라이트

더러운 빈민굴에 사는 사람들이 있다. 그곳에는 건강도 희망도 없으며, 자기 운명에 대한 끈질긴 불만과 남들의 부에 대한 무익한 불평만 있다. －제임스 로저스

조니 업라이트가 어디 사는지 정확히 밝히지는 않겠다. 이스트엔드에서 제일 괜찮은 곳에 산다는 정도로만 말하겠다. 미국이었다면 아주 초라한 집이겠지만 이스트런던의 그 황무지에서는 그야말로 오아시스 같은 곳이었다. 사방에 불결한 곳들이 빼곡하며 거리마다 젊고 천하고 더러운 사람들이 우글거린다. 하지만 인도에는 노는 아이들이 거의 없어서 좀 황폐한 느낌이 들며 오가는 사람도 거의 없다.

집들은 다른 동네와 마찬가지로 서로 다닥다닥 붙어 있다. 분은 앞문 하나밖에 없고 폭이 5.5미터 정도 되며 뒤쪽에는 벽돌담을 세운 작은 마당이 있어서 비가 오지 않을 때는 충충한 회색 하늘을 볼 수 있다. 그러나 지금 설명하는 것이 이스트엔드의 부잣집이라는 것을 잊지 말아야 한다. 이 동네 사람들 중에는 '하녀'를 둘 만큼 부자인 사람도 있다. 조니 업라이트도 하녀를 하나 두었다. 내가 그 특별한 동네에서 처음 알게 된 사람이 바로 그 하녀였다.

내가 조니 업라이트의 집에 갔을 때 그 '하녀'가 문 앞에 나왔다. 그런데 불쌍하고 멸시받는 그녀가 오히려 나를 불쌍하고 멸시하는 듯했다. 그녀는 길게 말하고 싶어하지 않았다. 일요일이

이스트엔드의 '하녀'.

라 조니 업라이트가 집에 없다고만 했다. 나는 꾸물거리며 그 말이 정말인지 따지고 있었는데 조니 업라이트 부인이 그녀에게 문을 열어둔다고 야단을 치러 왔다가 나를 보았다.

"정말이에요. 조니 업라이트 씨는 집에 안 계세요. 게다가 일요일엔 아무도 안 만나세요." 나는, "이거 곤란하게 됐군요" 하고 말했다. "제가 일을 구하러 온 것처럼 보이시겠지만 사실 그 반대입니다. 실은, 좋은 사업 건으로 조니 업라이트 씨를 만나려는 겁니다."

즉시 반전이 일어났다. 문제의 그 신사는 교회에 갔는데 한 시간 쯤 있으면 돌아올 것이고 그때 그를 볼 수 있게 됐다.

"실례지만 들어가서 기다려도 되겠습니까?" "아니요." 그 부인이 거절해서 나는 모퉁이 술집에 가 있겠다고 했다. 하지만 예배시간이라 '술집'은 닫혀 있었다. 구질구질하게 보슬비가 내리고 있어서 옆쪽 문간 계단에 앉아 기다렸다.

그런데 지저분한 '하녀'가 허둥거리며 와서는 안주인이 나더러 부엌에서 기다리라 했다고 말했다.

"너무 많은 사람들이 일자리를 구하러 와서요." 조니 업라이트 부인이 사과하며 설명했다. "그러니 제 말에 기분 나쁘지 않으셨길 바라요."

"아닙니다. 전혀 그렇지 않았습니다." 나는 그때 내가 입고 있던 넝마 같은 옷이 품위 있어 보이게 하려고 최대한 당당하게 대답했다. "얼마든지 이해할 수 있습니다. 일자리를 찾아온 사람들이 큰 골칫거리겠지요."

“예, 정말 그래요.” 그녀는 공감하는 듯한 눈길로 대답했다. 그런 뒤 나를 부엌이 아닌 식당으로 안내했다. 내 당당한 태도 덕에 호감을 얻은 것이었다.

주방과 같은 층에 있는 식당은 지면보다 1.2미터 정도 아래에 있어서 (한낮인데도) 너무 어두워서 눈이 어둠에 적응할 시간이 필요했다. 창을 통해 탁한 빛이 들어왔는데 창 윗면이 인도와 같은 높이였고 밝기는 신문을 읽을 정도였다.

조니 업라이트를 등장시키기 전에 미리 내 용건부터 설명하겠다. 나는 이스트엔드 사람들과 함께 살고 먹고 자는 동안 너무 멀지 않은 곳에 내 피난처를 마련해두고 싶었다. 가끔씩 달려가서 내게 좋은 옷이 있고 내가 청결한 사람이라는 것을 확인하려고 말이다. 또 그곳에서 편지를 받고 글을 쓰고 어떤 때는 옷을 갈아입고 문명세계로 놀러가기도 할 것이다.

하지만 문제가 하나 있었다. 내 물건들의 안전이 보장되는 거처에는 이중생활을 하는 신사를 의심하는 하숙집 여주인이 있게 마련이다. 반면 하숙생의 이중생활에 신경 쓰지 않는 여주인이 있는 곳에서는 내 물건들이 안전할 수 없다. 이 문제를 해결하기 위해 조니 업라이트를 찾은 것이었다. 그는 30여 년 동안 이스트엔드에서 일하고 있는 탐정으로서, 한 흉악범을 피고석에 앉혀 유죄판결을 받아낸 덕분에 널리 이름이 나 있었다. 그러니 그는 정직한 여주인을 물색해주고 의심을 살 만한 내 이상한 행동에 대해 여주인이 관심을 가지지 않게 해줄 적임자였다.

그의 두 딸이 그보다 먼저 교회에서 돌아왔다. 외출복을 차려입은 그 예쁜 아가씨들은 런던 토박이 아가씨 특유의 유약하고 섬세한 아름다움을 지니고 있었다. 시간이 흐르면 사라지고 마는 아름다움이었다. 노을처럼 금세 사라질 수밖에 없는 아름다움.

아가씨들은 노골적으로 호기심을 드러내며 마치 신기한 동물이라도 보듯 나를 살폈다. 그러더니 나중에는 나를 거들떠보지도 않았다. 마침내 조니 업라이트가 돌아와서 위층으로 나를 불러올렸다.

"큰 소리로 말하시오." 그는 내가 말문을 여는데 불쑥 끼어들어 말했다. "내가 독감에 걸려서 잘 못 듣소."

그 늙은 탐정(할런 홀지의 추리소설에 등장하는 인물—옮긴이)과 셜록 홈스가 떠올랐다! 조수가 어딘가에 숨어 있다가 내가 큰 소리로 떠드는 내용을 전부 기록했을까? 조니 업라이트에 대해 생각해보고 그 일에 대해 머리를 쥐어짜보았지만 지금까지도 그가 정말로 감기에 걸렸는지 아닌지, 아니면 옆방에 조수를 숨겨두고 있었는지 알 수가 없다. 그러나 한 가지는 확실하다. 그때 내가 조니 업라이트에게 내 신원과 계획을 알려주었지만 그는 다음 날까지 판단을 미루었다는 사실이다. 다음 날 옷을 차려입고 마차를 타고 다시 갔더니 진심으로 반겨주며 식당에서 차를 마시는 가족들에게 나를 데려갔다.

"우린 욕심 안 내고 보잘것없이 먹습니다. 그러니 우리가 먹는 대로 드셔주세요."

딸들은 그러잖아도 나에게 인사를 하며 얼굴을 붉히고 거북

해했는데 그가 한층 더 불편하게 만들었다.

"하! 하!" 그는 접시가 들썩거리게 식탁을 두들기며 크게 웃었다. "이 아이들은 어제 선생이 빵을 얻어먹으러 온 줄 알았답니다. 하하하하하!"

아가씨들은 눈을 꿈쩍거리고 얼굴을 붉히며 아니라고 딱 잡아뗐다. 마치 넝마를 걸치고 변장한 사람을 식별해낼 수 있는 능력이 진정한 품위의 필수요소라는 듯이 말이다.

내가 빵과 마멀레이드를 먹는 동안 딸들과 아버지의 실랑이는 계속됐다. 딸들은 내가 거지로 보인 것을 모욕적으로 느낄 것이라고 생각했고 아버지는 내가 오해받을 만큼 잘 변장한 것이니 오히려 최고의 찬사라고 생각했다. 빵과 마멀레이드와 차를 모두 먹고 나자 조니 업라이트가 하숙집을 소개해주었다. 자기 집에서 대여섯 집 건너에 있는 곳이었고 역시 그 남부끄럽잖은 동네에 있었다. 그의 집과 분간이 힘들 만큼 비슷하게 생긴 집이었다.

3

나의 하숙집 동네

빈민들, 빈민들, 빈민들,
산업의 손이 꾹꾹 밀어넣는다.
안쪽으로 열린 문을 향해
점점 더 세게 민다.
그들은 짐승처럼 더러운 공기를 들이마시며
바깥 자유의 땅, 종달새가 천국의 멜로디로
하늘을 노래하는 곳을 그리워한다.
-시드니 러니어

내가 일주일에 6실링, 즉 1달러 50센트에 빌린 방은 이스트런던에서는 상당히 쾌적한 곳이었다. 반면 미국에서였다면 조잡한 가구를 들인 비좁고 불편한 방이었다. 그 빈약한 가구에 평범한 타자기용 탁자 하나를 들여놓자 몸을 돌리기도 힘들어졌다. 걸어다니려면 정신을 바짝 차리고 구불구불 움직여야 했다.

살림살이들을 좀 정리하고, 험한 옷을 입고 잠시 산책을 나갔다. 하숙집들이 생소해서 그것들을 올려다보며 내가 처자식 딸린 가난한 가장이라는 상상을 했다.

그곳에서 처음 알게 된 사실은 빈집이 극히 드물다는 것이었다. 사실 그 구역이 너무 넓어서 내가 대충 원을 그리며 수 킬로미터를 걸었는데도 벗어나지 못했다. 그런데 단 한 채의 빈집도 보지 못했다. 그 동네가 '포화되었다'는 확실한 증거였다.

내가 식솔을 거느린 가난한 젊은이라면 몹시 불쾌한 이 구역에서라도 집은 절대 빌릴 수 없을 것이므로 방을 찾아보았다. 아내와 아이들과 살고 가재도구들을 들여놓을 방이었다. 많지는 않았지만 찾을 수는 있었다. 보통은 단칸방을 보여주었다. 사람들은 가난한 가족이 밥해 먹고 잠자는 데 방 하나면 충분하다고 생각하는 모양이었다. 내가 방 두 개짜리를 보여달라고 하자 임대인들은 밥을 더 달라고 하는 올리버 트위스트를 보듯 나를 보았다.

단칸방은 가난한 남자와 가족에게만 충분한 것이 아니었다. 단칸방에 사는 많은 가족들이 공간을 쪼개서 동거인을 한두 명 들이고 있었다. 그런 방이 주당 75센트에서 1달러 50센트에 임차되고 있으니, 15에서 25센트면 최소 면적을 빌릴 수 있다. 몇 실링 더 벌기 위해 식사를 제공하기도 한다. 하지만 내가 그런

세놓는 집.

방을 구해보지는 않았다. 식솔이 딸려 있는데 그랬다가는 욕먹을 것이 뻔하기 때문이었다.

내가 구경한 집들에는 욕조가 없었는데 알고 보니 내 눈에 보이는 수천 채의 집에도 모두 욕조가 없었다. 그런 상황이라면 내 아내와 아이들, 그리고 막힌 데가 없는 단칸방의 괴로운 동거인들이 세숫대야 물로 목욕을 할 수는 없었을 것이다. 하지만 덕분에 비누를 아낄 수 있으니 좋은 게 좋은 거라고, 하느님이 보살피시는 것일까. 게다가 세상만사란, 너무도 훌륭하게 조정되어 있는 법이니, 이스트런던에는 거의 매일 비가 오기 때문에 좋든 싫든 거리에서 아무 때나 목욕하는 셈이었다.

내가 가본 곳들의 위생상태는 엉망이었다. 하수시설은 미비

했고, 트랩은 고장 나 있고 환기장치는 조잡하고 습기가 가득하여 전반적으로 불결했다. 그러니 거기에 사는 내 아내와 아이들은 얼마 지나지 않아 디프테리아, 크루프, 장티푸스, 단독, 패혈증, 기관지염, 폐렴, 폐결핵과 같은 다양한 질병에 걸릴지도 몰랐다. 사망률도 대단히 높을 것이 분명했다. 그러나 또 한 번 훌륭한 조정의 손이 끼어든다. 이스트런던에서 대가족을 거느린 가난한 가장이 해야 할 가장 합리적인 일은 대가족을 없애는 것이다. 그런데 이스트런던의 상황이 바로 그 대가족을 없애준다. 물론 그 과정에서 가장이 먼저 비명횡사할 가능성도 있다. 하지만 그 경우에도 확연히 눈에 띄지는 않지만 조정의 손이 개입해 있는 것이 분명하다. 알고 보면 대단히 훌륭하고 미세한 조정이 이루어져 있을 것이다. 아니라면 전체 계획이 어긋나 문제가 생긴 것이다.

어쨌든 나는 방을 빌리지 않고 조니 업라이트가 소개해준 내 방으로 돌아왔다. 내 아내와 아이들, 동거인들을 모두 좁은 방에 집어넣으려 한 뒤였기 때문에 내 방에 바로 적응이 잘되지 않았다. 내 방은 놀라울 만큼 넓었다. 일주일에 6실링을 내고 이런 방을 빌리는 것이 가능한가? 아니, 있을 수 없는 일이다! 그러나 집주인이 불편한 것이 없는지 보러왔다가 내 의심을 풀어주었다.

"아, 그럼요. 선생님." 질문에 그녀가 대답했다. "이 동네가 마지막 남은 거예요. 다른 동네들도 8 내지 10년 전에는 비슷했고 사람들이 모두 아주 점잖았어요. 그런데 다른 사람들이 우리

세놓는 집.

같은 사람들을 몰아냈죠. 이 동네 사람들이 유일하게 남은 거예요. 어이없죠."

그리고 그녀는 포화의 과정을 설명해주었다. 그 과정에서 이웃의 집세는 오르고 이웃의 질은 떨어졌다고 한다.

"아시다시피 우리 집 같은 곳은 다른 집들처럼 붐비지 않지요. 우리는 더 넓게 살지요. 다른 사람들, 외국인들이나 하층계급 사람들은, 우리 단 한 가구가 사는 집에 대여섯 가구가 살아요. 그러니 그런 집 주인들은 우리 집보다 집세를 더 많이 벌 수 있죠. 정말이지 말도 안 되는 일이죠. 불과 몇 년 전만 해도 이웃들이 더할 나위 없이 좋은 사람들이었다니까요. 놀랍지 않아요?"

여기 한 여인이 있다. 영국 노동계급 중 가장 우수한 부류이며 너무도 고상한 여인이다. 하지만 악취 나는 썩은 인간의 파도가 런던타운에서부터 동쪽으로 쏟아져나와 서서히 이 여인을 덮치고 있다. 은행, 공장, 호텔, 사무실 건물들을 세워야 하니 도시 빈민들은 유목민이 될 수밖에 없다. 그래서 빈민들은 파도처럼 밀려 동쪽으로 흘러가서 포화상태를 만들고 질 나쁜 이웃이 되고 자신들보다 먼저 와 있는 상위노동계급들을 도시 변두리로 몰아내거나 몰락시킨다. 설사 처음부터 그렇지는 않더라도 세대를 거치면서 그렇게 된다. 조니 업라이트의 동네가 그렇게 되는 것도 시간문제다. 그도 잘 알고 있었다. "이삼 년이면 내 임대차 계약이 만료됩니다"라고 그는 말했다. "집주인도 우리 같은 사람들입니다. 이 동네 집들의 임대료를 올리지 않았고 그래서 우리가 살 수 있는 거죠. 하지만 집주인도 언젠간 집을 팔거나 아니면 죽겠지요. 하지만 어떻게 되든 우리한텐 똑같아요. 집은 돈을 굴리는 사람이 사게 되고, 그런 사람들은 지금은 포도나무가 있는 우리 집 뒷마당에 노동착취 공장을 짓고 집도 지어서 한 가족을 단칸방에 밀어넣겠죠. 그런 거죠. 조니 업라이트는 끝이죠."

그러자 정말로 조니 업라이트와 그의 착한 아내와 어여쁜 딸들, 그리고 지저분한 하녀가 유령들처럼 암흑 속에 동쪽으로 도망하고 그들의 발밑으로 흉측한 도시가 으르렁거리고 있는 모습이 눈앞에 선했다.

그러나 조니 업라이트만 떠나는 것은 아니다. 그 도시 변두리 아주 먼 곳에 소기업인, 소경영인, 성공한 점원이 살고 있다. 그들은 작은 꽃밭이 딸리고 적당한 여유 공간과 숨 쉴 여유가 있는 오두막집이나 옆집과 한쪽 벽을 공유한 교외주택에서 살고 있다. 그들은 자신들이 빠져나온 그 밑바닥을 떠올릴 때마다 우쭐한 기분이 들고 절로 가슴을 내밀게 되며 남들처럼 안 된 것이 다행이라는 생각이 든다. 보라! 그들의 발치에 조니 업라이트와 흉측한 도시가 굴복해 있다. 건물이 마법처럼 생겨나고 공원들이 만들어지고 빌라들을 자꾸 쪼개 가족들이 들어와 살고 있는, 캄캄한 런던의 밤이 잔뜩 찌푸린 장막 아래 내려앉아 있다.

4

한 남자와 밑바닥

찰나의 침묵이 있은 뒤
한층 보기 싫은 인간이 빚어진다.
사람들은 내가 말라 뒤틀렸다고 비웃는다.
설마! 그때 도공의 손이 떨렸을까?
– 오마르 하이얌

"이봐요, 하숙을 치시나요?"

지저분한 커피하우스에서 차를 마시다가 뚱뚱하고 나이 지긋한 주인 여자에게 조심스럽게 말을 건넸다. 풀강 근처이고 라임하우스(런던 동부, 이스트엔드의 항만지구, 창고나 하역 시설이 많으며 지저분한 곳으로 유명함—옮긴이)에서 멀지 않은 곳이었다.

"아, 그래요." 그녀는 무뚝뚝하게 대답했다. 내 행색을 보니 자기 집에 들 만큼의 돈이 없어 보인 모양이었다.

나는 더 말을 하지 않고 베이컨과 역겨운 차를 마셨다. 그녀도 나에게 관심을 두지 않았다. 내가 찻값(4펜스)을 내면서 호주머니에서 10실링짜리 전부를 꺼내기 전까지는 말이다. 예상했던 반응이었다.

"그래요, 선생님." 대번에 그녀가 나섰다. "선생님께서 좋아하실 멋진 전셋집이 있어요. 여행에서 돌아오는 길인가 보죠?"

"방 한 칸에 얼마요?" 내가 그녀의 질문을 무시하고 물었다.

그녀는 놀라움을 감추지 못하고 나를 아래위로 훑어보았다.

"방은 안 돼요. 단골들한테도 안 되는데, 뜨내기한테는 절대 안 주죠."

"그럼 더 찾아봐야겠군요." 나는 크게 풀이 죽어 말했다.

그러나 그녀는 내 10실링짜리 동전에 혹해 있었다. "두 사람과 함께 좋은 침대를 쓸 수 있게 해드리지요." 그녀가 권했다. "아주 점잖은 사람들이지요. 게다가 절제할 줄 알고요."

"하지만 난 다른 사람들과 같이 자고 싶지 않소." 내가 거절했다.

"같이 안 자도 돼요. 그 방에 침대가 세 개 있으니까요. 게다가 방도 그리 작지 않아요."

"얼만데요?" 내가 물었다.

"일주일에 반 크라운, 그러니까 2실링 6펜스죠. 단골들에게.

그 사람들이 마음에 들 거예요. 장담하죠. 한 사람은 도매상에서 일한답니다. 우리 집에 2년 있었어요. 또 한 사람은 6년 됐죠. 다음 토요일이면 6년하고도 2개월이 돼요."

"그 사람은 극장 도구 담당이죠." 그녀가 말을 이었다. "착실하고 점잖은 사람이죠. 우리 집에 사는 동안 야근을 빼먹은 적이 없어요. 그리고 우리 집을 좋아하고요. 하숙집 중에 우리 집이 최고라고 하더군요. 그 두 사람은 우리 집에서 밥도 먹어요."

"그럼, 그 사람은 차근차근 돈을 모으고 있겠군요." 나는 아무것도 모르는 척 슬쩍 말을 던졌다.

"아뇨. 아니에요. 남는 돈이 없지요."

나는 내 조국의 드넓은 서부가 떠올랐다. 그곳에는 끝없는 하늘 아래 런던 1,000개가 들어갈 공간이 펼쳐져 있다. 그런데 여기 이 사람, 야근을 빼먹은 적이 없는 착실하고 믿을 만한 사람, 검소하고 정직한 사내가 한 달에 2달러 50센트를 내고 다른 남자 둘과 함께 산다. 그리고 그 방이 자신이 얻을 수 있는 최선이라는 것을 경험으로 잘 알고 있다. 그리고 내가 있다. 호주머니에 든 10실링짜리 덕분에 넝마 같은 옷을 입고 그 방에 들어가 그와 함께 잘 수 있다. 인간의 영혼이란 고독한 것이지만, 한 방에 침대가 세 개 있고 10실링짜리 동전을 가진 뜨내기들이나 드나들 때는 때때로 몹시 고독할 것이다.

"여기 얼마나 오래 사셨습니까?" 내가 물었다

"13년이요, 손님. 그런데 그 하숙이 마음에 안 드시나요?"

이야기하는 동안 그녀는 좁은 주방에서 이리저리 무겁게 움직이며 하숙인들의 음식을 조리했다. 처음 커피하우스에 들어왔을 때도 그녀는 열심히 일하고 있었는데 이야기를 나누는 동안 한 번도 일손을 멈추지 않았다. 부지런한 여자였다. 13년 동안 "5시 반에 일어나서", "밤늦게 잠자리에 들 때까지", "녹초가 될 때까지 일한" 여자, 그리고 그 대가는 세어버린 머리칼, 더러운 옷, 구부정한 어깨, 지저분한 차림새, 벽과 벽 사이가 3미터밖에 안 되는 골목길을 향해 있는 더럽고 악취 나는 커피하우스에서의 끝없는 노동, 그리고 아무리 좋게 말하려 해도 추하고 역겹다고밖에 할 수 없는 강가의 동네다.

"둘러보러 다시 오실 건가요?" 내가 문을 나설 때 그녀는 아쉬운 듯 물었다.

몸을 돌려 그녀를 보고 저 지당한 오래된 격언의 깊은 참뜻을 충분히 깨닫게 됐다. '선은 그 자체가 보상이다.'

나는 그녀에게 돌아가서 "휴가를 가본 적이 있습니까?" 하고 물었다.

"휴가!"

"며칠 동안 시골로 가는 여행 말입니다. 맑은 공기에, 일하지 않고, 그러니까 쉬는 거 말입니다."

"어머!" 그녀는 처음으로 일을 멈추고 웃었다. "휴가라고요? 나 같은 사람이요? 그럴 수가요. 발 조심해서 가세요." 그녀의 마지막 말은 예리했다. 나가다가 썩은 문지방에 발이 걸렸으니까.

웨스트인디아 선착장 쪽으로 내려가다가 근처에서 탁한 물을 절망적으로 응시하고 있는 한 젊은이를 보았다. 화부 모자를 귀 위로 덮어쓰고 있었는데 늘어진 옷의 모양새를 보니 선원이 분명했다.

"이보시오." 그에게 인사하며 말문을 텄다. "워핑으로 가는 길 좀 알려주겠소?"

"가축운반선에서 돈 좀 벌려고?" 그는 그 자리에서 내 국적을 알아내고 맞받아쳤다.

그렇게 말을 주고받다가 술집에 가서 '반반씩(순한 맥주와 독한 맥주를 반씩 섞은 것—옮긴이)'을 몇 파인트 마셨다. 그렇게 해서 더 친해지자 나는 동전들로 1실링(말로는 내 전 재산)을 꺼내 잠잘 돈 6펜스를 빼놓고 술을 더 마실 돈으로 6펜스를 내놓았다. 그러자 그는 통 크게도 그 돈 전부로 술을 마시자고 제안했다.

"내 친구가 어젯밤에 설쳐대다가 경찰들한테 잡혀갔어. 그러니까 오늘 밤에 나랑 같이 자도 돼. 어때?"

나는 좋다고 했고, 우리는 돈을 다 털어서 술독에 빠졌고, 끔찍한 소굴의 끔찍한 침대에서 자고 나자 그가 어떤 사람인지 상당히 잘 알게 됐다. 그의 몸은 육중한 런던 하층 노동자 몸의 전형이었다. 이는 이후 경험으로 알게 되었다.

그는 런던 태생이었고 그의 아버지는 화부이자 술꾼이었다. 그는 어린 시절을 거리와 부두에서 살다시피 했다. 글자는 배운 적도 없었고 배울 필요도 느끼지 못했다. 적어도 자기 계급에서는 전혀 쓸모없는 기술이라고 여겼다.

그에게는 어머니와, 끊임없이 꽥꽥거리는 형제와 누이들이 있었고 이들 모두와 함께 방 몇 칸에 꾸역꾸역 들어가 맛도 양도 부족한 음식을 먹고 살았다. 사실은 자기 먹을거리를 마련하지 못한 때를 제외하고는 집에 들어가지도 않았다. 거리와 부두에서 좀도둑질과 구걸을 했고, 식당급사로 한두 번 배를 탔고 석탄 싣는 일을 하며 몇 차례 더 탔다. 그런 뒤 화부로 제몫을 다하게 되면서 인생의 절정기에 올랐다.

그러는 동안 그는 삶의 철학을 굳혔다. 비열하고 혐오스러운 철학이었지만 스스로 보기에는 아주 논리적이고 현명했다. 그에게 무엇을 위해 사느냐고 묻자 바로 이렇게 대답했다. "술." (살아야 하고 돈이 있어야 하니까) 배 타고 바다에 나가고 돈을 벌고 술을 진탕 마시는 것이었다. 그런 다음에는 나처럼 몇 푼 가진 친구들에게 빌붙어서 되는 대로 마시고 또 빌붙고 하다가 다시 배 탈 기회가 생기면, 그 고약한 순환이 다시 시작되는 것이었다.

삶의 유일한 목표가 술이라고 선언하는 그에게 내가 말을 꺼냈다. "하지만 여자는."

"여—자!" 그는 술잔을 탁자에 쾅 내려놓은 뒤 유창하게 연설조로 말했다. "여자는 말이야, 내가 배운 바론 건드리지 말아야 할 물건이야. 도움이 안 되는 물건이야, 친구. 도움이. 나 같은 놈이 여자를 원해? 설마. 여잔 울 엄마 하나로 족해. 자식들을 구걸하게 만들고 늙은 남편이 집에 오면 비참하게 만드는 여자지. 아버진 그나마 자주 오지도 않았어. 왜냐고? 엄마 때문이야! 엄마 때문에 집이 행복하질 않았어. 그래서야. 자, 다른 여자들을 볼까? 여자들이 동전 몇 푼 가지고 다니는 가난한 화부한테 어떻게 하는지 알아? 남자가 맘대로 할 수 있는 건 진탕 마시는 것, 계속 진탕 마시는 것밖에 없는데 여자들이란 남자들이 술잔에 입도 대기 전에 돈을 다 가로채가지. 그렇다니까. 난 내 맘대로 살아왔어. 내가 잘 알아. 또, 정말이지, 여자가 있는 곳엔 문제가 있어. 꽥꽥거리고 앙앙거리고 싸우고 다치고 경찰들에 치안판사, 그다음엔 한 달 동안 고된 노역이 있지. 그러고 나면 빈손이야."

"하지만 아내와 아이들, 자네만의 가정 같은 것 말이야. 생각해봐. 항해 끝나고 돌아오면 꼬마들이 자네 무릎에 기어 올라오

뜨내기 뱃사람들의 자손.

고 아내는 행복하게 미소를 짓고 밥상을 차리며 자네와 입맞춤을 하고 아이들에게 뽀뽀를 해주고 재우지. 주전자엔 물이 보글보글 끓고 자네가 다녀본 곳, 겪은 일을 조곤조곤 들려주면 아내는 자네가 집을 비운 동안 가정에서 일어난 소소한 일들을 이야기하는 거야."

"왜 이러셔." 그가 내 어깨를 슬쩍 떠밀며 소리쳤다. "무슨 소리를 하는 거야? 마누라가 키스하고 애들이 기어오르고 주전자가 보글보글? 배 탈 땐 한 달에 4파운드 10실링에, 안 탈 땐 공짜로 그게 다 된다고? 4파운드 10실링으로 가질 수 있는 걸 알려주지. 마누라가 바가지 긁고 애들은 꽥꽥거리고 주전자는 석탄이 없어서 보글거릴 수가 없고 그나마 전당포에 잡혀버려. 이런 거야. 하루 빨리 바다로 돌아가고 싶어져. 마누라라니! 얻다 써? 구질구질하게 살고 싶어? 그냥 내 말대로 해, 친구. 그런 건 필요 없어. 날 보라고! 마시고 싶을 때 마시고 빌어먹을 마누라랑 밥 달라고 빽빽거리는 애들도 없어. 행복하지. 내가 좋아하는 맥주랑 친구들이 있고, 때 되면 배가 올 거고 또 바다로 나가는 거야. 이봐. 한 잔 더 하지. 반반씩이 딱 좋군."

이 스물두 살짜리 젊은이 이야기를 더 하지 않아도 그의 삶의 철학과 그 기저에 있는 경제적 이유는 충분히 이해할 수 있을 것이다. 그는 가정생활이라고는 전혀 알지 못했다. '가정'이라는 단어를 들으면 불쾌한 것밖에 떠오르지 않았다. 같은 일을 평생 하는 아버지 같은 사람들의 낮은 임금이 아내와 아이들을 불행의 원인이자 거추장스러운 혹으로 낙인찍을 충분한 이유였다.

아이들이 자라는 곳.

자기도 모르게 쾌락주의자가 되어 도덕에는 전혀 신경 쓰지 않는 물질만능주의자가 되고 말았다. 그는 자기 선에서 가능한 최대의 행복을 추구했고 술에서 그것을 찾았다.

한 젊은 술꾼이 있다. 너무 일찍 몸을 망쳐 몸이 화부 일을 견딜 수 없게 된다. 밑바닥을 전전하거나 구빈원에 가고 최후를 맞는다. 그도 그런 미래를 잘 알고 있었지만 전혀 두려워하지 않았다. 그는 태어날 때부터 환경의 온갖 힘에 의해 단련되어 있어서, 피할 수 없는 비참한 미래를 너무도 태연하고 냉담하게 내다보고 있다. 나로서는 그를 결코 흔들어놓을 수 없었다.

그렇다고 그가 나쁜 사람은 아니었다. 태어날 때부터 사악하고 잔인하지는 않았다. 정상 지능에 평균보다 체격도 좋았다.

푸르고 동글동글한 눈에 긴 속눈썹이 그늘을 드리우고 있었고 양쪽 눈은 넓게 벌어져 있었다. 눈 속에는 웃음기가 있었고 유머가 숨겨져 있었다. 이마를 비롯해 전체 생김새는 훌륭했고 입술도 예뻤지만 이미 잔인하게 뒤틀리고 있었다. 턱이 가늘었지만 그리 심하지는 않았다. 상류층 사람 중에서 더 가는 사람을 본 적도 있다.

두상도 훌륭했는데, 완벽한 목과 함께 기품이 있어서 밤에 잠자리에 들 때 그의 벗은 몸을 보고도 그러려니 할 정도였다. 나는 체육관이나 운동장에서 혈통 좋고 잘 자란 남자들의 벗은 몸을 많이 보았다. 그러나 이 스물두 살의 젊은 술꾼처럼 훌륭한 몸은 본 적이 없었다. 혹사당하여 4, 5년 안에 다 망가져서 그 훌륭한 몸을 물려받을 후손을 남기지 못하고 죽을 운명인 젊은이.

이렇게 인생을 낭비하는 것이 죄받을 일 같지만 나로서는 그가 런던타운에서 4파운드 10실링을 믿고 결혼하지 않은 것이 옳았다고 생각할 수밖에 없었다. 허약한 가족들을 싸구려 방에 다른 사람들과 함께 밀어넣고 생계도 제대로 유지하지 못하는 것보다는 극장 도구 담당자로 두 사람과 함께 살면서 빚 안 지고 그럭저럭 사는 것이 더 행복한 것과 마찬가지로 말이다.

그 밑바닥 사람들의 결혼이 그냥 어리석은 짓에 그치지 않고 범죄라는 생각이 짙어졌다. 그들은 건축가가 버린 돌이다. 사회라는 건물에 그들의 자리는 없으니, 사회의 모든 힘이 그들을 아래로 밀어내서 결국 죽게 만든다. 밑바닥에 있는 그 사람들은 술에 절어 있고 무능하고 너무도 어리석다. 그들이 자손을 낳는다고 해도 너무 하찮은 존재여서 사라지고 말 것이다. 모든 일이늘 그들 위의 세상에서 일어나므로 그들은 관심도 없고 관심을 가지려야 가질 수도 없다. 게다가 세상은 그들을 필요로 하지 않는다. 그들보다 훨씬 더 유능한 수많은 사람들이 그 가파른 경사면에 매달려 더는 미끄러지지 않으려고 필사적으로 발버둥치고 있다.

간단히 말하면 런던 밑바닥은 거대한 아수라장이다. 매년 영국 시골에서 혈기 넘치는 건강한 사람들의 파도가 밀려든다. 발전하기는커녕 3대가 못 가서 소멸할 사람들이다. 믿을 만한 권위자들의 말에 따르면 런던 노동자들 중 부모와 조부모가 런던 태생인 경우는 거의 찾을 수 없을 정도로 드물다.

피구 박사는 '최하층 계급'을 이루고 있는 노령의 빈민들을 비롯한 인간찌꺼기들이 런던 인구의 7.5퍼센트를 차지하고 있다고 한다. 그러니까 작년, 어제, 그리고 오늘, 지금 이 순간 45만 명의 그런 인간들이 '런던'이라고 불리는 사회의 구렁텅이에서 비참하게 죽어가고 있다는 말이다. 어떻게 죽어가는지는 조간신문을 펼쳐보면 알 수 있다.

자기방임

어제 윈 웨스트콧 박사가 지난 수요일 사망한, 호번이스트가 32번지에 살던 일흔일곱 살의 엘리자베스 크루즈의 시신을 검시했다. 앨리스 메디슨은 자신이 사망자가 살던 집의 주인이라고 진술했다.

지난 월요일 사망자가 살아 있는 것을 마지막으로 본 증인이기도 했다. 그녀는 전적으로 혼자 살았다. 호번지구의 빈민구제관 프랜시스 버치는 사망자가 35년 동안 그 방에서 살았다고 진술했다. 그가 처음 연락을 받고 갔을 때 노파는 끔찍한 상태였고 노파를 실어낸 뒤 구급차와 마부를 소독해야 했다고 말했다. 체이스 페넬 박사는 그녀가 욕창에 의한 패혈증 그리고 자기방임과 불결한 환경 때문에 사망했다고 말했고 배심원들도 그렇게 평결했다.

한 노파가 사망한 이 사소한 사건에서 가장 놀라운 것은 그 사건을 판결한 공무원들의 자족적이고 안일한 태도다. 그들은 그 일흔일곱 살 노파의 죽음이 자기방임 때문이라고 판단했는데 그것이 그 사건에 대한 관점 중 가장 낙관적인 것이다. 그녀의 죽음은 자신의 잘못이기 때문에 사회는 그 책임을 그녀에게 전가해버리고 나면 아무 일도 없었다는 듯 그대로 굴러가면 된다.

피구 박사는 이렇게 말한다. '최하층 계급' 중에서 "신체적 능력이나 지능, 혹은 정신력, 아니면 세 가지 모두가 결핍된 그들은 노동자로서 무능하거나 환영받지 못하기 때문에 결과적으로 자기 자신을 부양할 수가 없다. …… 그들은 지능이 떨어져서 종종 오른손과 왼손을 구별하지 못하거나 자기 집 주소도 모른다. 몸은 약하고 지구력이 없으며 비정상적 애착을 품고 있으며 가족생활의 의미를 거의 알지 못한다."

45만 명은 대단히 많은 수다. 그중 한 사람인 그 젊은 화부의 길지도 않은 사연을 듣는 데도 시간이 꽤 걸렸다. 나도 그들의 이야기를 한꺼번에 다 듣고 싶지 않았다. 그런데 과연 신은 그들의 이야기를 들을까?

5

벼랑 끝의 사람들

분명히 말하는데, 내가 런던 이스트엔드에 뒤로하고 온 삶보다 더 형편없고 더 굴욕적이고 더 절망적인 것, 그만큼 참을 수 없이 지루하고 비참한 것은 없다. －헉슬리

이스트엔드의 첫인상은 당연히 전체적인 것이었다. 나중에 작은 일들이 보이기 시작했고 비참한 아수라장 속 여기저기에서 꽤 행복을 누리는 곳을 발견하기도 했다. 작은 외딴 거리에 늘어선 집들, 기능공들이 소박한 가정을 꾸려가는 곳이었다. 저녁이 되면 남자들은 문간에 나왔다. 입에 파이프를 물고 아이들을 무릎에 앉혔고 아내들은 소소한 이야기를 조잘대고 계속 서로 웃으며 장난을 친다. 이들이 누리는 만족감은 확실히 컸다. 주변

비참한 아수라장 속 여기저기에서 꽤 행복을 누리는 곳을 발견하기도 했다.

의 비참한 사람들에 비해 잘살고 있었기 때문이다.

하지만 그런 만족감은 기껏해야 단조롭고 동물적인 행복, 포만감일 뿐이다. 그들의 인생은 물질주의가 지배하고 있다. 그들은 어리석고 둔하고 머리가 잘 안 돈다. 그 밑바닥에서 무기력하게 만들고 둔화시키는 공기가 뿜어져나오는 것 같다. 그들은 그 공기에 둘러싸여 죽어간다. 종교는 전혀 영향을 끼치지 못한다. 보이지 않는 존재는 그들에게 공포의 대상도 환희의 대상도 아니다. 그들은 보이지 않는 것을 알지 못한다. 그들의 삶에서 필요한 것, 아니 꿈꾸는 것은 포만감과 맥주 '반반씩'을 곁들인 저녁 담배밖에 없다.

그게 전부였다면 괜찮았을 텐데 그렇지 않았다. 그들처럼 자

저녁이 되면 남자들은 문간에 나와 앉아 입에 파이프를 물고 아이들을 무릎에 앉혔다.

족하여 무력하게 안주하는 것은 치명적이었다. 그들이 진보하지 않기 때문이다. 진보하지 않으면 그들은 밑바닥으로 굴러떨어질 수밖에 없다. 그들 대에서는 그냥 떨어지기 시작하는 데 그치겠지만 그들의 자식들과 그 자식들의 자식들이 그 추락을 완성하게 될 것이다. 인간이란 으레 인생에서 원하는 것보다 더 적게 얻을 수밖에 없다. 그런데 그들이 원하는 것은 너무 적다. 그러니 그들은 그 너무 적은 것보다 더 적은 것을 얻게 되는데 그것으로는 도저히 스스로를 지킬 수가 없다.

도시생활은 아무리 좋게 본다고 해도 비인간적인 것이다. 그런데 런던의 도시생활은 보통의 노동자가 견딜 수 없을 만큼 철저하게 냉혹하고 비인간적인 것이다. 파괴적인 힘이 끊임없이 작용하여 사람들의 심신이 약해지고 만다. 도덕적으로도 체력적으로도 더 이상 버틸 수가 없게 되니, 농촌에서 갓 올라온 튼튼한 노동자는 도시생활 1세대에 가난한 노동자가 돼버린다. 그 뒤 2세대는 뱃심과 주도력이 없고 아버지 세대만큼 노동을 해낼 신체적 능력이 없으니 밑바닥 중 밑바닥의 아수라장 입구까지 가게 된다.

이들은, 설사 다른 이유가 없다고 해도 들이마시는 공기만으로도 심신이 충분히 약해져서, 파괴하고 파괴당하기 위해 런던 타운으로 몰려오는 튼튼하고 씩씩한 사람들과 경쟁할 수 없게 된다.

이스트엔드 공기 중에 득실거리는 병균들을 제외하고 딱 한 가지 요소, 연기만 살펴보자. 큐 식물원 관리자, 윌리엄 디스틀튼다이어 경은 식물에 축적된 연기를 연구하고 있는데 그의 계산에 따르면 런던과 근교 0.65제곱킬로미터당 매주 매연과 타르 탄화수소로 이루어진 고체 물질이 6톤 이상 축적되고 있다. 이는 매주 2.7제곱킬로미터에 24톤이 쌓인다는 뜻이며 연간 1,248톤에 해당한다. 최근 세인트폴 대성당 둥근 지붕 아래의 처마 돌림띠에서 황산석회 결정의 고체 침전물을 제거했다. 이 침전물은 암석 속 석회의 탄산염이 대기 중의 황산과 반응하여 생성된 것이다. 그리고 대기 중의 그 황산을 런던 노동자들이 밤낮없이 들이마시며 산다.

어린이들이 힘도 끈기도 없는, 우유부단하고 소심하고 무기력한 열등한 어른이 된다는 것은 의심할 수 없는 사실이다. 그들은 시골에서 몰려온 수많은 이들과의 가혹한 생존 경쟁에서 주저앉고 쓰러진다. 철도 부설 노동자, 짐꾼, 승합마차 마부, 옥수수와 목재 운반꾼을 비롯해 육체적 힘이 필요한 직업 종사자들은 대부분 시골 출신이다. 또 시 경찰국에 시골 출신이 약 1만 2,000명 런던 출신이 3,000명이 있다.

그러니 그 밑바닥은 그야말로 거대한 살인 장치인 셈이다. 그래서 나는 문 앞에 나와 있는 배부른 기능공들이 사는 좁은 외딴 거리를 지날 때, 구렁텅이에서 죽어가는 가망 없는 45만 명보다 그 기능공들이 오히려 더 안타깝게 느껴졌다. 어쨌든 중요한 것은 그들이 죽어가고 있다는 사실이다. 그러는 동안 이들은 두 세대, 어쩌면 세 세대에 걸쳐 천천히 고통을 겪게 될 것이다.

그렇지만 삶의 본질은 우수하다. 인간의 잠재력이 모두 그 안에 있다. 적절한 상황이 주어지면 인간은 수 세기에 걸쳐 살아남을 수 있으며 위인, 영웅, 거장들이 등장하여 세상을 더 나은 곳을 만든다.

나는 한 여인과 이야기를 나누었다. 그녀는 그 작은 외딴 거리에서 태어나 밑바닥으로 끝없이 몰락하기 시작한 사람들의 전형이었다. 남편은 조립공으로 기술공 노조원에 가입해 있었다. 그가 정규직이 되지 못한 것을 보면 기술이 부족했을 것이다. 그는 든든하게 자기 자리를 차지하거나 유지하는 데 필요한 힘과 적극성이 없었다.

부부에게는 두 딸이 있었다. 그렇게 네 식구가 일주일에 7실링을 내고 이름만 '셋방' 인 굴에서 살았다. 스토브가 없어서 취

사장에서 1인용 가스풍로로 요리를 했다. 돈이 없는 사람들이니 가스도 무제한 공급받을 수 없었다. 그나마 편리하고 기발한 장치가 마련돼 있었다. 홈에 동전을 넣으면 그 액수만큼만 가스가 나온 뒤 자동으로 공급이 차단되는 것이었다. "1펜스면 눈 깜짝할 새라서 요리가 절반도 안 돼요." 그녀가 설명했다.

조금씩 굶는 일은 당연했다. 늘 배고픔을 참으며 식탁에서 일어났다. 그리고 불황에 접어들면 만성적 영양결핍 때문에 기력이 약해지고 더 빨리 밑바닥으로 떨어지게 된다.

그런데 이 여자는 열심히 일했다. 새벽 4시 30분부터 밤늦게까지 땀 흘려 2단 주름에 안감을 댄 드레스 스커트를 만들고 열두 장에 7실링을 받는다. 2단 주름에 안감 댄 드레스 스커트 열두 장에 7실링이란다! 즉 열두 장에 1.75달러, 한 장에 14.75센트인 셈이다.

남편은 일자리를 얻으려고 노조에 가입했으니 주당 1실링 6펜스를 노조에 내야 한다. 파업 중이거나 그가 일할 기회를 얻으면 구제기금으로 노조에 17실링이나 내야 할 때도 있었다.

큰 딸은 주급 1실링 6펜스를 받고 미숙련 재봉공으로 일했다. 일주일에 37.5센트, 즉 하루에 5센트 조금 넘게 받는 것이었다. 그러나 일을 배우겠다고 그런 저임금을 감수하고 일해왔는데 불황이 오자마자 해고당했다. 그 후 3년 동안 자전거 가게에서 일했다. 주급 5실링에 3.2킬로미터를 걸어서 다녔고 지각하면 벌금을 냈다.

그 부부에 관한 한 게임은 정당했다. 그들이 손이 미끄러지고 발 디딜 곳을 놓쳐서 구렁텅이로 떨어지고 있는 것이니까. 하지만 그 딸들은 어떤가? 만성적 영양실조로 정신적으로 도덕적으로 신체적으로 허약해져서 짐승처럼 살면서 자신이 태어난 그 구렁텅이에서 벗어날 수가 있겠는가?

이 글을 쓰고 있는 지금부터 한 시간 전쯤부터 분위기가 험악해졌다. 뒷집 마당에서 난투극이 벌어졌기 때문이다. 처음에 소리를 들었을 때는 개들이 으르렁거리거나 짖는 소리인 줄 알았다. 잠시 뒤에야 인간, 그것도 여자들이 그렇게 끔찍한 울부짖는 소리를 낼 수 있다는 것을 알게 됐다.

술 취한 여자들의 싸움이라니! 생각만 해도 별로인데 직접 들으니 더 고약했다. 그 싸움은 이런 식으로 진행됐다.

여러 여자들이 목청껏 소리를 높여 계속 떠든다. 잠잠해진다.

싸우고 있는 술 취한 여자들.

그동안 아이들의 울음소리와 어린 계집아이들이 울면서 비는 소리가 난다. 어떤 여자의 목소리가 신경을 거스르게 높고 거칠어진다. “날 쳤어! 너! 진짜 날 쳤어!” 그런 뒤 철썩! 덤벼들었으니 싸움은 또 격렬해진다.

그 광경이 잘 보이는 뒤쪽 창에 구경꾼들이 매달려 구경했고 치고받는 소리와 오싹한 욕지거리가 들려왔다.

잠잠해진다. “그 애 내버려둬!” 서너 살 되어 보이는 아이가 공포에 질려 비명을 지른다.

“덤벼”라는 말이 계속 되풀이되고 전속력 질주가 수십 번 반복된다. “니 머리를 박살내주겠어!” 비명소리가 오르는 것을 보니 머리에 돌을 맞은 것이다.

다시 잠잠해진다. 한쪽이 다쳐서 잠시 쉬는 중이다. 아이의 목소리도 들리지만 이번에는 두렵고 지쳐서 낮게 잠긴 소리다.

싸움이 다시 거세진다.

목소리들이 점점 높아지기 시작한다.

“됐어?”

“됐다!”

“됐어?”

“됐다!”

“됐어?”

“됐다!”

“됐어?”

“됐다!”

서로 충분히 다짐을 한 후 싸움이 다시 거세진다. 한쪽이 압도적으로 우세하면 한쪽은 당장 죽을 것처럼 야단스럽게 비명을 올린다. 그런 비명이 꼴꼴거리다가 잦아든다. 목이 졸린 것이다.

새로운 목소리가 끼어든다. 옆구리 공격. 숨넘어갈 듯한 비명소리가 반 옥타브 더 높게 오르자 목 조르기 공격이 뚝 중단된다. 아수라장. 전부 싸운다.

또다시 잠잠해진다. 어린 여자 아이의 목소리, "난 울 엄마 편이야." 다섯 번 되풀이되는 같은 대화. "두고 봐. 망할 년! 망할 년!", "한번 해보시지, 망할 년! 망할 년!" 엄마들과 딸들, 모두 휘말린 싸움이 다시 시작된다. 그때 우리 집 주인여자가 뒤계단에서 자기 딸을 부른다. 아이가 듣고 있는 그 모든 것이 아이의 도덕성에 어떤 영향을 줄까?

6

프라잉팬 골목과 지옥의 풍경

짐승들은 굶주리고, 먹고, 죽는다.

우리도 마찬가지니 세상은 돼지우리다.

"돼지들은 구제불능이다."

많은 사람들이 말하고 서둘러 가버린다.

–시드니 러니어

일행 둘과 마일엔드로로 걸어 내려가고 있었다. 그중 한 명은 대단한 인물이었다. 열아홉 살의 호리호리한 청년인데 너무 가냘프고 약해서 리포 리피 신부(로버트 브라우닝의 시에 나오는 인물—옮긴이)처럼 바람 한 번 불면 몸이 꺾여 날아갈 것 같았다. 그는 열렬한 사회주의자로서 인생을 바칠 각오가 되어 있었다.

그는 수년 전부터 연사나 사회자로 옥내외 친 보어인 집회에서 위험한 임무를 맡아 활약하며 살기 좋다고 자화자찬하는 영국의 평화를 깨뜨리고 있었다. 그는 함께 걷는 동안 자신이 겪은 일들을 들려주었다. 공원과 전차에서 습격을 당했고 동료 연사들 모두가 성난 군중들에게 끌려 내려가 잔인하게 얻어맞는 판국에 헛된 희망을 품고 연단으로 기어 올라갔다. 세 명의 일행과 교회에서 포위되어 돌이 날아다니고 스테인드글라스가 깨지는 가운데에서 폭도들과 싸우다가 결국 경찰 몇 소대가 출동하여 구조된 일도 있었다. 계단, 화랑, 발코니에서 아찔한 총력전을 펼쳤고 유리창이 박살나고 계단이 무너지고, 강당이 파손되었고, 머리가 깨지고 뼈가 부러진 일도 있었다고 했다. 그는 이야기를 마친 뒤 안타깝다는 듯 한숨을 쉬더니 나를 보며 말했다. "당신처럼 크고 강한 사람이 부럽습니다. 전 너무 작고 약해서 싸울 때는 도움이 안 돼요."

나는 함께 있던 두 사람보다 머리 하나 만큼 키가 크기는 했지만 그 말을 듣자니 내가 늘 부러워하던 우리 나라의 건장한 서부인들이 한 명씩 떠올랐다. 또 사자의 심장을 가진 작은 청년을 보면서 그가 때때로 바리케이드를 치고 사람들이 자신들이 어떻게 죽어야 하는지 망각하지 않았다는 것을 세상에 알리는 바로 그런 사람이라는 생각이 들었다.

그러나 다른 일행, 노동착취 공장에서 근근이 생계를 이어가는 스물여덟 살의 사내가 나섰다.

"저는 건장하죠"라며 그가 큰소리쳤다. "우리 작업장에 있는 다른 놈들과 달라요. 걔네가 저를 훌륭한 남자의 표본으로 여겨요. 저, 제가 65킬로그램 가까이 되거든요."

내가 77킬로그램이 넘는다고 말하기가 부끄러워서 그냥 듣고만 있었다. 불쌍하고 보기 흉한 왜소한 사내! 혈색이 나쁘고 몸은 뼈마디가 굵고 비뚤어져 도저히 봐줄 만하지 않고, 왜소한 가슴과 어깨는 장시간의 노동으로 심하게 앞으로 굽어 있고, 머리는 무거운 듯 앞으로 기울어져 있었다. 세상에, '건장'하다니!

"키가 얼마요?"

"158센티미터요." 그가 자랑스럽게 대답했다. "우리 작업장 있는 놈들은……."

"그 작업장 구경 좀 합시다." 내가 말했다.

작업장은 마침 문을 닫았지만 그래도 보고 싶었다. 리먼가를 지나 왼쪽으로 스피탈필즈로 접어들어 프라잉팬 골목으로 들어갔다. 아이들이 좁은 인도에서 바글바글 뛰어다니고 있었다. 흡사 말라붙은 연못 바닥에 있는, 이제 막 개구리가 된 올챙이들 같았다. 좁은 문간에 한 여인이 신성한 모성애를 모독하며 상스럽게 가슴을 드러내고 아이에게 젖을 먹이고 있었다. 그곳이 너무 좁아서 우리는 그녀를 넘어가야 했다. 그녀 뒤로 검고 좁은 복도에서 우글거리는 아이들을 뚫고 더 좁고 더 더러운 계단을 올랐다. 3층을 올랐는데 각 층계참은 폭 61센티미터 길이 91센티미터였고 오물더미가 쌓여 있었다.

집이라고 불리는 이 혐오스러운 곳에는 방이 일곱 개 있었다. 그중 여섯 개 방에서 20여 명이 성별과 나이를 불문하고 요리하

프라잉팬 골목.

고 먹고 자고 일했다. 방의 크기는 보통 폭과 길이가 2.4, 2.7미터 정도였다. 우리가 들어간 곳은 일곱 번째 방이었다. 그곳은 다섯 사람이 '착취당하는' 우리였다. 폭 2.1미터, 길이 2.4미터이고 가운데 있는 작업용 탁자가 방 면적의 대부분을 차지했다. 탁자에는 다섯 개의 구둣골이 있었으며 방 안은 사람들이 겨우 서서 일할 만했다. 나머지 공간에는 마분지, 가죽, 신발갑피 꾸러미와 갑피를 밑창에 부착하는 데 쓰이는 잡다한 도구들이 쌓여 있었기 때문이다.

옆방에는 한 여자가 여섯 아이와 함께 살고 있었다. 다른 더러운 방에는 과부 한 명이 폐결핵으로 죽어가는 열여섯 살 난 외동아들과 함께 살고 있었다. 그 여자는 길에서 사탕을 파는데 그 일로는 아들이 매일 마셔야 하는 우유 3리터도 살 수 없을 때가 많다고 했다. 게다가 죽어가는 병약한 아들은 기껏해야 일주일에 한 번 고기를 먹을 수 있었는데 그 고기의 종류와 품질은 짐승처럼 사는 인간들이 어떤 것을 먹는지 모르는 사람들로서는 결코 상상할 수 없는 것이었다.

"아이가 기침하는 건 정말 끔찍해요." 착취당하는 청년이 죽어가는 소년을 가리키며 말했다. "일하고 있으면 소리가 들려요. 끔찍하지요. 소름이 끼쳐요."

그리고 기침과 사탕 이야기를 들으면서 나는 슬럼의 아이들에게 유해한 또 하나의 환경을 발견했다.

불쌍한 이 청년은 일이 있을 때는 가로 2.4, 세로 2.1미터인 방에서 다른 네 사람과 함께했다. 겨울에는 램프가 거의 하루 종일 켜져 있어서 그러잖아도 매캐한 공기에 램프에서 나오는 냄새가 더해졌다. 사람들은 계속 그런 공기를 들이마시고 뱉어냈다.

일이 밀려드는 호황기에 이 친구는 '일주일에 30'씩이나 벌 수 있다고 했다. 30실링! 7달러 50센트였다.

"하지만 우리 중 최고만 그렇게 벌 수 있어요." 그가 단서를 달았다. "그리고 그럴 땐 하루에 12, 13, 14시간씩 최대한 속도를 내서 작업하죠. 땀 흘리는 걸 보셔야 해요! 아주 뚝뚝 떨어지죠. 우리가 일하는 걸 보면 놀라 혀를 내두를 겁니다. 못이 마치 기계에서 나오듯 입에서 나오죠. 내 입을 좀 보세요."

봤더니 치아가 금속 못의 지속적인 마찰 때문에 닳아 있고 새까맣게 썩어 있었다.

"전 이를 잘 닦아요. 안 그러면 더 나빠질 테니까요"라고 그가 덧붙였다.

그는 노동자들이 도구, 못, 구두제작기구, 마분지, 작업장 임대료, 조명을 비롯한 것들을 직접 준비해야 한다고 알려주었다. 그 말을 듣고 보니 그가 번다고 했던 30실링이 그다지 큰 액수가 아닌 것이 분명해졌다.

"그런데 그 호황기가 얼마나 오래 계속되나요? 30실링을 버는 기간 말입니다." 내가 물었다.

"넉 달"이라는 대답이 돌아왔다. 그리고 나머지 여덟 달 동안은 주당 평균 '0.5파운드'에서 '1파운드' 정도 번다고 했다. 2달러 50센트 내지 5달러에 해당하는 금액이다. 그때 일주일이 절반 지나 있었는데 그는 4실링, 즉 1달러를 벌었다고 했다. 그럼에도 불구하고 그 일이 저임금 노동 중 그나마 나은 것이라고 했다.

창밖을 내다보았는데 마땅히 보여야 할 이웃 건물의 뒷마당이 보이지 않았다. 단층의 헛간, 외양간 같은 건물이 뒷마당을 차지하고 있었다. 거기에 사람들이 살고 있었다. 이 헛간 같은 집의 지붕은 오물로 뒤덮여 있었다. 61에서 91센티미터 높이로 쌓인 곳도 있었다. 2층이나 3층 건물에서 창을 통해 내던져진 것이었다. 생선, 고기뼈, 음식찌꺼기, 더러운 누더기, 낡은 부츠, 깨진 그릇을 비롯해 인간 돼지우리에서 나온 온갖 쓰레기들이 있었다.

"이 짓도 올해로 끝이에요. 우리 대신 기계를 들인대요"라고, 우리가 거의 가슴을 다 드러내고 젖을 먹이는 여자를 넘을 때, 한 노동자가 애처롭게 말했다.

그다음으로 우리는 시영주택으로 갔다. 런던카운티 의회가 아서 모리슨(이스트엔드 출신 소설가로 『자고가의 아이(Child of the Jago)』에서 슬럼가의 삶을 묘사했다—옮긴이)의 '자고가의 아이'가 살고 있는 슬럼가에 세운 것이었다. 그 주택에는 조금 전에 본 집들보다 더 많은 사람이 살고 있었지만 건강에는 훨씬 좋아보였다. 그러나 그곳에 사는 사람들은 더 부유한 노동계급과 기술공들이었다. 슬럼가 사람들은 다른 슬럼에 몰려가거나 새로운 슬럼을 형성할 뿐이었다.

혀를 내두르게 할 만큼 빨리 일한다는 건장한 남자, 그 저임금 노동자가 말했다. "이제 런던의 허파를 보여드리죠. 이곳이 스피탈필즈 가든입니다." 그런데 '가든'이라는 단어를 경멸적으로 발음했다.

크라이스트 교회의 그림자가 스피탈필즈 가든에 드리웠고 오후 3시 크라이스트 교회의 그림자 속에서 결코 다시 보고 싶지 않은 광경을 보았다. 스피탈필즈 가든은 꽃이라고는 없었고 우리 집 장미꽃밭보다 더 작았다. 있는 것이라고는 풀뿐이었고 그것도 런던타운의 다른 공원들처럼 날카로운 철 울타리로 막혀 있었다. 노숙자들이 밤에 들어가서 자지 못하게 하기 위한 것이었다.

그곳에 들어갔을 때 50대 정도로 보이는 여자가 지나가는 것

런던의 허파.

을 보았다. 동작이 좀 부자연스러워 보였지만 씩씩하게 성큼성큼 걷고 있어서 가지고 있던 거친 천 보따리 두 개가 앞뒤로 흔들렸다. 부랑자인 그녀는 남에게 의존하는 것이 너무 싫어서 쇠약해진 시체 같은 몸을 이끌고 구빈원을 나왔다. 달팽이처럼 집을 지고 다녔다. 그 거친 천 보따리 두 개에 가재도구, 옷, 속옷과 여성용품들이 들어 있었다.

우리는 좁은 자갈길을 따라 올라갔다. 양쪽 벤치에는 비참하고 일그러진 인간들이 죽 앉아 있었다. 그 광경을 도레(귀스타프 도레, 프랑스의 삽화가 겸 판화작가—옮긴이)가 보았다면 지금껏 해본 것보다 더 진저리나는 상상의 나래를 폈을 것이다. 넝마와 오물범벅에, 온갖 메스꺼운 피부병, 훤히 드러나 있는 짓무른 상처, 멍, 천하고 꼴사나운 모습, 짓궂게 노려보는 괴물 같은 인간들, 짐승 같은 얼굴들이 뒤섞여 있었다. 차고 매서운 바람이 불고 있었는데 이 사람들은 누더기를 아무렇게나 걸쳐 입은 채 거의 하루 종일 잤다. 아니 자려고 했다. 스무 살에서 일흔 살까지의 여자들이 십수 명 있었다. 그 옆에는 생후 9개월쯤 돼 보이는 젖먹이가 딱딱한 벤치 위에서 베개도 이불도 없이, 돌봐주는 이도 없이 자고 있었다. 그 옆에는 남자 대여섯이 똑바로 앉거나 서로에게 기대어서 자고 있었다. 한 벤치에는 가족이 있었는데 어린아이가 잠든 엄마의 팔에 안겨 자고 남편은 낡아빠진 신발을 서툴게 고치고 있었다. 다른 벤치에는 어떤 여자가 너덜너덜해진 옷끈을 칼로 잘라내고 있었고 다른 여자는 찢어진 곳을 꿰

차고 매서운 바람이 불고 사람들은 누더기를 아무렇게나 걸쳐입은 채 거의 하루 종일 잤다. 아니 자려고 했다.

매고 있었다. 그 옆에는 한 남자가 잠든 여자를 안고 있었다. 저쪽에는 어떤 남자가 시궁창 찌꺼기를 옷에 덕지덕지 붙인 채 여자의 무릎을 베고 잠들어 있었다. 스물다섯이 채 안 돼 보이는 그 여자도 역시 잠들어 있었다.

그런데 바로 그 잠이 이상했다. 왜 이들 거의 모두가 잠들어 있거나 자려고 할까? 나중에야 그 이유를 알게 됐다. *법은 노숙자들이 밤에 잠을 자면 안 된다고 정하고 있다.*

크라이스트 교회 현관, 웅장한 돌기둥들이 하늘을 향해 솟아 있는 그곳 옆 인도에 수많은 사람들이 누워서 자거나 졸고 있었다. 그들은 너무도 무감각한 상태여서 우리가 가까이 갔는데도 일어나지도, 호기심을 품지도 않았다.

"런던의 허파." 내가 말했다. "아니, 런던의 종기, 썩어가는 거대한 상처."

"아, 왜 나를 여기로 데리고 온 거죠?" 그 열혈 사회주의 청년이 병든 영혼과 병든 위장 때문에 창백한 얼굴로 물었다.

"저기 있는 저 여자들은 1, 2펜스나 딱딱해진 빵 한 덩어리에 몸을 팔죠"라고 우리의 안내자가 말했다.

그는 크게 비웃으며 말했다.

어쩌면 더 많은 말을 했는데 내가 못 들었는지도 모른다. 한 병자가 이렇게 외치는 소리 때문에 잘 듣지 못했기 때문이다.

"제발, 우리를 여기서 벗어나게 하소서!"

MONEY LENT

오후 3시 크라이스트 교회의 그림자 속에서 결코 다시 보고 싶지 않은 광경을 보았다.

7

빅토리아 훈장 수여자

성읍에서는 사람들이 신음하고 치명상 입은 이들이 도움을 빈다.

–〈욥기〉

구빈원 부랑자 수용소는 들어가기가 쉽지 않았다. 이미 두 번 시도했고 이제 곧 세 번째 시도를 할 참이다. 처음에는 저녁 7시에 호주머니에 4실링을 넣은 채 갔다. 두 가지가 잘못이었다. 우선 부랑자 수용소 신청자는 극빈자여야 해서 엄밀한 조사를 받게 되어 있었다. 그러니 4펜스도 많은 것이니 하물며 4실링은 너무 거액이었으므로 부적격이 되는 것이 당연했다. 둘째, 너무 늦었다. 저녁 7시에는 극빈자가 잠자리를 얻을 수 없었다.

곱게 자란 순진한 독자들을 위해 부랑자 수용소가 어떤 곳인지 잠깐 설명하겠다. 그곳은 집도 잠자리도 돈도 없는 사람들이 운이 좋을 때 *임시로* 지친 몸을 쉬게 하고 그 대가로 다음 날 잡일을 하는 곳이다.

두 번째 시도의 시작은 순조로웠다. 한낮에 출발했고 그 열혈 사회주의 청년을 비롯해 동행이 있었으며 주머니에는 겨우 3펜스밖에 없었다. 그들은 화이트채플 구빈원으로 안내해주었고 나는 길모퉁이에서 조심스럽게 살펴보았다. 오후 5시가 좀 넘은 시각이었는데 이미 우울하게 긴 줄이 형성되어 있었다. 그 건물 모퉁이에서부터 끝이 보이지 않게 이어져 있었다.

대단히 애처로운 광경이었다. 남녀를 불문하고 모두가 부랑자 수용소에서 밤을 지내려고 그 춥고 어둑어둑한 저녁 무렵 줄

화이트채플 구빈원 앞의 줄.

을 서 있었던 것이다. 사실대로 말하자면 나는 그때 자신감이 싹 사라졌다. 치과 문 앞에 선 아이처럼 내가 다른 곳에 있어야 할 이유가 수없이 많이 떠올랐다. 내 머릿속의 갈등이 표정으로 드러났던 모양이었다. 일행 하나가 "겁먹지 마세요. 할 수 있어요"라고 말했다.

물론, 할 수 있었다. 그리고 내 호주머니 속의 3펜스도 이들에게는 너무도 귀한 보물이라는 생각이 들었다. 그래서 아주 공평한 상태가 되기 위해 그 동전들마저 없앴다. 그런 뒤 동행에게 작별을 고하고 두근거리는 가슴을 안고 구부정하게 걸어서 그 줄 끝에 자리를 잡았다. 이 가난한 사람들의 줄은 죽음에 이르는 가파른 고비에서 애처롭게 비틀거리고 있는 것 같았다. 내가 상상했던 것보다 더 비참했다.

바로 뒤에는 땅딸막한 남자가 섰다. 나이는 들었지만 정정하고 건장했고 강인해 보이는 얼굴과 눈, 햇볕과 비바람에 오랫동안 단련된 가죽처럼 질기고 거친 피부를 보니 선원이 틀림없었다. 순간 키플링의 〈갤리선의 노예(Galley Slave)〉가 떠올랐다.

내 어깨의 낙인으로, 얽어맸던 쇠에 긁힌 자국으로,
내게 남은 채찍 자국으로, 결코 지워지지 않는 흉터로,
대양에 쏟아져내리는 햇살을 응시하며 나이를 먹은 눈으로,
내 수고를 전부 보상받았다.

나중에 보면 내 추측이 얼마나 정확했는지, 그 시구가 얼마나

잘 들어맞는지 알게 될 것이다.

"더는 서 있을 수 없어. 더는." 그는 뒤에 있던 사람에게 툴툴거렸다. "유리창, 큰 걸로 하나 부술 거야. 체포돼서 14일 살지 뭐. 좋은 잠자리가 생기는 거지. 암. 자네가 여기서 얻는 것보다 더 좋은 옷이 생길 거야"라고 말한 뒤 한참 생각하더니 "담배 한 모금은 좀 그립겠지만 말이야"라고 안타까운 듯 체념한 듯 말했다.

"이틀 밤을 밖에서 잤어"라고 그는 말을 이었다. "그저껜 다 젖었지. 이젠 더 이상 못 견디겠어. 점점 나이를 먹어가니, 어느 날 아침 시체로 발견되겠지."

몹시 흥분한 그가 내 쪽을 홱 돌아보았다. "늙을 때까지 그냥 있으면 안 돼, 청년. 젊을 때 죽어. 안 그럼 내 꼴 나. 암. 난 여든일곱이야. 사나이로서 조국에 봉사했지. 근속수장 세 번과 빅토리아 훈장을 받았어. 결국은 이 꼴이 됐지만 말이야. 이제 죽고 싶어. 죽어버리고 싶어. 정말이지 이제 때가 됐어."

눈에 눈물이 그렁그렁 맺혔지만 누군가가 위로해주기도 전에 이미 이 세상에 슬픈 일 따위는 없다는 듯 경쾌한 해군가를 흥얼거렸다.

그러다 힘이 났는지 거리에서 이틀 밤을 지내고 구빈원 앞에 줄을 서 있게 된 사연을 들려주었다.

그는 젊은 시절 영국 해군에 입대하여 40여 년 동안 충실하고 훌륭하게 복무했다. 그의 입술에서 이름들, 날짜, 지휘관, 정박항, 함선, 교전, 전쟁이 술술 흘러나왔는데 나는 기억할 수가 없다. 구빈원 문 앞에서 무언가를 기록할 수도 없는 노릇이었으니 말이다. 그의 말에 따르면 그는 중국에서 제1차 세계대전을 겪었고 동인도 회사를 위해 인도에서 10년 동안 근무했다. 그리고 영국 해군으로 인도에 다시 갔는데 인도 수병 봉기가 일어났을 때였다. 또 미얀마전쟁과 크림전쟁에도 참전했다. 그리고 이외에도 지구 반대편에서 영국 깃발을 들고 분투했다.

그런 뒤 사건이 발생했다. 최초의 원인만 보자면 사소한 일이었다. 아마 중위가 아침식사가 입에 맞지 않았던 것 같다. 어쩌면 전날 밤 늦게 잤는지도 모른다. 그도 아니면 부담감이 너무 컸거나 지휘관이 그의 말에 퉁명스럽게 대꾸했는지도 모른다. 중요한 것은 바로 그날 중위가 화가 나 있었다는 것이다. 그 해병은 다른 병사들과 함께 이물의 밧줄을 '잡아당기고' 있었다.

자, 그 해병을 보자. 해군에서 40년이 넘게 복무한 사람이며 세 개의 근속수장을 받았고 전장에서 탁월한 무공으로 빅토리아 훈장을 받은 사람이다. 그러니 아주 나쁜 해병일 리가 없다는 사실을 기억해야 한다. 여하튼 중위는 화가 났다. 그리고 그 해병에게 욕을 했다. 나쁜 욕, 그의 어머니를 들먹이는 욕이었다. 내가 어렸을 때 사내아이들이 싸울 때면 으레 엄마를 들먹이며 욕을 하고는 했다. 우리 나라에는 이렇게 욕하다가 죽은 사람이 많다.

그런데 중위가 그 해병에게 욕을 했다. 하필 그 순간 해병은 쇠지렛대를 들고 있었다. 그는 얼른 중위의 머리를 지렛대로 내리치고 밧줄로 쳐서 바다에 빠뜨렸다.

그때 해병은, "내가 무슨 일을 저질렀는지 깨달았지. 군법을 잘 알고 있었으니까. 이렇게 생각했지. '이제 끝장이야, 수병. 자, 간다.' 나는 그를 따라 뛰어들었어. 같이 빠져 죽기로 마음먹었지. 죽을 수 있었어. 기함에서 나온 함재정이 뱃전으로 오고 있지만 않았어도 말이야. 우리는 위로 올라갔는데 그를 붙잡아 한 대 쳤어. 일부러 그랬어. 그를 때리지 않았다면 내가 그를 구하려고 뛰어들었다고 우길 수도 있을 테니까."

그 후 군법회의인가 뭔가 하는 해군 재판이 열렸다고 했다. 그는 마치 외우기라도 한 듯 판결문을 한마디 한마디씩 되뇌었다. 군의 기강과 항상 신사답지만은 않은 장교들에 맞서 남자다움을 발휘한 죄에 판결이 내려졌다. 2등 수병으로 강등, 모든 상금의 박탈, 연금 박탈, 빅토리아 훈장 반환, 우수 해군 평가서 박탈(이것이 그의 첫 범죄였다). 50대의 태형과 2년 동안의 수감이었다.

"그날 물에 빠져 죽었어야 했어. 정말 그랬어야 했는데." 구빈원 줄이 줄어들어 모퉁이를 돌아가게 되자 말을 맺었다.

마침내 입구가 보였다. 극빈자들이 들어가고 있었다. 그런데 이때 놀라운 사실을 알게 됐다. 그날이 수요일이었는데 금요일 아침까지는 그곳에서 나갈 수가 없다는 것이었다. 게다가, 세상에, 혹시 독자가 담배를 피우는 사람이라면 더 잘 들어야 한다. 그곳에 담배를 가지고 들어갈 수 없었다. 담배는 들어갈 때 두고 가야 했다. 그곳을 나갈 때 담배를 돌려받을 수도 있지만 못 쓰게 되어 있을 때도 있다고 했다.

그 늙은 수병이 지혜를 빌려주었다. 담배쌈지를 열더니 담배 속을 모두(눈물 나게 적은 양) 종이 위에 쏟아부었다. 이것을 평평하게 싼 뒤 양말 속에 넣고 신발을 신었다. 나도 담배를 양말 속에 넣었다. 담배 없이 40시간을 지내는 것이 얼마나 고통스러운지 흡연자라면 잘 이해할 것이다.

계속 줄이 줄어서 우리는 느리지만 분명히 그 쪽문에 가까워지고 있었다. 쇠격자 울타리 앞에 섰을 때 그 늙은 해병이 안에 있는 사람을 불렀다.

"몇 명이나 더 들어가요?"

"스물넷"이라는 대답이 돌아왔다.

우리는 걱정스럽게 앞 사람들을 세었다. 서른네 명이 있었다. 주변 사람들의 얼굴에 낙담과 당황의 빛이 드리웠다. 무일푼에 배고픈 상태로 거리에서 잠 못 자며 밤을 지내는 것은 너무도 고약한 일이다. 가망이 없는데도 우리는 희망을 버리지 못했다. 결국 우리 앞의 열 명이 문 앞에 남았을 때 수위가 우리를 돌려보냈다.

수위는 "다 찼소"라고 말하고는 문을 쾅 닫았다.

그 늙은 해병은 여든일곱의 나이에도 불구하고 다른 잠자리를 구할 무모한 가능성을 믿고 번개처럼 재빨리 자리를 떴다. 나는, 부랑자 숙소를 잘 아는 사람들과 어디로 가야 할지 이러쿵저러쿵 이야기를 나누었다. 그들이 4.8킬로미터 떨어져 있는 포플러 구빈원에 가자고 해서 함께 출발했다.

모퉁이를 돌았을 때 한 사람이 말했다.

"오늘 여기 들어갈 수 있었어. 내가 1시에 지나가다 봤는데 그때 줄서기 시작했더라고. 그런 놈들이야. 그런 놈들이 들어가는 거야. 매일 밤."

포플러 구빈원.

8

마부와 목수

사람이 불쌍한 것은 죽기 때문이 아니다. 심지어 굶어 죽기 때문도 아니다. 많은 사람이 이미 죽었고 모든 사람이 죽는다. 이유도 모르고 비참하게 살기 때문에 불쌍한 것이다. 고되게 일하고도 아무것도 얻지 못하기 때문이다. 몸과 마음이 지친 채 전 세계적 자유방임 속에서 외따로 떨어져 관계를 맺지 못하고 살기 때문이다. -칼라일

그 마부는 뚜렷한 이목구비에 콧수염은 밀고 턱수염을 길렀다. 미국에서 그런 외모의 남자를 만났다면 숙련공에서부터 부유한 농장주까지 그의 직업을 다양하게 예상했을 것이다. 그 목수는, 글쎄, 목수처럼 보였다. 마르고 단단한 몸에, 날카롭고 주의 깊은 눈과 47년 동안 도구를 만지느라 일그러진 손을 가졌다. 이

들의 가장 큰 문제는 나이가 많고 자식들이 죽어버려서 그들에게 도움이 되지 않는다는 것이다. 세월에는 아무도 저항할 수 없는 법이니, 젊고 강한 경쟁자들에게 자리를 빼앗기고 노동계의 소용돌이에서 튕겨나올 수밖에 없었다.

이 두 사람이, 화이트채플 구빈원 부랑자 수용소에 들어가지 못하고 나와 함께 포플러 구빈원에 갔던 사람이다. 들어갈 가능성은 별로 없어 보였지만 거기라도 가보는 수밖에 달리 방법이 없었다. 거기 들어가거나 아니면 노숙해야 했다. 두 사람은 잠자리가 절실히 필요했다. 그들 말대로 그들이 '맛이 갔기' 때문이다. 쉰여덟 살인 마부는 지난 사흘 밤을 길에서 잠도 못 자고 보냈고 예순다섯 살인 목수는 닷새 동안 노숙했다.

화이트채플 구빈원의 부랑자 수용소.

아, 잘 먹고 사는 말랑말랑한 사람들, 깨끗한 침대와 쾌적한 방이 늘 기다려주는 당신 같은 이들에게 런던 거리에서 힘든 밤을 보내는 고통을 어떻게 이해시킬 수 있을까? 잘 들어보시라. 동녘이 어슴푸레 밝아올 때까지의 시간이 10만 년은 되는 듯 느낄 것이다. 부들부들 떨다가 온몸이 아파서 비명을 지르며 울게 될 것이다. 자신이 그런 고통을 참고 살아남았다는 사실을 경이롭게 느낄 것이다. 벤치에 누워 피로한 눈을 감으면 경찰이 와서 딴 데로 가라고 퉁명스럽게 명령할 것이다. 어쩌다 벤치에서 쉴 수도 있겠지만 벤치도 흔치 않다. 게다가 잠이라도 들면 지친 몸뚱이를 다시 일으켜 끝도 없이 거리를 방황해야 할 것이다. 아주 영리하게 막다른 골목이나 컴컴하고 좁은 복도 같은 곳을 찾아 눕는다고 해도 사방에 깔린 경찰들이 곧 당신을 찾아낸다. 당신 같은 사람을 찾아내는 것이 그들의 일이다. 당신 같은 사람을 찾아내라고 법으로 정해놓았다.

하지만 당신은, 새벽이 오면 그 악몽이 끝나고 집에 돌아가 쉴 것이다. 그 뒤로 죽을 때까지 감탄해 마지않는 친구들에게 모험담을 들려줄 것이다. 그 이야기는 갈수록 과장될 것이다. 당신이 보낸 단 8시간의 밤은 오디세이가 되고 당신은 호머가 될 것이다.

나와 함께 포플러 구빈원을 향하던 이 부랑자들은 그럴 수 없었다. 그리고 오늘 밤 런던타운에 그런 사람들이 3만 5,000명 있다. 잠자리에 들 때는 부디 이 이야기를 잊어버리기를 바란다. 마음이 여리다면 잠이 잘 안 올 테니까. 어쨌든 예순, 일흔, 여

마일엔드로.

든이 된 힘없는 굶주린 노인들이 잠도 자지 못하고 새벽을 맞이하고, 낮에는 빵부스러기라도 구하려고 미친 듯이 헤매 다니고 나면 가혹한 밤이 다시 덮친다는 것, 그런 식으로 닷새 동안을 보낸다는 것을, 유약한 당신들, 잘 먹고 잘 사는 당신 같은 사람들은 절대 이해하지 못할 것이다.

나는 그 마부와 목수 사이에 서서 마일엔드로를 걸었다. 마일엔드로는 이스트런던 한가운데를 관통하는 대로로, 수많은 사람들이 이용하는 길이다. 다음 문단의 내용이 잘 이해되도록 미리 설명해주는 것이다. 좀 전에 말했듯 우리는 함께 걸었고 그들이 흥분해서 자기 나라를 욕하면 나도 같이 욕했다. 이상하고 끔직한 나라에서 오도 가도 못하게 된 미국인 부랑자로서 욕했다.

그리고 그들에게 내가 '뱃사람'처럼 보이게 했더니 그들은 그렇게 믿었다. 내가 방탕한 생활로 돈을 탕진하고 옷까지 잃어버린 뱃사람(뱃사람 중에 이런 사람이 꽤 있었다)이며 배를 타기 전에는 빈털터리라고 생각했다. 그래서 내가 영국 구빈원과 부랑자 수용소에 대해 모르고 호기심을 가지는 것을 이상하게 여기지 않았다.

그 마부는 우리 걸음을 따라잡기 힘들어했는데(그는 그날 아무것도 먹지 못했다고 했다) 목수는 깡마르고 굶주렸는데도 너덜너덜한 회색 외투를 애처롭게 펄럭이면서 전혀 힘들어하지 않고 성큼성큼 걸었다. 그는 평원의 코요테를 연상시켰다. 두 사람은 걷거나 말할 때 인도에서 눈을 떼지 않았고 계속 걸으면서 가끔씩 허리를 구부리고 무언가를 주웠다. 담배꽁초를 줍는 줄 알고 대수롭지 않게 여겼다. 하지만 얼마 뒤 제대로 알게 됐다.

그들은 좁은 인도에서 오렌지껍질, 사과껍질, 포도줄기를 주워서 먹고 있었다. 그린게이지의 씨는 이로 으깨어 속을 먹었다. 콩알만 한 빵부스러기와 너무 더러워서 도저히 무엇인지 알아볼 수 없게 된 사과심을 주워서 입에 넣고 씹고 삼켰다. 이것이 바로 1902년 8월 20일 저녁 6시에서 7시 사이 세계에서 가장 크고 가장 부유하고 가장 강한 제국의 심장부에서 일어난 일이었다.

그들은 이야기를 나누었다. 그들은 멍청이가 아니었다. 그저 늙었을 뿐이었다. 그리고 내장에서부터 쓰레기 냄새를 피우며 피비린내 나는 혁명에 대해 이야기했다. 아나키스트, 광신자, 광인처럼 말했다. 아무도 그들을 비난할 수 없다. 그날 내가 먹은 맛있는 세 끼 밥과 언제든 누울 수 있는 안락한 침대와 나의 사회철학 그리고 세상의 점진적 진보와 대변혁에 대한 나의 진화론적 신념에도 불구하고, 그러니까 이 모든 것에도 불구하고 나는 그들과 말 같잖은 소리를 같이하거나 아니면 입을 다물 수밖에 없었다. 불쌍한 얼간이들! 이들은 혁명을 일으킬 종자가 못 되었다. 이들이 머지않아 죽어 흙이 되고 나면 또 다른 얼간이들이 마일엔드로에서 포플러 구빈원으로 가는 침투성이 인도에서 쓰레기를 주워 먹으며 피비린내 나는 혁명을 이야기할 것이다.

그들은 젊은 외국인인 나에게 일이 어떻게 돌아가는지 설명해주고 충고도 해주었다. 그런데 그들의 충고는 짧고 단순했다. 영국을 떠나라는 것이었다. 나는 이렇게 호언장담했다. "난 신이 허락하자마자 단연 제일 높은 자리에 오를 겁니다. 내 흔적도 안 보이게 높은 곳 말이요." 그들은 내 말을 이해했다기보다는 내 단호한 어조 때문에 막연히 감을 잡고 알았다는 듯 고개를 끄덕였다.

"실은 사람들이 본의가 아니게 범죄자가 되는 거요"라고 목수가 말했다. "늙은 날 보슈. 젊은 것들한테 내 자리를 뺏앗겼고, 내 옷은 점점 더 꾀죄죄해지고 하루하루 일 구하기가 점점 힘들어지지. 잠자리를 구하러 부랑자 수용소엘 가. 오후 두세 시엔 가야지. 오늘 봤잖수. 안 그러면 못 들어가. 일 구하러 다닐 시간이 있겠소? 내가 거기 들어갔다 치자고. 그럼 난 내일 하루 종일 거기 있다가 다음 날 아침에 나와. 그다음엔? 법에 따라 그날 밤에는 16킬로미터 이내의 다른 수용소엔 못 들어가지. 그날 제시간에 맞춰서 수용소를 찾아가려면 허겁지겁 가야 해. 일 구하러 다닐 시간이 있겠소? 그럼 내가 안 가고 일을 구하러 다닌다고 해봐. 금방 밤이 되는데 잘 데가 없지. 밤새 못 자고 못 먹은 상태로 아침에 일을 찾으러 다닐 수가 있겠어? 어떻게 해서든 공원에서 좀 자야 해." 스피탈필즈의 크라이스트 교회에서 본 광경이 눈앞에 선했다. "그리고 뭐든 좀 먹어야지. 그래서 이렇게 되는 거야! 늙고 우울하고 나아질 가망이라곤 없지."

"여기가 통행료 징수소였어"라고 마부가 말했다. "마차 몰 때 여기서 통행료를 여러 번 냈소."

한참 말이 없더니 목수가 말했다. "이틀 동안 1펜스짜리 빵 세 개를 먹었지." 또 한참 말이 없더니, "두 개는 어제 먹었고 남은 한 개를 오늘 먹었다오"라고 말했다.

"난 오늘 아무것도 못 먹었어." 마부가 말했다. "완전 기진맥진했어. 다리가 지독하게 아파."

"스파이크(spike)에서 받은 빵은 너무 딱딱해서 물이 없으면 못 먹는다네." 목수가 나에게 알려주었다. '스파이크'가 뭔지 묻자 "구빈원이야. 은어지"라고 대답했다.

내가 놀란 것은 그가 '은어'라는 단어를 알고 있다는 사실이었다. 나중에 알고 보니 아무나 아는 단어가 아니었다.

포플러 구빈원에서 어떤 대우를 받는지 물었더니 상세하게 알려주었다. 들어가자마자 찬물로 목욕을 하고 6온스짜리 빵과

'스킬리(skilly) 3부'를 받게 된다고 했다. '3부'는 1파인트의 4분의 3, '스킬리'는 오트밀 3쿼트와 온수 3과 2분의 1 양동이를 섞은 것이다.

"우유랑 설탕, 은수저도 주겠네요?" 내가 물었다.

"걱정 마. 소금도 있어. 숟가락 안 주는 곳도 있긴 한데 들고 마시면 돼."

"해크니에서는 맛있는 스킬리가 나와." 마부가 말했다.

"아, 맛난 스킬리! 정말 맛나지." 목수까지 감탄하고 나자 둘은 실감나는 표정으로 마주 보았다. "동쪽에 있는 세인트조지 구빈원에선 물에 밀가루를 타 줘"라고 마부가 말했다.

목수가 고개를 끄덕였다. 그는 안 가본 데가 없었다.

"그다음엔 뭐하죠?" 내가 물었다.

곧바로 침대로 가야 한다고 했다. "아침 5시 반에 깨우면 일어나서 '물 붓기'를 한 번 해. 비누는 없지만 말이야. 그다음에 아침을 먹어. 저녁이랑 똑같이 스킬리 3부와 6온스짜리 빵."

"늘 6온스는 아니잖아." 마부가 고쳐주었다.

"아니지. 암, 아니야. 그리고 시큼할 때가 많아서 자넨 못 먹을 거야. 처음엔 나도 스킬리도 빵도 못 먹었는데, 지금은 내 몫은 물론이고 남들 것도 먹어."

"난 내 거 다 먹고 3인분은 더 먹을 수 있어." 마부가 말했다. "재수 없는 오늘은 한 입도 못 먹었지만."

"그다음에는 뭘 해요?"

"맡은 임무를 해야지. 뱃밥(배의 틈으로 물이 새어들지 않도록 틈을 메우는 물건—옮긴이)을 4파운드 만들거나 쓸고 닦고, 아니면 10 내지 11헌드레드파운드짜리 바위를 깨야 해. 난 바위깨기는 안 해. 예순이 넘었으니까. 하지만 자네는 해야 할 거야. 젊고 튼튼하잖아."

"싫은 건, 뱃밥 만들 때 방에 갇히는 거야. 감옥이랑 똑같지." 마부가 투덜댔다.

"그런데 잠만 자고 나서 뱃밥 만들기나 바위깨기 같은 일을 안 하겠다고 하면 어떻게 되나요?" 내가 물었다.

"다신 거부 못하게 되지. 체포당하거든." 마부가 대답했다. "안 그러는 게 좋을 거야, 젊은 친구."

"그다음엔 밥을 먹지." 마부가 말을 이었다. "빵 8온스와 치즈 1.5온스, 그리고 찬물. 일을 다 하고 나면 아까 말한 대로 저녁을 먹지. 스킬리 3부랑 빵 6온스 말이야. 여섯 시에 자고 다음 날 아침 거기서 풀려나지. 자기 일을 다 했다면 말이야."

마일엔드를 향해 오래 걸었다. 좁고 구불구불한 거리가 음산하게 뒤얽힌 미로를 지나 포플러 구빈원에 도착했다. 낮은 돌담 위에 손수건을 펼쳐놓고 각자 소지품을 올려놓았다. 양말 속의 담배만 빼고. 그때 우중충한 하늘에서 마지막 빛이 사라지더니 쓸쓸하고 차가운 바람 한 줄기가 불어왔다. 우리는 초라한 보따리를 들고 구빈원 앞에 비참하게 서 있었다.

세 명의 노동자 아가씨가 보였다. 그중 한 명이 나를 불쌍하다는 듯 바라보았다. 나는 그녀를 계속 쳐다보고 있었고 그녀는 나를 불쌍하다는 듯 뒤돌아보며 지나갔다. 그녀는 노인들에게는 관심을 두지 않았다. 세상에! 젊고 힘세고 튼튼한 나는 동정하면서 내 옆에 서 있던 두 노인에게는 그러지 않았다. 젊은 남자인 나에게 막연한 성적 충동을 느껴 나를 동정한 것이니 그녀의 동정심은 가장 저급한 것이다. 노인에 대한 동정심은 이타적인 감정이다. 그리고 구빈원 앞에는 늘상 노인들이 있게 마련이다. 그래서 노인들을 전혀 동정하지 않고 나에게만, 동정을 가장 적게 받아야 할, 아니 동정받지 말아야 할 나만 불쌍히 여긴 것이다. 런던타운에서는 늙어가는 노인들이 존중받지 못한다.

문 한쪽에는 종 손잡이가, 다른 쪽에는 누르는 버튼이 있었다.

"종을 쳐." 마부가 나에게 말했다.

내가 평소 남의 집에 가서 하듯 손잡이를 홱 당겼더니 종소리가 크게 났다.

"어이쿠! 어이쿠!" 그들이 깜짝 놀라 소리쳤다. "그렇게 세게 치면 안 되지!"

나는 손잡이를 놓았고 그들은 마치 내가 잠자리와 스킬리 3부를 얻을 가능성을 앗으려고 했다는 듯 원망의 눈초리를 보냈다. 다행히 아무도 안 나왔다. 그 종이 아니었던 모양이었다. 좀 안심이 됐다.

"버튼을 눌러요." 내가 목수에게 말했다.

"아니, 아니야. 좀 기다려 봐." 마부가 다급하게 끼어들었다.

상황은 이랬다. 구빈원 수위, 즉 보통 1년에 30 내지 40달러를 받고 일하는 인물이 너무도 까다롭고 중요해서 빈민들로서는 대단히 조심스럽게 내해야 했다.

그래서 우리는 적당한 시간의 10배를 기다렸다. 마침내 마부가 집게손가락을 소심하게 뻗어 버튼을 아주 살살 아주 짧게 눌렀다. 나는 생사의 갈림길에서 기다리는 사람들을 본 적이 있다. 그러나 얼굴을 보니, 그들보다, 수위를 기다리는 이 둘의 불안감이 더 큰 것 같았다.

왔다. 그는 우리를 쳐다보지도 않고 "다 찼소" 하고 말하며 문을 닫았다.

"또 밤새 헤매야겠군." 목수가 투덜거렸다. 희미한 불빛 속의 마부는 지치고 창백해 보였다.

무분별한 자선은 옳지 않은 일이라고 박애주의자들은 말한다. 그렇다면 나는 옳지 않은 일을 하기로 결심한 것이다.

"이봐요. 칼 꺼내서 이쪽으로 와요"라고 말하며 마부를 어두운 골목으로 잡아당겼다.

그는 놀라 나를 쏘아보더니 뒷걸음질 치려 했다. 내가 늙은 가난뱅이를 주로 노리는 살인마 잭쯤 되는 줄 안 모양이었다. 아니면 아주 위험한 범죄에 끌어들이는 줄 알았을 수도 있다. 어쨌든 그는 겁을 먹고 있었다.

독자들은 처음에 내가 러닝셔츠 겨드랑이 부분에 1파운드를 넣어 꿰매놓은 것을 잊지 않았을 것이다. 내 비상금이었고 그때가 드디어 처음으로 쓸 때였다.

내가 곡예사처럼 몸을 구부려 안에 있는 꽤 큰돈을 보여주고 나서야 마부의 도움을 받을 수 있었다. 그때에도 그가 손을 떨고 있어서 그가 실이 아니라 나를 벨까봐 칼을 넘겨받아 내가 직접 동전을 꺼냈다. 굶주린 그들에게 금화는 거금이었다. 그리고 우리는 제일 가까운 커피하우스로 몰려갔다.

물론 내가 그저 사회 연구를 위해 조사하러 다니는 사람이며 나와 정반대인 계급이 어떻게 사는지 알아보려 한다고 설명해야 했다. 그러자 그들은 곧바로 입을 딱 닫아버렸다. 나는 그들과 같은 부류의 인간이 아니었다. 내 말투가 바뀌었고 음색도 달랐다. 간단히 말하자면 그들에게 나는 우월한 인간이었고 그들은 계급의식이 아주 강했다.

"뭘 드시겠소?" 웨이터가 주문을 받으러 오자 내가 물었다.

"두 쪽과 차 한 잔이오." 마부가 소심하게 대답했다.

"두 쪽과 차 한 잔이오." 목수가 소심하게 대답했다.

상황이 어떤지 잠깐 상상해보라. 여기 내가 커피하우스에 데리고 온 두 사람이 있다. 그들은 금화를 봤으니 내가 빈민이 아닌 것을 알고 있다. 그날, 한 사람은 싸구려 빵을 먹었고 또 한 사람은 쫄쫄 굶었다. 그런데 그들은 "두 쪽과 차 한 잔"을 시켰다. 각자 2펜스짜리를 주문한 것이다. 그리고 '두 쪽'은 버터 바른 빵 두 쪽을 말한다.

이것은 구빈원 수위 앞에서와 마찬가지로 모욕적인 자기비하였다. 나는 그대로 두지 않았다. 조금씩 더 시켰다. 달걀과 베이컨을 시키고, 달걀을 더 시키고 베이컨을 더 시키고, 차를 추가하고, 빵을 더 달라고 했다. 그들은 매번 더 먹고 싶지 않다고 하면서도 음식이 나오면 게걸스럽게 먹어치웠다.

"2주 만에 처음 차를 마십니다." 마부가 말했다.

"정말 맛있는 차군요." 목수가 말했다.

각자 2파인트씩 차를 마셨는데, 내가 보기엔 차가 아니라 구정물이었다. 맥주와 샴페인만큼 그것과 차는 달랐다. 아니, '거의 맹물' 이지 차 근처에도 못 갔다.

그들이 처음에 내 정체를 알고 놀란 이후 음식이 그들에게 미친 영향은 신기했다. 처음에 그들은 의기소침했고 몇 번 자살을 결심했던 일을 이야기했다. 마부는 불과 며칠 전에 다리 위에 서서 물을 내려다보며 자살을 생각했다. 목수는 물은 나쁜 방법이라고 열을 올렸다. 발버둥칠 것을 알기 때문이었다. 총알이 '더 편리' 했지만 어디서 총을 구하겠는가? 그것이 문제였다.

따뜻한 '차' 를 들이켜면서 그들은 점점 쾌활해져서 자기 이야기를 더 많이 했다. 마부는 아내와 자식들을 잃었지만 아들이 하나 남았고 장성하여 그의 소규모 사업을 도왔었다. 그러다 일이 터졌다. 그의 아들, 서른한 살짜리 사내가 천연두로 죽고만 것이다. 곧 그 아들의 아버지, 마부도 열이 나서 3개월 동안 입원했다. 끝장이었다. 몸이 약해졌고, 곁을 지킬 든든한 아들도 없었고 사업은 망했고 빈털터리가 됐다. 일이 한번 터지고 나자 만사가 끝이었다. 노인에게 다시 시작할 기회란 없다. 친구들도 모두 가난해서 도움을 받을 수 없었다. 첫 번째 대관식 퍼레이드 때 관람석을 만드는 일을 하려고 했다. "그리고 똑같은 대답만 신물 나게 들었소. '안 돼! 안 돼! 안 돼!' 불과 일주일 전 해크니에서 구인광고를 보고 갔는데 나이를 말하자마자 이런 답이 돌아왔지요. "어이구, 나이가 너무 많습니다. 많아도 너무 많아요."

그 목수는 군대에서 태어났다. 아버지가 22년 동안 군에 복무했던 것이다. 그의 두 형도 군대에 갔다. 한 형은 제7경기병 중대 선임상사로 인도 폭동 뒤 죽었고 다른 형은 9년간 로버츠(보어전쟁에서 뛰어난 기량을 발휘한 영국군의 육군원수—옮긴이) 밑에서 동양에 있다가 이집트에서 전사했다. 목수는 군대에 가지 않았고 덕분에 아직 목숨을 부지하고 있다.

"손 좀 줘 보슈." 그가 자신의 너덜너덜한 셔츠를 열며 말했다. "전 해부학자들이 좋아할 사람이죠. 뼈만 남았거든, 선생님. 못 먹어서 정말 뼈밖에 없소. 갈비뼈를 만져보시면 알 겁니다." 셔츠 속에 손을 넣어 만져봤다. 피부가 뼈 위에 양피지처럼 펼쳐져 있었다. 마치 빨래판을 만지는 것 같았다.

"아내가 있고 토끼 같은 딸들이 셋 있었던 7년이 더없이 행복했소." 그가 말했다. "하지만 전부 죽었어요. 성홍열이 보름 만에 아이들을 다 데려갔소."

마부가 빵을 가리키며 말했다. "선생님, 이걸 다 먹으면 구빈원 아침은 못 먹겠네요." 화제를 밝은 것으로 돌리고 싶은 모양이었다.

"저도요." 목수가 말했다. 둘은 먹는 낙과 지난날 마음 넓은 아내가 해준 맛난 음식에 대해 이야기했다.

"난 사흘 동안 아무것도 못 먹은 적이 있어." 마부가 말했다.

"난, 닷새." 목수는 당시 상황이 기억나는 듯 침울하게 말했다. "닷새 동안 오렌지껍질 조금 말곤 못 먹었지. 거의 제정신이 아니었소. 죽을 뻔했지. 밤에 거리를 헤매다가 어떤 땐 너무 절망스러워서 막 가자는 생각도 했소. 무슨 말인지 아시오? 강도질을 하는 거 말이오. 하지만 아침이 돼서 내 꼴을 보니 추위에 떨고 굶주려서 쥐 한 마리 잡을 힘도 없었소."

그 가련한 생명들은 음식에 빠져들면서 점차 대담해져 정치 이야기를 하기 시작했다. 그들도 평균 중산계급처럼 정치 이야기를 할 수 있고 내가 만났던 몇몇 중산계급 사람들보다 아주 잘했다. 놀라웠던 것은 그들이 세상과 사람들 그리고 최근의 사건들에 대해 알고 있다는 사실이었다. 좀 전에 말했듯 이 둘은 멍청이가 아니었다. 그저 늙었고 자식들이 끝까지 살지 못하여 따뜻한 불 옆자리를 마련해주지 못한 것뿐이었다.

길모퉁이에서 작별인사를 했다. 그들은 호주머니 속의 몇 실링과 잠자리를 얻을 기대에 행복해 보였다. 내가 담뱃불을 붙이고 꺼지지 않은 성냥을 던지려는 찰나 마부가 손을 뻗어 성냥을 잡았다. 내가 성냥상자를 내밀자 그는 이렇게 말했다. "괜찮소. 낭비 마쇼." 그가 내가 준 담배에 불을 붙이는 동안 목수도 그 성냥으로 불을 붙이려고 허겁지겁 파이프를 채우고 있었다.

"낭비는 나쁜 거요." 그가 말했다.

"그렇죠." 나는 그렇게 말하면서 내가 만져본 빨래판 같은 갈비뼈를 떠올렸다.

9

구빈원

고대 스파르타인에게는 아주 현명한 방법이 있었다. 농노들이 너무 많아지자 농노를 사냥했고 창으로 찌르고 침을 뱉었다. 화기의 발명과 상비군의 창설 이후 개량된 사냥법 덕분에 사냥이 훨씬 더 쉬워졌다. 아무리 사람들이 밀집해 사는 나라라고 해도 1년 동안 늘어난 건장한 몸의 빈민을 전부 쏘아 죽이는 데 사흘이면 충분할 것이다. -칼라일

우선 내 몸에게 험하게 끌고 다녀서 미안하다고, 위장에게 험한 것을 먹여 미안하다고 사과해야겠다. 나는 구빈원에 있었고 그곳에서 잤고 그곳에서 먹었다. 그다음 그곳을 빠져나왔다.

화이트채플 부랑자 수용소 입소에 두 번 실패한 뒤 일찍부터

화이트채플 구빈원 앞.

서둘러서 오후 3시가 되기 전에 줄을 섰다. 6시가 돼야만 '입장'할 수 있었지만 3시에 이미 나는 스무 번째였다. 스물두 명만 입소한다는 소문이 돌았다. 4시가 되자 서른네 명이었고 마지막 열 명은 기적이라도 바라는 심정으로 실낱같은 희망을 붙들고 있었다. 사람들이 더 왔는데 줄을 보더니 이미 '다 찼다'는 쓰라린 현실을 인식하고 가버렸다.

줄에 서 있는 처음 얼마간은 대화가 뜸했다. 그런데 내 앞뒤에 있던 사람들이 서로 천연두 치료 병동에 같이 있었다는 사실을 알게 됐다. 600명의 환자가 득실거려 서로 알아볼 기회는 없었지만, 이들은 이내 자신들의 병이 얼마나 끔찍했는지 너무도 냉혹하고 솔직하게 비교하고 이야기하기 시작했다. 그 병의 평균 사망률이 6분의 1이며 어떤 이는 3개월, 어떤 이는 3개월 반을 그 병동에 있었고 그들은 "그 병으로 완전히 망가졌다"고 했다. 그러자 갑자기 피부가 근질근질하고 스멀스멀한 느낌이 들어서 그들에게 퇴원한 지 얼마나 됐는지 물어보았다. 한 사람은 2주, 또 한 사람은 3주가 됐다고 했다. 그들의 얼굴은 심하게 얽어 있었고(그런데 둘은 서로에게 괜찮다고 말했다) 급기야 손과 손톱 밑에서 아직도 활동 중인 천연두 '씨'를 보여주기까지 했다. 아니, 한 사람이 나한테 보여주겠다고 씨 하나를 꺼냈는데 그의 살에서 나오자마자 터져서 공기 중으로 날아갔다. 나는 옷깃을 꽉꽉 여미고 나한테 튀어오지 않기를 속으로 간절히 빌었다.

두 사람의 경우 천연두가 '부랑'의 원인일 것이다. 병에 걸렸을 때 두 사람 모두 일이 있었지만 퇴원 후 암울한 취업 상황에 부딪혀 '파산했다'. 지금도 일자리가 없어서 거리에서 사흘 밤낮을 지내고 '쉬려고' 구빈원에 온 것이다.

나이든 사람뿐만 아니라 병에 걸리거나 사고를 당한 사람들도 부지불식간에 닥친 불행으로 고통 받는 모양이었다. 또 다른 사람과 이야기를 나누었다. 남들이 그를 '진저(Ginger)'라고 불렀다. 줄 제일 앞에 서 있는 것을 보니 1시부터 기다린 것이 확실했다. 1년 전 생선 판매상에게 고용되어 일하던 어느 날 너무 무거운 생선 상자를 운반하게 되었다. 그 결과 '무엇인가가 부서졌고' 상자가 바닥에 나동그라지고 그도 바닥에 넘어졌다.

곧바로 병원으로 옮겨졌는데 의사는 탈장이라며 불룩하게 부풀어 오른 것을 가라앉혀주고 바셀린을 발라주더니 네 시간 동안 누워 있다가 가라고 했다. 그러나 그는 두세 시간 후 길바닥에 쓰러졌다. 이번에는 다른 병원에 갔는데 대충 가라앉게 해주었다. 그러나 문제는, 고용주가 자기를 위해 일하다가 상해를 입은 그를 위해 아무것도, 전혀 아무것도 해주지 않았으며, 그가 퇴원한 뒤 '가끔씩 하는 쉬운 일' 조차 주지 않은 것이었다. 진저는 파산했다. 그의 유일한 생계유지 수단은 중노동이었다. 이제 중노동을 할 수가 없었고 죽을 때까지 구빈원이나 거리에서 음식과 쉼터라고 부를 만한 것을 구해야 했다. 일이 터졌고 그것으로 끝이었다. 너무 무거운 생선 상자를 등에 졌더니 행복을 추구할 기회가 사라져버렸다.

줄 서 있던 사람 중 여러 명이 미국에 가본 적이 있다고 했다. 그들은 미국에 그냥 있었으면 좋았을 것이라고 아쉬워하며 떠나온 것이 어리석은 짓이라고 자책했다. 영국은 그들에게 감옥이 되어버렸다. 벗어날 희망이 없는 감옥. 그들이 여기서 떠나는 것은 불가능했다. 운임을 모을 수도 없었고 운임을 벌 일자리도 없었다. 이 나라는 그런 불쌍한 사람들이 우글거렸다.

내가 옷도 돈도 없는 뱃사람 행세를 했더니 사람들이 모두 나를 위로해주고 충고도 많이 해주었다. 충고의 내용은 대충 이랬다. 구빈원 같은 곳에 기웃거리지 마라. 나한테 이로울 게 없다. 바닷가에 가서 어떻게 해서든 배를 탈 방법을 찾아라. 할 수 있다면 일자리를 찾아서 돈을 모아 그 돈으로 선원들을 매수해서 배에 탄 후 뱃삯 대신 할 일을 찾아라. 사람들은 나의 힘과 젊음을 부러워했다. 젊고 힘이 있으니 조만간 다른 나라로 갈 수 있을 것이라고 했다. 그들에게는 이제 힘과 젊음이 없었다. 나이가 들고 고생하다가 망가져버렸다. 이제 만사가 다 끝이었다.

그러나 단 한 명, 아직 젊어서 도망칠 수 있을 것 같은 사람이 있었다. 그는 젊은 시절 미국에 갔는데 그곳에 체류하는 14년 동안 12시간 이상 일을 쉬어본 적이 없었다고 했다. 돈을 저축해서 부자가 되어 조국에 돌아왔다. 이제 그는 구빈원 앞에 줄서 있었다.

지난 2년 동안 그는 요리사로 일했다고 했다. 아침 7시부터 밤 10시 30분까지 일했고 토요일에는 12시 30분까지 일했다. 주당 95시간이었고 그렇게 일해서 그는 20실링, 즉 5달러를 벌었다.

"하지만 장시간 노동에 죽을 지경이었어요"라고 그가 말했다. "그래서 일을 그만둬야 했어요. 저축해둔 돈이 좀 있었지만 생활비와 다른 일자리를 알아보느라 써버렸지요."

그날이 그에게는 구빈원에서의 첫날밤이었으며 그가 온 것은 쉬기 위해서였다. 그곳에서 나가면 바로 브리스틀로 출발할 생각이었다. 177킬로미터 떨어져 있는 곳이었다. 그는 그곳에서 미국행 배를 탈 수 있을 것이라고 믿었다.

그러나 거기 줄 선 사람들이 모두 그와 같지는 않았다. 어떤 이는 불쌍하고 열등한 짐승처럼 둔했고, 말도 어눌했다. 그렇다고 해도 그는 분명 인간이었다. 한 마부가 기억난다. 그는 일을 마치고 집으로 돌아가는 길에 우리 앞에 마차를 세웠다. 자신을 만나러 달려온 앞길이 창창한 어린아이를 마차에 태우기 위해서였다. 그러나 마차는 컸고 앞길 창창한 어린이는 마차에 기어오르려 했지만 작아서 계속 실패했다. 그러자 줄 서 있던 사람 중 가장 불쌍해 보이는 남자가 다가가 아이를 들어올려 태워주었다. 이 행동이 가치 있고 기쁜 일이 된 것은 보답을 바라지 않고 그저 애정 때문에 한 행동이었기 때문이다. 마부는 가난했고 그 남자도 그 사실을 알고 있었다. 그리고 그 남자는 구빈원 앞에 줄 서 있었고 마부도 그 사실을 알고 있었다. 그 남자는 한 인간으로서 평범한 일을 했고 마부는 그 일에 감사했다. 독자들이나 나라도 그렇게 했을 것이고 그렇게 감사했을 것이다.

그처럼 아름다운 관계를 한 '홉 따는 노인'과 그의 '늙은 여인'에게서도 보았다. 그가 30분 정도 줄 서 있었을 때 그 '나이 든 여인(그의 배우자)'이 그에게 다가왔다. 그녀는 계급에 비해 상당히 잘 차려입었고 반백의 머리에 낡은 보닛을 쓰고 거친 천 꾸러미를 안고 있었다. 그녀가 그에게 이야기하는데 그가 몸을 앞으로 숙여 거칠게 나부끼는 그녀의 흰머리 한 가닥을 잡더니 손가락으로 꼬아서 귀 뒤에 꽂아주었다. 여기서 알 수 있는 사실이 많다. 그는 그녀를 아주 좋아해서 그녀가 단정하고 예뻐 보이기를 바랐다. 그는 그녀가 구빈원 앞에 줄 서 있는 처지였지만 그녀를 자랑스럽게 여겼고 거기 서 있는 다른 불쌍한 사람들이 그녀를 예쁘다고 생각하기를 바랐다. 그러나 무엇보다 중요한 것, 이 모든 동기의 밑바닥에 있는 것은 그가 그녀에게 확고한 애정을 품고 있다는 사실이다. 남자는 좋아하지 않는 여자가 단정하든 말든 정갈하든 말든 신경 쓰지 않으며 좋아하지 않는 여자를 자랑스러워하지도 않으니까 말이다.

그리고 이야기를 들어보니 이 부부는 아주 부지런한 사람들이었다. 그런데 어떻게 빈민 수용소에 오게 됐는지 궁금했다. 그는 늙은 아내와 자기 자신에 대해 자부심이 있었다. 내가 나 같은 풋내기가 '홉 따기'로 돈을 벌 수 있겠는지 묻자 그는 나를 살피더니 상황에 따라 다르다고 했다. 많은 사람들이 너무 느리게 홉을 따서 실패했다. 성공하기 위해서는 머리를 써야 하고 손가락을 빨리, 아주 빨리 놀려야 한다. 그 부부는 이제 일을 아주 잘해서 둘이서 한 통을 놓고 작업하는 데 전혀 걱정이 없었다. 그러나 그것은 그들이 수년 동안 그 일을 한 뒤였다.

"작년에 내가 내려갔을 때 동료가 하나 있었소"라고 말하며 한 남자가 나섰다. "초보였는데 그 사람은 주머니에 2파운드 10실링을 가지고 왔소. 일하러 간 지 한 달밖에 안 됐을 때지."

"그것 보시오"라고 홉따기꾼이 말했다. 몹시 감탄한 목소리였다. "그는 빨랐던 거요. 그는 정말이지 그 일에 타고난 거지. 그렇다니까."

'그 일에 타고난' 사람이 한 달 일해서 2파운드 10실링, 즉 12달러 50센트를 벌다니! 게다가 이불도 없이 노숙하며 지내는 것이 어떤지는 아무도 모를 것이다. 내가 무슨 일엔가, 심지어 홉 따기에 '타고난' 재능이 없는 것이 다행이다.

그 홉 따는 노인이 일하는 데 필요한 물건을 마련하는 방법을 알려주었다. 런던타운에서 오갈 데 없이 된 나약하고 물정 모르는 사람이라면 나처럼 귀를 기울였을 것이다.

켄트에서 '계속 걷고 있는' 런던의 전형적인 홉 따는 사람과 그의 아내.

"양철냄비와 조리기구가 없으면 빵과 치즈밖에 못 먹소. 그럼 가망 없어. 제대로 일을 하려면 뜨거운 차와 채소, 때때로 고기도 조금 먹어야지. 찬 음식을 먹고는 일할 수가 없어. 어떻게 해야 할지 일러주지, 청년. 아침에 돌아다니며 쓰레기통을 살펴봐. 요리할 양철냄비를 많이 찾을 거야. 어떤 건 정말 좋은 물건들이야. 나와 아내는 그런 식으로 물건을 구한다네." 그는 그녀가 가지고 있는 자루를 가리켰고 그녀는 자랑스럽게 고개를 끄덕이며 일이 잘됐다는 듯 온화하게 미소를 지었다. "이 코트는 이불만큼 좋지." 그가 말을 이으며 코트 자락을 내밀어 얼마나 두꺼운지 만져보라고 했다. "게다가 얼마 안 있어서 진짜 이불을 찾게 될지 누가 알겠어."

여자가 고개를 끄덕이고 미소를 지었다. 이번에는 머지않아 이불을 찾을 것을 확신하는 듯했다.

"난 그걸 쇼핑축제라고 불러." 그가 아주 기쁜 듯 말했다. "2, 3 파운드를 아끼고 겨울을 준비하는 훌륭한 방법이야. 내가 싫어하는 건, 저쪽으로 '계속 걷는 것' 밖에 없어." (여기에 문제의 조짐이 약간 있었다.)

세월이 이 원기 왕성한 부부에게 영향을 미치고 있는 것이 분명했다. 손가락은 부지런히 놀리지만 걷는 일이 큰 부담이 되기 시작했다. 그리고 그들의 반백의 머리를 보며 10년 후 그들이 어떻게 될지 궁금해졌다.

한 남자와 그의 부인이 줄에 섰다. 둘 다 쉰이 넘어 보였다. 여자는 여자이기 때문에 구빈원에 들어갈 수 있었지만 남자는 너무 늦게 왔기 때문에 아내와 헤어져 노숙을 해야 했다.

내가 서 있던 길은 벽과 벽 사이가 겨우 6.1미터밖에 되지 않았다. 인도의 폭은 91센티미터였다. 그곳은 주택가였다. 정확히 말하자면 노동자와 가족들이 우리가 선 곳 건너편에서 이러저러하게 살았다. 그리고 그 집의 현관문과 창에서 보이는 풍경이라고는 매일 오후 1시부터 6시까지 궁상맞게 줄 선 우리 같은 사람들이 고작이다. 한 노동자가 고된 일과를 마친 뒤 우리 바로 맞은편에 있는 자기 집 문간에 앉아 쉬며 한숨을 돌리고 있었다. 그의 아내가 다가왔고 둘은 이야기를 나누었다. 문이 너무 작아서 아내는 서 있었다. 아기들이 그 앞에 기어다니고 있었다. 그리고 그곳에서 채 6.1미터도 떨어지지 않은 이쪽에 줄이 있었다. 그 노동자에게도 극빈자에게도 사생활은 없었다. 거의 우리 발치에서 아이들이 놀고 있었다. 아이들에게 우리의 존재는 전혀 이상할 것이 없었다. 우리는 낯선 이들이 아니었다. 그 동네에 있는 벽돌이나 도로경계석처럼 자연스럽고 평범했다. 아이들은 태어날 때부터 줄을 보았으니 오래는 아니지만 평생 줄을 본 셈이다.

6시가 되자 줄이 앞으로 움직여서 세 명씩 입장했다. 감독관이 이름, 나이, 직업, 출생지, 빈곤 정도, 전날 밤의 '잠자리'를 번개처럼 재빨리 기록했다. 그런 뒤 내가 돌아섰는데 누군가 내 손에 벽돌 같은 느낌이 드는 것을 찔러넣고 내 귀에 이렇게 소리쳐서 깜짝 놀랐다. "칼, 성냥, 담배 있나?" 같이 들어온 사람들처럼 나도 거짓말을 했다. "없습니다." 계단을 내려가 지하실에 가서 그 벽돌 같은 것이 무엇인지 보았다. 억지를 쓰자면 '빵'이라고 부를 수 있을 것 같았다. 무게와 굳기로 보니 효모가 들어 있지 않은 빵이 분명했다.

지하실의 불빛은 매우 어두웠다. 그런데 내 다른 쪽 손에도 무언가가 들려 있었다. 알고 보니 작은 접시였다. 그런 뒤 훨씬 더 어두운 방으로 더듬더듬 걸어갔다. 긴 의자와 탁자, 사람들이 있었다. 몹시 고약한 냄새가 났고 음산한 어둠과 알아들을 수 없는 웅얼거림이 들려 마치 지옥 문 앞 같았다.

그들 대부분, 지쳐서 발이 아파서 밥을 먹기 전 우선 신발을 벗고 발을 감싸고 있던 더러운 넝마를 풀었다. 덕분에 악취가 더 고약하게 진동해서 내 식욕은 싹 달아나버렸다.

사실 내 잘못이었다. 내 앞에 놓인 것 같은 음식을 먹으려면 며칠 굶었어야 했는데 5시간 전에 배불리 먹었으니까 말이다. 접시에는 스킬리 4분의 3파인트, 즉 옥수수를 더운 물에 탄 것이 있었다. 사람들은 빵을 더러운 식탁 위에 널려 있는 소금에 찍어 먹었다. 나도 그렇게 해보았지만 빵은 막대기처럼 딱딱했다. 목수의 말이 떠올랐다. "빵은 너무 딱딱해서 물이 없으면 못 먹는다네."

다른 사람들을 보니 컴컴한 한쪽 구석에서 물을 마시기에 나도 가서 물을 마셨다. 그런 뒤 돌아와 스킬리를 먹기 시작했다. 깔깔한 느낌이 들고 간이 맞지 않고 썼다. 삼키고 난 뒤에도 계속 입에 쓴맛이 남아 더 역겨웠다. 나는 사내답게 도전했지만 구역질이 나서 스킬리와 빵 대여섯 입밖에 못 먹었다. 옆자리의 사람은 자기 것과 내 것을 다 먹고, 그것도 접시를 박박 긁어 먹고도 배가 고픈 듯 먹을 것을 더 찾고 있었다.

"'도시 사람'을 한 명 만났는데 너무 맛있는 밥을 사주더라고." 내가 둘러댔다.

"난 어제 아침부터 굶었소." 그가 대꾸했다.

"담배는 어때?" 내가 물었다. "감독관이 지금 성가시게 할까?"

"아니, 아니." 그가 대답했다. "절대 아냐. 여기가 제일 널널한 스파이크야. 당신은 다른 데도 좀 봐야 해. 배 속까지 다 뒤진다니까."

사람들은 접시를 싹싹 다 긁어 먹고 나더니 이야기를 시작했다. "여기 감독관은 항상 우리에 대해 서류에 기록해." 다른 쪽 옆 사람이 말했다.

"뭐라고 쓰는데요?" 내가 물었다.

"으응, 우리가 쓸모없다고 썼지. 일하기 싫어하는 불량배에 건달이라고. 내가 20년 동안 들어는 봤지만 실제로 하는 사람은 못 본 온갖 수법이 쓰여 있지. 내가 마지막으로 본 건데, 한 놈이 구빈원에서 빵조각을 가지고 나가서 하는 짓이 쓰여 있더군. 멋진 노신사가 지나가는 걸 본 다음 그 빵조각을 하수구에 던져. 그다음에 노신사한테서 지팡이를 빌려서 그걸 꺼내려고 하는 거지. 그럼 노신사가 6펜스짜리 은화를 주는 거야."

그 터무니없는 허풍에 환호성이 올랐는데, 컴컴한 구석 어딘가에서 누군가 화난 듯 연설조로 외쳤다.

"먹을 것 많은 동네는 어디요? 알고 싶어. 난 도버에서 얼마 전에 올라왔소. 그래서 먹을 게 없소. 사람들은 물 한 모금도 안 주잖아. 절대 안 주지. 하물며 음식은."

"켄트에서 절대 안 벗어나는 놈들이 있지." 또 다른 목소리였다. "놈들은 평생 무위도식하며 살아."

"나도 켄트에 가봤소." 첫 번째 목소리가 말을 이었다. 훨씬 더 화난 목소리였다. "제기랄, 음식 구경도 못했소. 그놈들이 얼마나 벌 수 있는지 이야기하는 걸 들었는데 그런 놈들이 구빈원에서는 자기 몫뿐만 아니라 내 몫도 먹을 수 있어."

"런던에는 원하는 만큼 다 먹을 수 있어서 떠날 생각이 전혀 없는 놈들이 있어." 식탁 건너편 남자가 말했다. "1년 내내 런던에 머물지. 그런 놈들은 밤 9시나 10시가 될 때까진 잠자리를 찾을 생각도 안 해."

옳다고들 웅성거렸다.

"그런데 그놈들은 지독하게 영리해." 누군가 감탄하는 듯 말했다.

"그렇긴 한데 나나 형씨는 그럴 수가 없어." 다른 목소리가 말을 받았다. "내 말은, 그렇게 타고나야 한다는 거지. 그 놈들은 태어날 때부터, 아니 아버지 어머니 대에서부터 마차문을 열고 신문을 팔았어. 그러니까 벌써 다 훈련이 된 거지. 나나 형씨들 같은 부류는 절대 못해."

이번에도 옳다고들 웅성거렸다. "열두 달 내내 구빈원에 살며 구빈원에서 주는 스킬리와 빵 말고는 눈곱만큼도 더 안 먹는 놈들"이 있다는 소리도 들렸다.

"한번은 스트라트포드 구빈원에서 반 크라운을 받은 적이 있었지." 새로운 목소리였다. 순간 조용해지더니 모두 그 굉장한 이야기에 귀를 기울였다. "나랑 두 사람이 바위 깨는 일을 맡았어. 겨울이고 지독하게 추웠어. 그런데 두 사람이 그 일을 절대 안 하겠다고 버텼지. 나는 몸을 데우려고 계속 돌을 부수고 있었어. 그때 감독관들이 왔고 그 놈들은 14일 동안 갇혔지. 감독관들이 내가 일하는 걸 보더니 다섯 명이 6펜스짜리 은화 하나씩을 나한테 주고는 나를 돌려보냈어."

이들 대다수, 아니 전부가 구빈원이 싫었지만 궁지에 몰리면 구빈원에 찾아온다. '휴식' 뒤 이틀이나 사흘 동안 거리에서 버티다가 또 궁지에 몰리면 다른 쉼터를 찾았다. 물론 이렇게 계속 고생하면 건강은 급속도로 악화된다. 그들도 그렇게 된다는 것을 잘 알고 있었지만 어쩔 수 없었다. 게다가 너무도 평범한 일이어서 걱정도 하지 않았다.

미국에서와 영국에서 '노숙'을 칭하는 말이 다른데, 뭐라고 부르든 잠자리를 찾는 일은 가장 심각한 문제로서 먹는 문제보다 더 큰일이다. 주로 험한 날씨와 엄격한 법 때문이지만 노숙자들은 외국이민자들, 주로 폴란드와 러시아 유대인들 때문에 자신들이 노숙자가 됐다고 생각한다. 그들이 저임금으로 자신들의 자리를 빼앗고 노동착취제도를 정착시켰다고 말이다.

7시가 되자 모두 목욕을 하고 잠자리에 들라는 명령을 받았다. 옷을 벗어 겉옷으로 돌돌 말아 벨트로 채운 뒤 선반이나 바닥에 수북하게 쌓았다. 해충을 옮기는 데에는 너무도 적합한 방법이었다. 그런 뒤 두 사람씩 욕실에 들어갔다. 두 개의 욕조가 있었는데 목욕은 이렇게 한다. 앞의 두 사람이 그 물로 몸을 씻었고 우리가 그 물로 씻고 우리 뒤에 들어오는 두 사람도 그 물로 씻는다. 우리 스물두 명이 모두 그 물로 씻었을 것이 분명하다.

나는 이 찝찝한 물을 조금 끼얹어 씻으면서 방금 다른 사람이 닦은 수건으로 재빨리 물을 털어냈다. 어떤 불쌍한 사람의 등에 있는 해충에게 물린 자국과 날카롭게 할퀸 자국을 보니 도저히 태연할 수가 없었다.

셔츠를 한 장씩 받았다. 얼마나 많은 사람이 입었던 것인지 궁금해하지 않을 수 없었다. 담요 몇 장을 팔에 끼고 터덜터덜 취침실로 향했다. 그 길쭉하고 좁은 방에는 낮은 철제 가로대 두 개가 놓여 있었다. 이 가로대 사이에 천을, 그물침대가 아닌 천을 펼쳐 매달아놓았다. 길이는 183센티미터 너비는 61센티미터가 채 안 됐다. 이런 것을 침대라고 했다. 둘은 15센티미터 떨어져 있었고 바닥에서는 20센티미터 정도 떨어져 있었다. 머리 쪽이 발 쪽보다 높은 것이 큰 문제였다. 많은 사람들이 거기에 눕다 보니 그렇게 된 것이었다. 한 가로대에 매달려 있었기 때문에 한 사람이 움직이면, 아무리 조심스럽게 움직인다고 해도 다른 사람도 같이 흔들렸다. 내가 잠이 들려고 할 때마다 누군가가 미끄러져 떨어져 제자리로 돌아가려고 움직이는 바람에 잠에서 깼다.

잠드는 데 오래 걸렸다. 저녁 7시밖에 안 된 시간이어서 길에서 노는 아이들의 새된 고함소리가 들렸고 그 소리는 거의 자정까지 이어졌다. 냄새가 불쾌하고 역겨워 나도 모르게 상상력이 발동하여 피부가 스멀스멀하고 근질거려서 거의 미칠 지경이었다. 끙끙거리고 신음하고 코고는 소리가 바다 괴물의 소리 같았다. 계속 악몽에 시달렸고 누군가 비명을 질러 사람들이 깨기도 했다. 아침이 다 되어갈 때 쥐이거나 쥐 비슷한 동물이 내 가슴 위에 올라와 있는 것을 보고 잠에서 깼다. 설핏설핏 자다가 완전히 깨기 전에 시체도 깨울 것 같은 비명을 지르며 일어났다. 어쨌든 나는 시체가 되지 않고 깨어났지만 사람들이 잠버릇이 고약하다고 욕을 퍼부었다.

화이트채플 진료소.

아침 6시에 빵과 스킬리가 나왔는데 먹지 않았다. 할 일이 전달되었다. 어떤 이들은 쓸고 닦았고 뱃밥을 만드는 이들도 있었다. 나를 포함한 여덟 명은 길 건너편 화이트채플 진료소에서 청소를 하게 됐다. 스킬리와 잠자리에 대한 값이었다. 제값의 족히 몇 배 더 되는 값이었다.

우리 일은 아주 역겨운 것이었지만 다른 사람들이 보기에는 최고의 일이어서 그 일을 맡은 우리를 행운으로 쳤다.

"그거 만지지 마쇼, 간호사가 죽는댔소." 쓰레기통을 비우도록 자루를 열어주고 있을 때 내 파트너가 말했다.

환자수용소에서 나온 것이었다. 나는 만지려고 하지도 않았고 만지고 싶지도 않다고 했다. 하지만 어쨌든 나는 그 자루를 비롯해 다른 자루들을 다섯 계단 아래에 있는 저장소에 가서 비워야 했다. 곧바로 살균제가 뿌려지는 곳이었다.

이 모든 것에는 지혜로운 은총이 베풀어져 있다. 구빈원과 부랑자들은 골칫거리다. 남들에게 도움이 되지도 않고 스스로에게도 마찬가지다. 이들이 존재하여 세상이 엉망이 되니 없는 것이 더 낫다. 고생으로 몸이 망가지고 잘 먹지 못하고 영양이 부족하니, 늘 질병에 제일 먼저 걸리고 제일 먼저 죽는다.

그들은 사회가 자신들을 없애려 한다고 생각했다. 우리는 영구차가 들어와 시신 다섯 구가 영안실에 차면 그 옆에서 살균제를 살포했다. 이야기가 '하얀 물약'과 '검정 큰 잔'으로 넘어갔다. 진료소에서 너무 폐를 끼쳤거나 중병에 걸린 빈민들은 남녀를 불문하고 '해치워졌다'고 입을 모았다. 다시 말하면 불치병 환자와 다루기 힘든 사람들이 '검정 큰 잔'이나 '하얀 물약'을 처방받아 죽었다는 것이다. 실제로 그랬는지는 중요치 않다. 그들이 그런 일이 일어난다고 생각하고 있고 '하얀 물약', '검정 물약', '해치웠다' 같은 말로 그런 생각을 퍼뜨리고 있다는 사실이 중요하다.

8시에 진료소 지하실에 내려갔고 차를 한 잔 받았다. 그곳에는 병원 쓰레기가 있었다. 쓰레기는 거대한 접시처럼 생긴 것 위에 뭐라고 표현해야 할지 알 수 없을 만큼 뒤죽박죽인 상태로 높이 쌓여 있었다. 빵조각, 돼지비계, 구운 고깃덩이의 탄 껍질, 뼈다귀 등 간단히 말하면 온갖 병을 앓고 있는 환자들의 손가락과 입을 거쳐 나온 것들이었다. 사람들은 이런 쓰레기 속에 손을 집어넣어 후벼파고 긁어내고 휘젓고 꺼내고 다시 내던지며 서로 차지하려고 다투었다. 역겨웠다. 돼지들도 그보다 더 역겨운 짓은 못할 것이다. 하지만 그 가난한 사람들은 너무 굶주려서 그런 쓰레기를 아귀아귀 먹었고 더 못 먹게 되자 손수건에 싸서 셔츠 속에 넣었다.

"언젠가 여기 왔을 때 저쪽에서 오래된 돼지갈비를 잔뜩 찾았지"라고 진저가 말했다. '저쪽'은 쓰레기를 버리고 강력한 살균제를 부리는 곳이었다. "최상급이었지. 뼈다귀에 살이 하도 많이 붙어 있기에 덥석 안고 문 밖으로 뛰쳐나가 거리로 갔어. 사람들한테 주려고 말이야. 아무도 안 보이기에 미친 듯이 뛰어다녔어. 그래서 감독이 내가 도망가는 줄 알고 쫓아왔어. 잡히기 직전에 한 늙은 여자를 찾아서 앞치마에 쑤셔넣었지."

자선가들이여, 박애주의자들이여, 구빈원에 가서 진저에게 배워라. 밑바닥 중의 밑바닥에서 그는 여태 행해진 것 중 가장 순수하고 이타적인 행위를 했다. 진저로서는 좋은 일이었다. 그 늙은 여자가 돼지갈비의 '하도 많은 살'을 먹고 병에 걸렸다고 하면 잘된 일이라고는 못하겠지만 그래도 괜찮은 일이었다. 그러나 이 사건에서 가장 중요한 것은 가난한 진저, 너무 많은 음식이 버려진 것을 보고 '미친 듯이 뛰어다닌' 진저다.

부랑자 숙소에서는 반드시 이틀 밤을 머물러야 한다. 그러나 내 목적을 충분히 달성했고 스킬리와 잠자리에 대한 대가도 치렀기 때문에 나갈 준비를 했다.

"이봐, 나가지." 내가 같이 있던 한 사람에게 영구차가 들어온 후 열려 있는 문을 가리키며 말했다.

"14일 살고 싶어?"

"아니, 도망쳐야지."

"난 여기 자러 왔는걸." 그가 관심 없다는 듯 말했다. "하룻 밤 더 자둬야 몸이 안 상한다고."

다들 그래서 나는 혼자 나가야 했다.

"자넨 여기 다시 자러 올 수 없을 거야." 그들이 말렸다.

"걱정 마셔." 그들은 이해할 수 없겠지만 나는 단호하게 말했다. 그리고 잽싸게 그 문으로 빠져나와 거리로 내달렸다.

황급히 내 방으로 돌아와 옷을 갈아입었다. 탈출한 지 한 시간이 채 안됐는데 이미 나는 터키식 욕조에서 내 표피를 뚫고 들어온 온갖 병균을 땀으로 배출시키고 있었다. 100도, 아니 200도를 참을 수 있으면 좋겠다는 생각이 들었다.

10

밤의 부랑

노동자를 성과에 희생시키지 않을 것이다. 노동자를 내 편의와 자부심에 희생시키지 않고 나와 같은 높은 계급의 편의와 자부심에도 희생시키지 않을 것이다. 면사의 질이 좀 나빠도, 더 나은 직공이 있어도 그냥 두라. 직공은 자신의 일에 대한 우위를 빼앗겨서는 안 된다.
–에머슨

나는 사람들이 길에서 밤을 새며 무엇을 하는지 보려고 나갔다. 이 거대한 도시 전역에서 남녀를 불문하고 사람들이 돌아다니고 있지만 나는 웨스트엔드를 택했고 레스터 광장을 시작으로 템스 강변에서부터 하이드파크까지 헤매 다녔다.

극장에서 사람들이 나올 때 비가 퍼붓고 있어서 그 유흥의 장소에서 쏟아져나온 화려한 인파들은 마차를 잡기가 힘들었다. 거리에 마차가 줄을 서 있었지만 대부분 예약 손님이 있었다. 남루한 소년과 사내들이 마차가 없는 신사와 부인에게 마차를 잡아주고 잠자리를 구하려고 필사적으로 뛰어다녔다. '필사적'이라는 단어를 무심코 쓴 것이 아니다. 집 없는 불쌍한 사람들이 흠뻑 젖으면서까지 애쓰고 있었기 때문이다. 또한 그들 대부분이 그렇게 젖고도 잠자리를 구하지 못하기 때문이다. 젖은 옷을 입고 폭풍우 치는 밤을 보내는 것, 게다가 영양실조인 상태로 일주일, 아니 한 달 동안 고기라고는 입에 대지도 못했다면, 그렇게 밤을 보내는 일은 인간에게 너무도 모진 고통일 것이다. 나는 잘 먹고 잘 입은 채 체감 온도가 섭씨 영하 58도 정도까지 내려

밤, 레스터 광장 주변.

간 날 하루 종일 돌아다닌 적이 있었다. 힘들기는 했지만 흠뻑 젖은 채 밤새 거리를 걷는 것에 비하면 아무것도 아니었다.

극장 관객들이 집으로 돌아가자 거리는 아주 고적해졌다. 보이는 것이라고는 경찰들이 문이나 골목에 침침한 손전등을 비추는 모습과 사람들이 건물 아래에서 비바람을 피하는 모습밖에 없었다. 그러나 피커딜리가는 그렇지 않았다. 인도에는 에스코트해주는 사람도 없이 잘 차려입고 나온 여자들로 붐볐고 이들이 에스코트할 사람을 고르느라 어떤 거리보다 더 생기 넘치고 활동적이었다.

계속되던 호우는 1시 반에 그쳤고 이후에는 소나기만 간간이 내렸다. 건물에서 비를 피하던 집 없는 사람들이 나와 여기저기 걸어다녔다. 혈액순환을 돕고 몸을 따뜻하게 만들기 위해서였다.

초저녁에 오륙십 대로 보이는 아주 남루한 여자가 레스터 광장에서 멀지 않은 피커딜리가에 서 있는 것을 보았다. 여자는 비를 피하려 하거나 계속 걸을 생각도 없고 그럴 힘도 없는 듯 멍하게 서 있었다. 내 생각에는 젊고 피가 끓었던 과거를 간간이 떠올리는 것 같았다. 그러나 자주 생각에 잠기는 것처럼 보이지는 않았다. 지나는 경찰들이 모두 그녀에게 비키라고 했다. 그렇게 한 경찰의 순찰 구역에서 평균 여섯 번 자리를 옮기고 나면 다른 경찰의 구역에 들어가게 됐다. 3시가 되자 세인트제임스가까지 가 있었고 시계가 4시를 가리킬 때 그린 공원 철 난간에 기대 조용히 잠들어 있었다. 그때 차가운 소나기가 쏟아지고 있었으니 흠뻑 젖었을 것이 분명했다.

1시에 나는 이렇게 생각했다. 내가 런던타운에 있는 빈털터리 청년이라고 치자. 그리고 내일 일자리를 구해야 한다고 생각해보자. 일자리를 구하려면, 그리고 일자리가 생겼을 때 일을 하려면 힘이 있어야 하니 잠을 꼭 자야 할 것이다.

그래서 나는 건물의 돌계단 위에 앉았다. 5분이 지나자 경찰이 와서 나를 노려보았다. 나는 눈을 뜨고 있었고 경찰은 툴툴거리며 그냥 갔다. 10분 뒤 무릎을 베고 졸고 있었더니 좀 전의 그 경찰이 거칠게 말했다. "이봐, 너, 저리 가!"

그래서 갔다. 그리고 그 늙은 여자처럼 계속 움직여야 했다. 잠만 들면 경찰이 와서 나를 밀어냈다. 얼마 지나지 않아 나는 그 짓을 포기하고 한 런던 젊은이와 함께 걸었다. (그는 미국 동부로 가고 싶어했다.) 내가 건물 아래로 이어진 컴컴한 복도를 발견했다. 낮은 철문만 입구를 막고 있었다.

"이봐. 이걸 넘어 들어가서 푹 자자."

"뭐?" 그가 멈칫했다. "그러다 3개월 구류야. 난 안 해."

나중에 한번은 열너댓 살 된 소년과 함께 하이드파크를 지나고 있었다. 비쩍 마르고 눈이 퀭하고 병든 너무 불쌍해 보이는 소년이었다.

"저 울타리를 넘어가자." 내가 부추겼다. "나무 사이에 기어들어가서 자는 거야. 경찰들도 모를걸."

"어림없는 소리 마세요." 그가 대답했다. "공원 관리인들이 있어요. 6개월 살아야 할걸요." 이런! 세상이 달라져 있었다.

술주정뱅이와 경찰.

한 늙은 여인이 완전히 지쳐서 곯아떨어져 있는 것을 보았다.

내가 어렸을 때는 문 앞에서 자는 집 없는 소년 이야기를 읽곤 했다. 하지만 그런 일은 이미 까마득한 과거였다. 그런 일은 문학 작품 속에서는 앞으로도 오랫동안 상투적인 장면으로 살아남겠지만 냉정한 현실에서는 일어나지 않는다. 여전히 문간이 있고 소년들도 있었지만 그 절묘한 결합은 이제 일어나지 않았다. 문 앞은 비어 있었고 소년들은 잠자지 못하고 밤새 헤매 다녔다.

"아치 아래 내려갔었어." 다른 청년이 툴툴거렸다. 템스 강의 다리들이 시작되는 강가의 아치를 말하는 것이었다. "강이 엄청 사납게 흐를 때 아치 아래에 갔는데 경찰 한 놈이 와서 나를 쫓아냈어. 하지만 난 다시 거기 갔지. 경찰놈도 다시 와서 이렇게 말하더군. '이봐, 여기서 뭐하는 거야?' 그래서 가면서 내가 이렇게 말해줬지. '내가 이 형편없는 다리를 훔쳐가기라도 할 거라고 생각하는 거요?'"

밤새 헤매는 사람들 사이에서 그린 공원은 다른 곳보다 문을 일찍 여는 것으로 유명했다. 나도 새벽 4시 15분경 많은 사람들과 함께 그린 공원에 들어갔다. 다시 비가 내리고 있었지만 사람들은 밤새 걸어 지친 터라 의자에 머리가 닿자마자 잠이 들었다. 대다수가 흠뻑 젖은 잔디 위에 뻗었고 비가 계속 내리는데도 곯아떨어져버렸다.

권력자 비판을 좀 해야겠다. 권력을 가지고 있으니 그들은 원하는 것은 무엇이든 법으로 정할 수 있을 것이다. 하지만 그들이 만든 법이 얼마나 우스꽝스러운지 한번 보자. 그들은 집 없는 사람들이 밤새 이리저리 돌아다니게 만들었다. 집 없는 이들을 이

아치 아래.

집 문 앞에서 저 집 문 앞으로, 이 길에서 저 길로 몰고 공원에는 들어가지도 못하게 한다. 그들을 못 자게 하기 위해서가 분명하다. 그래, 좋다. 권력자들에게는 그들에게서 잠을 빼앗아갈 힘이 있으니까. 아니 빼앗는 것에 관해서라면 뭐든 가능하니까. 그러나 도대체 왜 새벽 5시에 공원 문을 열어 그들이 들어가 자도록 하는가? 만약 잠을 못 자게 하려면 왜 새벽 5시 이후에는 잠자도록 내버려두는가? 만약 잠을 못 자게 하려는 것이 아니라면 왜 새벽이 되기 전에는 못 자게 하는가?

덧붙여 말하자면 그날 오후 1시에 그린 공원에 갔는데 수많은 지친 빈민들이 잔디 위에서 자고 있었다. 일요일 오후였고 해가 들락날락했고 수천 명의 잘 차려입은 웨스트엔드 사람들이 아내

그린 공원.

잘 차려입은 웨스트엔드 사람들이 아내와 자식을 데리고 산책하고 있다.

와 자식을 데리고 산책하고 있었다. 끔찍하고 지저분한 부랑자들은, 그들에게 보기 싫은 광경이었다. 하지만 부랑자들 자신도 전날 밤에 잘 수 있었으면 잤을 것이고 그랬기를 바라고 있었다.

그러니 나약한 이들이여, 런던타운에서 의자나 잔디밭에 잠들어 있는 이들을 보더라도 그들이 게을러서 일하지 않고 자고 있다고 생각지는 말라. 권력자들이 밤새도록 그들을 걷게 했고, 낮에 잠을 잘 곳은 거기밖에 없으니까 말이다.

11

공짜 밥

> 건강한 몸에 대한 요구가 다른 모든 당연한 요구들보다 우선한다고 생각한다. 심지어 부자들도 걸리고 마는 질병의 씨앗이 처음에 어디 뿌려지는지는 아무도 모르기 때문이다. 선조들의 방종 때문일 수도 있지만 가난 때문일 가능성이 가장 크다. - 윌리엄 모리스

그런데 나는 밤새 헤매 다닌 뒤 아침이 됐을 때 그린 공원에서 자지 않았다. 완전히 젖어 있었고 24시간 동안 잠을 자지 못했다. 하지만 일자리를 찾고 있는 빈털터리가 되기로 했기에 여기저기 둘러보며 우선 아침밥을 구해 먹고 일자리를 찾아야 했다.

밤에 템스 강의 서리(Surrey) 쪽 어떤 장소 이야기를 들었다. 그곳에서 구세군이 매주 일요일 아침, 더러운 하층민들에게 아

침밥을 나누어준다고 했다. (밤새 돌아다닌 사람들은 아침에 더러운 상태일 테고, 마침 비가 오고 있지 않다면 씻었을 가능성이 많지 않을 것이다.) 아침을 먹고 하루 종일 일자리를 찾는 것, 내가 하려던 바로 그 일이었다.

거기까지 가는 길은 힘들었다. 지친 다리를 끌며 세인트제임스가로 갔고 펠멜가를 지나 트라팔가 광장을 건너 스트랜드가로 갔다. 워털루교를 지나 서리 쪽에서 블랙프라이어스로를 가로질러 서리 극장 근처에 갔고 7시가 되기 전 구세군 병영에 도착했다. 이곳은 '페그(Peg)'였다. 은어로 공짜로 밥을 먹을 수 있는 곳이라는 뜻이다.

우울하고 남루한 온갖 사람들이 모여들어 있었다. 빗속에서 밤을 지낸 이들이었다. 너무도 끔찍했다. 나이든 사람, 젊은 사람, 온갖 사람이 다 있었다. 소년들도, 온갖 소년들이 다 있었다. 어떤 이는 선 채 졸고 절반 정도는 너무도 힘든 자세로 돌계단에 뻗어 있었다. 모두 곤히 잠들어 있었고 누더기 옷 사이로 벌게진 피부가 보였다. 그리고 거리 위아래와 한 구역 떨어진 곳까지 문 앞마다 두세 명씩 자리를 차지하고 무릎에 머리를 대고 잠들어 있었다. 그런데 중요한 것은 이때가 불경기가 아니라는 사실이다. 모든 일이 평상시와 똑같이 흘러가는 때였다. 불경기도 호경기도 아니었다.

그다음에 경찰이 왔다. "저리가! 더러운 돼지야! 워이! 워이! 당장 꺼져!" 그리고 그들을 돼지처럼 문 앞에서 몰아서 서리 사방팔방으로 흩어놓았다. 그러다 계단에서 자고 있는 사람

서리 극장 근처의 구세군 병영.

들을 보더니 몹시 놀랐다. "세상에!" 그가 소리쳤다. "충격이야. 일요일 아침에 이런 꼴이라니! 정말 흉측하군! 워이! 워이! 저리가, 이 성가신 놈들아!"

정말 충격적인 광경이기는 했다. 나도 너무 놀랐다. 그리고 내 딸이 있다면 혹시 이런 광경을 보게 될까봐 근처에도 오지 못하게 했을 것이다. 하지만 내 눈으로 똑똑히 본 사실이다.

경찰이 가고 우리는 꿀단지 주변의 파리처럼 다시 모여들었다. 아침밥을 준다는데 그보다 더 좋은 일이 있겠는가? 사람들은 그곳에 100달러짜리 지폐가 뿌려져 있기라도 한 듯 집요하고 필사적으로 모여들었다. 어떤 사람들은 벌써 곯아떨어졌고 경찰이 또 와서 우리를 쫓아버렸지만 그들이 가고 나면 곧바로 다시 모여들었다.

7시 30분에 작은 문이 열리더니 구세군 병사가 머리를 내밀고 말했다. "그렇게 거길 막고 있어도 소용없소. 어차피 표가 있는 사람만 지금 들어오고 표가 없는 사람은 9시까지 기다려야 합니다."

정말 대단한 아침식사다! 9시라니! 한 시간 반을 더 기다리라니! 표를 가진 사람들이 너무 부러웠다. 그들은 안에 들어가서 씻고 자리에 앉아 아침이 나올 때까지 쉴 수 있었고 우리는 길에서 기다려야 했다. 그 표는 어젯밤 길거리와 제방에서 배부되었다. 그것을 손에 넣은 것은 뭘 잘해서가 아니라 운이 좋아서였다.

8시 30분에 표 가지고 늦게 온 사람들이 들어가고 나서 9시가 되자 우리에게 작은 문이 열렸다. 우리는 어떻게든 밀고 들어갔다. 그래서 그 마당에 정어리처럼 빽빽하게 들어차게 됐다. 내가 미국에서 부랑자로 지낼 때 아침밥을 먹으려면 힘들게 노력해야 했다. 그러나 어떤 아침밥도 이렇게 힘들게 먹은 적이 없었다. 두 시간 남짓 동안 바깥에서 기다린 후 한 시간 남짓 빽빽한 마당에서 기다렸다. 밤새 아무것도 먹지 못해서 힘이 빠지고 어질어질했는데 서로 맞붙은 몸의 열기를 타고 더러운 옷 냄새와 안 씻은 몸 냄새가 뿜어나와 거의 토할 지경이었다. 사람들이 아주 딱 붙어 있어서 그 기회를 틈 타 선 채로 잠든 사람도 많았다.

한데 나는 구세군에 대해서 거의 전혀 모른다. 그러니 여기서 내가 비판하는 것은 서리 극장 근방 블랙프라이어스가에 있는

일요일 아침 구세군 병영 안마당.

구세군에 한정된다. 우선 밤새 서 있었던 사람들을 몇 시간 더 서 있게 한 것은 불필요하기도 했고 잔인한 행위이기도 했다. 우리는 약했고 굶주렸고 밤새 잠도 못 자고 고생해서 지친 상태로, 아무런 이유도 없이 오랫동안 서 있었다.

우리들 중 선원이 아주 많았다. 넷 중 하나는 배를 찾고 있었으며, 알고 보니 그들 중 적어도 열두 명이 미국 선원이었다. 그들이 '실직한' 사연을 들어보니 다들 비슷했는데, 내가 항해에 대해 알고 있는 사실을 바탕으로 판단해보면 거짓이 아니었다. 영국 선박들은 선원들과 항해 계약을 맺는데, 이때 항해란 왕복 항해를 말했고 어떤 때는 3년이나 걸리는 경우도 있었다. 그리고 모항, 즉 영국에 도착할 때까지는 계약해지나 귀가 허가를 받을 수 없었다. 임금은 낮고 음식은 나빴고 처우는 더 나빴다. 실제로 선장들 때문에 억지로 신세계나 식민지에서 도망치는 일이 잦았다. 임금을 내팽개치고 말이다. 선주나 선장, 혹은 양측 다 이익이었다. 이런 이유 때문인지 몰라도 많은 선원들이 탈출한 것은 사실이다. 그런 뒤 그 배는 귀항 길에 해변에서 눈에 띄는 선원들을 모두 태웠다. 이들은 다른 나라에서보다 약간 더 돈을 많이 받기로 하고 배를 탔다. 단 영국에 도착하면 계약을 해지한다는 조건이었다. 이유는 뻔하다. 영국에서 선원들의 임금이 낮았고 영국 해안에는 늘 선원들이 남아돌았으니 그 선원들을 장기간 고용하는 것은 어리석은 짓이었다. 이렇게 해서 구세군 병영에 미국 선원들이 있게 됐다. 그들은 영국에 와서 낯선 해변에 내리기로 했고 제일 낯선 해변에 내린 것이다.

그들 중에 미국인이 십수 명은 족히 됐다. 이들은 선원이 아니었고 '영국의 부랑자'로 '세상을 방랑하는 바람의 친구'였다. 모두 밝았고 모든 일에 용기를 잃지 않고 맞섰다. 그 용기야말로 그들의 가장 큰 특징이었고 결코 잃어버릴 것 같지 않았다. 게다가 그들은 판에 박히고 단조로운 런던 토박이 욕을 한 달만 들으면 그걸 고쳐서 아주 끔직한 표현으로 영국인들에게 욕을 할 수 있었다. 런던 토박이들의 유일한 욕은 영어로 할 수 있는 가장 음란한 욕이며 이들은 모든 상황에서 그 욕을 썼다. 이와 현격히 다르게 미국의 욕은 이해하기 쉽고 다양하며 음란하다기보다는 신을 모독하는 경향이 있다. 그리고 사람이어서 어쩔 수 없이 욕을 하고 살 것이라면 신을 모독하는 것이 음란한 것보다 낫다고 생각한다. 거기에는 단순한 외설성이 아닌 호방함, 대담성과 훨씬 더 강한 도전정신이 있기 때문이다.

한 미국인 부랑자가 특히 흥미로웠다. 문 앞에서 무릎에 머리를 기대고 자고 있는 모습을 처음 보았다. 모자를 쓰고 있었는데 영국에서는 볼 수 없는 모자였다. 경찰이 비키라고 하자 그는 일부러 천천히 일어나서 경찰을 쳐다보고 하품을 하고 기지개를 켜고 다시 경찰을 쳐다보았다. 마치 일어날지 말지 모르겠다는 듯했다. 그다음에는 인도 쪽으로 느릿느릿 걸어갔다. 처음에는 모자만 알아봤는데 그 행동을 보니 그 모자의 주인까지 알게 됐다.

그와, 그 비좁은 안마당에 붙어 있다 보니 꽤 많은 이야기를 나누었다. 그는 에스파냐, 이탈리아, 스위스, 프랑스를 거쳐왔으며 프랑스 기차에 무임승차하여 끝까지 들키지 않고 483킬로미터를 달려온 사실상 불가능한 일을 해냈다. 그는 내가 어디에 사는지 어디서 자는지 물었다. 그리고 벌써 이 동네를 아느냐고 했다. 그는 잘 지내고 있었다. 비록 이 나라가 적대적이고 도시들이 지긋지긋하긴 해도 말이다. "너무하잖소? 구걸하기만 하면 와서 쫓아내잖아." 하지만 그만두지 않는다. 〈버펄로 빌 쇼〉(윌리엄 '버펄로 빌' 코디가 미국에서 시작한 쇼. 서부생활을 보여주고 체험하게 하며 실제 카우보이, 카우걸들을 고용한 쇼로, 1887년부터 영국에서 시작되어 2년마다 열렸다—옮긴이)가 곧 시작될 것이니 말 여덟 필을 몰 수 있는 사내는 언제든 일을 구할 수 있었다. "여기 이 자들은 뭔가 모는 것은 손톱만큼도 모르잖소. 내가 버펄로 빌을 기다리며 버티는 게 뭐가 잘못이오?" 그는 어떻게든 나도 그 일에 낄 수 있을 것이라고 했다.

그러니까 어쨌든 피는 물보다 진하다. 우리는 동포이고 낯선 땅에서는 같은 이방인이었다. 나는 그의 낡은 모자를 보고 가슴이 짠했고 그는 마치 피를 나눈 형제처럼 내 앞날을 걱정해주었다. 우리는 서로에게 이 나라와 이 나라 사람에 대해 아는 것, 음식과 잠잘 곳을 구하는 법, 그 밖의 이러저러한 것을 전부 알려주고 진심으로 아쉬워하며 작별을 고했다.

이 사람들에게서 특히 눈에 띄는 것은 작은 키였다. 중키에나 해당하는 내가 그들 대부분보다 머리 하나가 컸다. 토박이들은 전부 키가 작았고 외국 선원들도 그랬다. 꽤 크다고 할 만한 사람은 그들 중 대여섯 명밖에 없었고 그것도 스칸디나비아 사람과 미국 사람이었다. 그런데 제일 큰 사람은 예외였다. 런던 토박이는 아니지만 영국인이었다. "근위기병 감"이라고 내가 불렀더니 그가 "딱 맞췄소"라고 말했다. "잠깐 그 일을 했었소. 형편봐서 곧 다시 할 거요."

한 시간 동안 우리는 이 빽빽한 마당에 조용히 서 있었다. 그런 뒤 사람들이 들썩거리기 시작했다. 앞쪽으로 밀고 웅성거렸다. 하지만 거칠거나 폭력적인 일은 없었다. 그저 지치고 배고픈 사람들이 안절부절 못하고 움직이는 것에 지나지 않았다. 이 위태로운 때 부관이 얼굴을 드러냈다. 마음에 안 드는 사람이었다. 눈이 선량해 보이지 않았다. 겸손한 예수의 눈빛이 아니라 로마 백부장의 눈빛이었다. 그 눈은 이렇게 말하는 듯했다. "내가 권력자이니 내 밑으로 군사들이 있다. 이 사람에게 가라 하면 가고 저 사람에게 오라 하면 온다. 또 노에더러 이것을 하라 하면 한다."

그가 딱 그런 눈빛으로 우리를 바라보았으니, 제일 가까이에 있던 사람들은 움찔했다. 그런 뒤 그는 목소리를 높였다.

"당장 그만두시오. 안 그러면 아침밥을 안 주고 내쫓겠소."

권력에 심취한 이 교만한 인간의 말을 글로는 제대로 옮겨놓을 수가 없다. 그는 자신이 권력자라는 사실과 500명의 초라하고 불쌍한 이들에게 이렇게 말할 수 있다는 것을 마음껏 즐기고 있었다. "당신들이 먹을지 굶을지는 내가 정해."

몇 시간씩 세워놓고는 아침밥을 안 주겠다니! 무시무시한 협박이었다. 곧바로 애처롭고 비굴한 침묵이 깔렸다. 그 협박의

한 시간 동안 우리는 이 빽빽한 마당에 조용히 서 있었다.

위력이 증명된 것이다. 그것은 비열한 협박, 벨트 아래를 치는 것 같은 반칙이었다. 우리는 반격할 수 없었다. 배가 고프니까. 한 사람이 다른 사람들을 먹이고 그 한 사람이 그들의 주인이 되는 세상은 그렇게 돌아간다. 하지만 그 백부장, 그러니까 그 부관은 거기서 만족하지 못했다. 쥐죽은 듯 고요한데 다시 목소리를 높여 재차 협박하고는 잔인하게 우리를 노려봤다.

드디어 식당에 들어가게 됐다. 표 가진 사람들이 씻고 앉아 있었다. 전부 700명 정도가 앉았다. 고기나 빵이 아니라 설교와 찬송, 기도가 먼저였다. 나는 이승에서 여러 모습을 한 탄탈루스(제우스의 아들. 신들의 비밀을 누설한 벌로 지옥의 물에 턱까지 잠겨 있게 됐는데, 목이 말라 물을 마시려 하면 물이 빠졌다고 함—옮긴이)를 보고 있었다. 부관이 기도를 하고 있었지만 나는 내 앞에 펼쳐진 비참한 광경에 너무 빠져 있어서 기도는 제대로 하지 못했다. 어쨌든 설교는 이런 식으로 이어졌다. "여러분은 천국에서 성찬을 대접받을 것입니다. 말씀에 따른다면 여기서는 굶주리고 고통 받을지라도 천국에서는 성찬을 대접받을 것입니다." 어쩌고저쩌고. 번지르르한 말들이었지만 두 가지 이유로 아무 효과가 없었다. 첫째 설교를 듣는 사람들이 상상력이 부족하고 물질주의적이기 때문에 보이지 않는 존재를 알지 못했고, 지상의 지옥에서 이미 너무 단련되어 있어서 내세의 지옥을 두려워하지 않았다. 둘째 밤에 잠을 못 자고 고생해서, 기진맥진한 상태로 오래 서서 기다리느라 지치고 배가 고파 쓰러질 지경이었기 때문에 이들이 열망하는 것은 구원이 아니라 음식이었다. 그

'영혼 날치기들'(이 사람들은 모든 전도자를 이렇게 불렀다)은 잘 전도하려면 심리학의 생리학적 토대를 좀 더 공부해야 한다.

드디어 8시경 아침식사가 나왔다. 그런데 접시에 담겨서가 아니라 종이에 말려서 나왔다. 나는 양을 다 채우지 못했다. 모두 그랬을 것이다. 아니, 먹고 싶은 양, 혹은 필요한 양의 절반도 먹지 못했을 것이 분명했다. 빵을 조금 떼어서 버펄로 빌을 기다리는 부랑자에게 주었더니 계속 게걸스럽게 먹어치웠다. 아침식사는 이랬다. 빵 두 쪽, '케이크'라고 불리는 건포도 든 작은 빵 한 조각, 치즈 웨이퍼, '물 탄 차' 한 잔. 그것들을 먹으려고 사람들이 5시부터 적어도 네 시간을 기다린 것이다. 게다가 돼지처럼 떼를 지어 밀려다녔고, 정어리처럼 빽빽하게 쑤셔 넣어졌고, 똥개 같은 취급을 받았고, 설교를 들었고 찬송가를 부르고 기도를 올렸다. 그게 끝이 아니었다.

아침식사가 끝나자 피곤한 사람들이 바로 꾸벅꾸벅 졸았고 곯아떨어지는 데는 5분도 채 안 걸렸다. 나가라는 지시는 없었고 예배를 준비하라는 지시문만 게시됐다. 벽에 달린 작은 시계를 보았다. 12시 25분 전이었다. 맙소사, 시간이 쏜살이군, 일자리 찾으러 가야 하는데 하고 생각했다.

"가야겠어요." 주변에 깨어 있는 사람들에게 말했다.

"남아서 예배 봐야 해요"라는 대답이었다.

"남아 있고 싶어요?"

그들은 머리를 가로저었다.

"그럼 가서 나가겠다고 말합시다." 내가 부추겼다. "어서요."

하지만 그 빈민들은 놀랄 뿐이었다. 그래서 나 혼자 제일 가까이 있는 구세군 병사에게 다가갔다.

"난 나가겠습니다." 내가 말했다. "힘내서 일자리 찾으려면 아침밥을 먹어야 해서 여기 왔습니다. 아침 먹는데 이렇게 오래 걸릴지는 몰랐지요. 스테프니에서 일거리를 찾아야 하는데 빨리 갈수록 일자리를 잡을 가능성이 더 높아질 겁니다."

그는 착한 사람이었다. 하지만 내 요구에 놀라 말했다. "이런, 예배를 볼 거니까 남아 있는 게 좋겠소."

"그러면 일 구할 기회를 놓치게 됩니다." 나는 굽히지 않았다. "지금 이 순간 나한테 제일 중요한 게 바로 일자리요."

그가 일개 사병에 불과했기 때문에 나를 부관에게 넘겼고 나는 부관에게 내가 나가야 하는 이유를 설명하며 내보내달라고 정중히 요청했다.

"그럴 수 없소." 그는 그런 배은망덕한 행위는 참아줄 수 없다는 듯 점점 더 흥분했다. "말도 안 돼!" 씩씩거렸다. "말도 안 돼!"

"나가면 안 된다고 하실 겁니까?" 내가 물었다. "억지로 나를 잡아두겠다고요?"

"그렇소." 그가 씩씩거렸다.

나도 점점 화가 치밀었기 때문에 무슨 일이 일어날지 몰랐다. 그런데 '신도들'이 상황을 '보게' 되자 그는 나를 구석에 있는 다른 방으로 데려갔다. 그곳에서 다시 나가고 싶어하는 이유를 물었다.

이렇게 대답했다. "스테프니에서 일자리를 찾아야 해서 나가야 합니다. 시간이 줄어들수록 일을 구할 가능성이 줄기 때문이오. 지금이 12시 25분 전입니다. 여기 올 땐 아침밥 먹는 데 이렇게 오래 걸릴 줄 몰랐습니다."

"사업이 있는 거군?" 그가 비웃었다. "당신 사업가잖아? 그렇다면 뭐하러 여기 왔소?"

"길에서 밤을 새워서 일자리를 찾을 기력을 회복하려면 아침밥을 먹어야 했습니다. 그래서 왔습니다."

"잘하셨군." 좀 전처럼 비웃으며 그가 말을 이었다. "사업가는 여기 오면 안 돼요. 당신은 오늘 아침 여기서 빈민의 아침밥을 빼앗은 거요. 그게 당신이 한 일이라고."

거짓말이다. 못 들어온 사람은 없었다.

보자. 이 사람이 기독교도처럼 보이는가? 아니, 정직하기는 한가? 내가 집이 없고 굶주려 있었고 일자리를 찾아야 한다고 똑똑히 말했는데 그는 내가 일자리를 찾는 일을 '사업'이라고 하더니 나를 사업가라고 불렀고 사업가는, 게다가 잘사는 사업가는 자선단체의 아침밥을 먹으면 안 된다고 하고 내가 아침밥을 먹었으니 배고픈 부랑자의 밥을 빼앗은 것이라고 했다.

나는 화를 억누르면서 생각을 다시 정리한 뒤 그가 왜 부당하고 어떤 식으로 사실을 왜곡했는지 간결하고 분명하게 그에게 설명했다. 내가 포기할 기미가 전혀 없자(게다가 내 눈이 번쩍번쩍 빛나기 시작했던 것이 분명하다) 나를 건물 뒤로 데려갔다. 텅 빈 마당에 천막이 세워져 있었다. 그는 예의 그 비웃는 말투로 그곳에 있는 사병들에게 이렇게 말했다. "여기 이 일자리가 있는 사람이 예배를 안 보고 나가려고 하는군."

물론 그들은 많이 놀랐고 그가 천막에 들어가 소령과 함께 나오자 기겁을 했다. 그는 지휘관 앞에서 여전히 비웃는 어조로, 특히 '사업' 을 강조하며 나에 대해 보고했다. 소령은 다른 종류의 인간이었다. 그를 보자마자 그가 마음에 들었다. 어쨌든 좀 전처럼 내 생각을 말했다.

"예배를 봐야 한다는 것을 몰랐습니까?" 그가 물었다.

"전혀 몰랐습니다." 내가 대답했다. "알았더라면 안 먹고 갔을 겁니다. 그런 공지는 전혀 없었고 들어올 때도 못 들었습니다."

그는 잠시 생각하더니 "가시오"라고 말했다.

거리에 나왔을 때는 12시였다. 내가 군 병영에 갔다 왔는지 감옥에 갇혀 있었는지 모를 노릇이었다. 하루의 절반이 가버렸고 스테프니는 멀었다. 게다가 일요일이었으니 아무리 굶어 죽어가는 사람이라도 일요일에 일자리를 구하지는 않을 것이다. 게다가 거리에서 힘들게 밤을 지내고 힘들게 아침밥을 먹기로 한 것은 내가 자청한 일이었다. 그래서 나는 일자리 구하는 굶주린 청년 역을 그만두고 버스를 불러 세워 올라탔다.

옷을 전부 벗고 면도와 목욕을 한 뒤 깨끗한 흰 이불 속에 들어가 잤다. 눈을 감은 것은 저녁 6시였다. 다시 눈을 뜬 것은 다음 날 아침 9시였다. 15시간을 내리 잔 것이다. 그렇게 나른하게 누워 있는데 예배에 두고 온 700명의 불쌍한 사람들이 떠올랐다. 그들은, 목욕도 면도도 못하고 깨끗한 흰 이불도 없고 옷을 전부 벗지도 못하고 15시간을 내리 자지도 못한다. 예배가 끝난 뒤 다시 지긋지긋한 거리로 돌아가 밤이 되기 전엔 빵조각을 구해 먹을 문제로 고민하고, 긴 밤에는 잠 못 자고 거리를 헤매고, 새벽에는 또 먹을 문제로 고민했을 것이다.

12

대관식 날

오, 그대를, 바다로 열려 있던 육지로부터

방파제들이 나누어놓았네!

그대는 이것들을 영원히 그대로 둘 것인가?

밀턴의 영국이여.

그의 공화국이던 그대여

그대는 그들의 무릎을 붙들 것인가?

이 녹슨 왕권들,

이 벌레 먹은 거짓말들이

그대의 머리를 폭풍우에 시달리게 하네.

빼앗긴 하늘의

열린 대기로부터 오는 눈길의

햇빛 같은 강렬함

– 스윈번

에두아르도 국왕 만세! 이날 왕이 즉위했다. 대단한 축하와 공들여 연습한 멍청한 짓거리들이 있었고 나는 당황하고 슬펐다. 양키 서커스와 알함브라 발레공연을 빼고는 그런 장관을 본 적이 없었다. 그렇게 절망적이고 비극적인 것도 본 적이 없었다.

대관식 행렬을 구경하려면 미국에서 세실 호텔로 곧장 와서 호텔에서 바로 깨끗한 사람들이 앉는 5기니짜리 자리로 갔어야 했다. 그런데 나는 이스트엔드의 더러운 사람들 사이에서 왔다. 나처럼 그 지역에서 온 사람은 별로 없었다. 이스트엔드 사람들은 대부분 이스트엔드에 그대로 술에 취해 있었다. 사회당원, 민주당원, 공화당원들은 4,000만이 왕관을 쓰고 기름부음 받은 통치자 한 명에 의존하고 있다는 사실에는 전혀 관심도 없는 듯 기분전환을 하러 떠나버렸다. 6,500명의 고위성직자, 사제, 정치가, 왕자, 군인들이 대관과 도유(塗油)를 지켜보았고 나머지는 행렬이 지나갈 때 구경했다.

나는 트라팔가 광장에서 행렬을 구경했다. '유럽에서 가장 멋진 곳'이자 영국제국의 심장부 가장 중심이다. 무장 병력이 그곳에 있는 수천 명 전부를 저지하고 통제했다. 행렬은 군인들이 이중으로 에워쌌다. 넬슨 기둥 아래쪽은 수병들이 세 겹으로 둘러쌌다. 동쪽, 그 광장 입구에는 해군 포병대가 있었다. 펠멜과 콕스퍼가와 조지 3세 동상이 이루는 삼각지대는 창기병과 경

세인트제임스가를 지나는 대관식 행렬.

기병들이 모두 막고 있었다. 서쪽으로는 해군들이 있었고 화려한 근위기병 1연대가 유니온클럽에서부터 화이트홀 어귀까지 거대한 곡선을 그리며 휩쓸고 지났다. 건장한 사나이들이 철갑옷에 철투구를 제대로 갖추어 입고 군마에 올라 있었고 지휘관의 손에는 언제든 휘두를 수 있는 거대한 검이 들려 있었다. 또 군중들 구석구석까지 런던 경찰대가 투입되었고 뒤쪽에는 예비병력이 대기했다. 예비 병력은 키가 크고 영양상태가 좋은 이들로, 필요할 때 휘두를 무기와 그 무기를 휘두를 힘 있는 사람들이었다.

행렬 전체가 트라팔가 광장의 상태와 흡사했다. 힘이 압도했고 수많은 화려한 사람들, 선택받은 이들이 있었다. 이들의 유일한 역할은 맹목적 복종, 맹목적 파괴와 살상이었다. 그들은 잘 먹고 잘 입고 잘 무장해야 했으며 그들을 지구 끝까지라도 데려다 줄 배가 있어야 했다. 그때 런던의 이스트엔드, 영국 전체의 '이스트엔드' 사람들은 힘들게 일하고 망가지고 죽어가고 있었다.

중국 속담에 한 사람이 게으르면 다른 사람이 굶어 죽는다는 말이 있다. 그리고 몽테스키외는 이런 말도 했다. "많은 사람이 한 사람의 옷을 만들면 많은 사람이 옷을 가지지 못하게 된다." 하나를 알고 나야 다른 하나를 알게 된다. 웨스트엔드의 건장한 근위병들을 보고 난 뒤에야 (단칸방에 온 식구가 살면서 그 공간을 쪼개 굶주린 발육불량의 노동자에게 세를 놓는) 이스트엔드의 굶주린 발육불량의 노동자를 이해할 수 있으며, 누군가 다른 사람을 먹이고 입히고 돌보아야 한다는 것을 알게 된다.

웨스트민스터 대성당에서 사람들이 왕을 옹립하는 동안 나는 트라팔가 광장의 근위대와 경찰대 사이에 끼어 있으면서 이스라엘 사람들이 처음으로 왕을 옹립했던 때를 생각해보았다. 그 일은 모두가 잘 알고 있을 것이다. 원로들이 예언자 사무엘에게 다가가서 말했다. "이제 다른 모든 민족들처럼 우리를 통치할 임금을 우리에게 세워주십시오."

> 그러자 주님께서 사무엘에게 말씀하셨다. "백성이 너에게 하는 말을 다 들어주어라. 그러나 그들을 다스릴 임금의 권한이 어떠한 것인지 그들에게 알려주어라.

그리고 사무엘이 자신에게 임금을 요구하는 백성에게 주님의 말씀을 모두 전하였다. 사무엘은 이렇게 말했다.

이것이 여러분을 다스릴 임금의 권한이오. 그는 여러분의 아들들을 데려다가 자기 병거와 말 다루는 일을 시키고 병거 앞에서 달리게 할 것이오.

천인대장이나 오십인대장으로 삼기도 하고, 그의 밭을 갈고 수확하게 할 것이며, 무기와 병거의 장비를 만들게도 할 것이오.

또한 여러분의 딸들을 데려다가, 향제조사와 요리사와 제빵기술자로 삼을 것이오.

그는 여러분의 가장 좋은 밭과 포도원과 올리브밭을 빼앗아 자기 신하들에게 주고 여러분의 곡식과 포도밭에서도 십일조를 거두어 자기 신하들에게 줄 것이오.

여러분의 남종과 여종과 가장 뛰어난 젊은이들 그리고 여러분의 나귀들을 끌어다가 자기 일을 시킬 것이오.

여러분의 양떼에서도 십일조를 거두어갈 것이며, 여러분마저 그의 종이 될 것이오.

그제야 여러분은 스스로 뽑은 임금 때문에 울부짖겠지만, 그때에 주님께서는 응답하지 않으실 것이오.

이 모든 일이 일어났으니 그들이 사무엘에게 울부짖으며 말했다. "당신 종들을 위해서 주 당신의 하느님께 기도하여, 우리가 죽지 않게 해주십시오. 사실 우리는 이미 저지른 모든 죄에다 임금을 요구하는 악까지 더하였습니다." 사울과 다비드가 르하

브암에 갔을 때 그 임금이 "백성들에게 거칠게 대답하였다. 내 아버지께서 그대들의 멍에를 무겁게 하셨는데 나는 그대들의 멍에를 더 무겁게 하겠소. 내 아버지께서는 그대들을 가죽 채찍으로 징벌하셨지만, 나는 갈고리 채찍으로 할 것이오."

그런데 오늘날 500명의 세습귀족이 잉글랜드의 5분의 1을 소유하고 있다. 그리고 그들, 그리고 왕 밑에 있는 관리들, 권력자들이 매년 낭비하는 돈이 18억 5,000만 달러다. 이것은 영국 전체 노동자가 생산하는 총 부의 32퍼센트에 해당한다.

대성당에서 왕은 너무도 멋진 옷을 입고 트럼펫 팡파르와 고동치는 음악 속에서 귀족, 영주, 통치자들의 화려한 인파에 둘러싸여 왕권의 표식을 수여받고 있었다. 시종장이 발꿈치에 박차를 채워주고 캔터베리 대주교가 자줏빛 칼집에 든 왕의 검을 선사하며 이렇게 말한다.

> 주교들과 보잘것없는 신의 종들에게서, 신의 제단에서 이제 막 가지고 온 이 왕의 검을 받으십시오.

그러면 왕은 대주교의 훈계에 귀를 기울이며 칸을 찬다.

> 이 검으로 정의를 행하고 사악함이 자라나지 못하게 하고 신의 신성한 교회를 지키며 과부와 고아들을 돕고 보호하며 쇠한 것을 회복시키고 회복된 것을 유지시키고 잘못된 것을 벌하고 개선하며 질서정연한 것을 견고하게 하십시오.

자, 들어라! 환호성이 화이트홀로 이어진다. 군중들이 동요하고 두 줄의 병사들이 차려 자세를 하고 왕의 사공들이 너무도 멋진 중세풍의 붉은 옷을 입고 나타난다. 서커스 행렬을 이끄는 사람들과 흡사하다. 그 뒤 왕실 마차에 남녀 왕족들이 타 있고 너무도 화려하게 차려입은 시종과 마부들도 있다. 그리고 다른 마차들, 귀족, 의전관, 자작, 예복을 입은 부인들과 모든 시종들도 있다. 군인들, 왕의 호위대, 지구 끝에서 런던타운까지 온 구릿빛의 깡마른 장성들, 지원병 장교들, 의용군과 정규군 장교들, 오키프(남아프리카의 작은 마을—옮긴이), 다르가이의 맬시아스(파키스탄의 도시—옮긴이), 블라크폰테인의 딕슨(남아프리카—옮긴이)을 구한 스펜스와 플러머, 브로드우드와 쿠퍼, 게이

대관식 행렬.

즐리 장군과 중국의 시모어 제독, 그리고 카르툼(수단의 수도—옮긴이)의 키치너, 인도와 전 세계를 누볐던 로버츠 경, 모두 영국의 전사들, 파괴의 달인, 죽음의 기술자였다! 시장과 빈민굴에 있는 사람들과는 다른 종류의 인간, 완전히 다른 인간들이다.

그런 그들이, 화려하고 당당하게 힘을 뽐내며 이곳에 와 있다. 그리고 강철 같은 사람들, 전쟁 거물들, 세계를 달리는 사람들도 왔다. 귀족과 평민, 공주와 인도 왕들, 왕실 시종무관들과 왕실 근위병이 뒤죽박죽으로 섞여 있다. 유연하고 끈기 있는 식민지 주민과 전 세계의 모든 인종들이 이곳에 있다. 캐나다, 오스트레일리아, 뉴질랜드, 버뮤다, 보르네오, 피지, 황금해안과 로디지아(옛 짐바브웨—옮긴이), 케이프 식민지, 나타우, 시에라리온, 감비아, 나이지리아, 우간다, 또 실론, 키프로스, 홍콩, 자메이카, 웨이하이웨이(산둥성의 도시—옮긴이)와 라고스, 몰타, 세인트루시아, 싱가포르, 동남아시아 해협식민지(말레이반도 남부—옮긴이), 트리니다드에서 온 군인들. 그리고 인도제국의 식민지 주민들, 너무도 야만적이고, 피비린내 나게 잔혹한 가무잡잡한 기병들과 칼잡이들, 시크교도, 라지푸트족(인도 북부 무사족의 후예—옮긴이), 미얀마인, 모든 지역과 모든 카스트가 왔다.

그리고 왕실 기마대가 있었다. 아름다운 크림색 조랑말들, 황금 장식, 허리케인처럼 몰아치는 환호성, 악단의 요란한 연주가 있었다. "왕이시여! 왕이시여! 신이여 국왕 폐하를 지켜주소서!"가 있었다. 모두 제정신이 아니었다. 그 광기에 나도 휩쓸

누더기를 입은 사람들이 모자를 던져올리며 소리치고 있다. "신이여 국왕 폐하를 지켜주소서."

리고 있었다. 나도 소리치고 싶었다. "왕이시여! 왕이시여! 신이여 국왕 폐하를 지켜주소서!" 사방에서 누더기를 입은 사람들이 눈물을 흘리고 모자를 던져올리며 황홀경에 빠져 소리치고 있었다. "폐하를 축복하소서! 축복하소서!" 왕은 화려한 황금 마차를 타고 있었고 머리 위에는 멋진 왕관이 빛나고 있다. 옆에 앉은 여인도 왕관을 쓰고 흰옷을 입고 있었다.

나는 황급히 정신을 차리고 그 광경이 모두 현실이라는 것을, 잠시 동화 속을 구경하는 것이 아니라는 것을 확인하려고 애썼다. 하지만 그러지 못했다. 오히려 그 편이 더 나았다. 이렇게 허영에 들뜬 화려한 겉치레와 무의미한 짓거리가 동화에서 나온 것이라고 믿는 편이 훨씬 좋았다. 세상 이치를 알고, 별의 신비를 풀어낸 멀쩡한 정신의 분별력 있는 사람들의 행위라고 믿고 싶지 않았다.

공주들과 소공자, 대공, 공작부인, 그리고 어떤 식으로든 왕실에 끈이 있어 귀족이 된 사람들이 휙 지나갔다. 많은 전사들과 하인들, 정복당한 사람들이 지나가고 그 행렬은 끝이었다. 나는 사람들과 함께 그 광장 밖으로 밀려나가 복잡하게 얽힌 좁은 거리들로 내려갔다. 그곳 선술집들은 떠들썩했다. 남자, 여자, 아이들까지 정신없이 환락에 빠져 있었다. 그리고 사방에서 대관식 애창곡이 들려왔다.

아, 대관식날에, 대관식날에,
주연을 베풀고 기쁨에 들떠 와, 와, 만세 하고 외치리니.
모두 위스키, 와인, 셰리주를 마시며 즐거워할 것이니
대관식날은 즐거울 것이라.

비가 억수같이 퍼붓고 있다. 예비 부대가 거리로 왔다. 터번을 두르고 페즈(터키모자—옮긴이)를 쓴 아프리카 흑인과 아시아 황인들, 막일꾼들이 기관총을 가지고 힘차게 걸어왔고 포대가 선두에 섰는데 모두 맨발에 재빨리 척 척 척 하는 소리를 내며 인도의 진창을 훑고 지나갔다. 마법이라도 부린 듯 술집에 자리가 났고 곧바로 영국 동료들이 술자리로 돌아와 그 가무잡잡한 충신들을 환호하며 맞이했다.

"행렬이 어떻습디까?" 내가 그런 공원 의자에 앉아 있는 노인에게 물었다.

"어땠냐고? 잠자기 아주 좋은 기회였지. 경찰들이 다 가버렸잖아. 나랑 한 50명 되는 사람들이 저쪽 구석에 처박혔지. 그런데 잠은 못 잤어. 저쪽에 누워서 주린 배를 안고 생각했지. 평생 내가 어떻게 일했는데 지금 발 뻗고 쉴 곳도 없어서 이렇게 누워 있는지. 음악이 들리더니 함성과 대포소리가 들렸어. 나중엔 거의 무정부주의자 같아져서 시종장의 머리를 박살내고 싶어졌지."

왜 하필 시종장이었는지는 모르지만, 그리고 아마 그도 잘 몰랐겠지만 그가 그렇게 느꼈다니 더 이상 뭐라고 할 수 없었다.

밤이 되자 도시는 불야성을 이루었다. 사방에서 녹색, 황색, 진홍색 불빛이 눈길을 끌었고 "연기를 배경으로 E. R.(Elizabeth Regina, 엘리자베스 여왕—옮긴이)"이라고 쓴 거대한 크리스털 글자가 보였다. 거리에는 사람들이 무수히 늘어나서 경찰이 엄하게 소동을 통제하고 있었지만 술주정과 거친 행동이 난무했다. 지쳐 있던 노동자들이 긴장이 풀리고 흥분하자 제정신이 아닌 것 같았다. 남녀노소를 불문하고 팔짱을 끼고 길게 늘어서서 거리를 파도처럼 휩쓸고 다니면서 노래를 불렀다. "내가 미쳤나봐요. 하지만 당신을 사랑해요", "매력적인 그레이", "꿀덩굴(인동덩굴. 원어의 의미를 살려 꿀덩굴로 번역함—옮긴이)과 벌". 〈꿀덩굴과 벌〉의 가사는 이렇다.

당신은 꿀, 꿀덩굴, 나는 벌.

나는 그 붉은 입술에서 꿀을 홀짝홀짝 마시고 싶어.

나는 템스 강변도로의 벤치에 앉아 불빛이 비치는 강물을 바라보았다. 자정이 가까운 시간이었는데 높은 계급 사람들이 홍청거리며 쏟아져나와서는 시끄러운 거리를 피해 집으로 갔다. 옆 벤치에는 남루한 남자와 여자가 앉아서 꾸벅꾸벅 졸고 있었다. 여자는 팔짱을 꽉 끼고 있었지만 몸은 계속 흔들리고 있었다. 그러다가 몸이 앞으로 숙여져 길바닥에 떨어질 것처럼 보였다. 그러더니 이번에는 왼쪽으로 점점 기울더니 머리가 남자의 어깨에 닿았다. 그런 뒤 오른쪽으로 몸을 홱 기울였고 너무 구부려서 아픈지 잠이 깨어 꼿꼿하게 몸을 세웠다. 그런 뒤 다시 앞

대관식 날 저녁. 템스 강변도로의 조명장식.

으로 기울어지고 결국 아파서 깨어나는 일이 계속 반복되었다.

아이들과 청년들이 그들의 의자 뒤에서 꽥 하고 소리를 지르고 달아나기도 했다. 그럴 때면 남자와 여자는 잠에서 확 깨어났다. 그리고 지나가던 사람들은 그들이 깜짝 놀라는 모습을 보고 폭소를 터뜨렸다.

모두가 그렇게 잔인한 것이 참으로 놀라웠다. 괴롭힘을 당하는 것도 그렇게 잔인한 짓을 하는 것도 모두 노숙자들, 찢어지게 가난한 사람들이었다. 내가 앉아 있는 동안 그 벤치 앞을 지나간 사람이 5만 명은 될 것인데, 대관식 같은 흔치 않은 큰 축제에도 누구 하나 그 여자에게 "6펜스입니다. 가서 잘 곳을 구하세요"라고 할 만큼 마음이 훈훈해지지 않았다. 오히려 젊은 여자들은 졸고 있는 여자를 놀리면서 다른 사람들과 함께 낄낄거렸다.

그것은 잔인한 행동이기도 하지만 무시무시한 일이기도 하다. 나는 그 옆을 스쳐가는 행복한 군중들을 보고 화가 치미는 동시에 런던 통계청의 발표가 납득이 가기 시작했다. 성인 4명 중 1명이 공적 자선시설, 즉 구빈원이나 진료소, 아니면 수용소에서 죽는다는 통계였다.

나는 그 남자와 이야기를 나누었다. 쉰네 살의 몸이 망가진 항만 노동자였다. 노동수요가 아주 많을 때만 임시직으로 일할 수 있었다. 불경기일 때는 젊고 힘센 노동자들만 일했다. 그는 그 강변도로 벤치에서 일주일째 지내고 있었다. 하지만 다음 주에는 어쩌면 일이 잘 풀려서 며칠 동안 일을 해서 싸구려 여인숙에서라도 잠을 잘 수 있을지도 몰랐다. 그는 1878년부터 인도에서 군 복무했던 5년을 제외하고는 평생 런던에서 줄곧 살았다.

물론 그도 먹는 것을 마다하지 않았다. 그 어린 처자도 그랬다. 그들에게 이런 날은 보통 때보다 더 힘들지만 경찰들이 너무 바빠서 잠을 더 잘 수 있기는 했다. 그 어린 처자를 깨웠다. 아니, 그녀가 "스물여덟이에요, 선생님"이라고 했으니 어리지는 않았다. 어쨌든 우리는 커피하우스로 향했다.

"엄청나게 일 많이 했군. 불을 많이 밝혔어." 그 남자는 건물들이 환하게 불을 밝힌 것을 보고 말했다. 이것이 그의 인생의 기조였다. 평생 일을 했기 때문에 자기 마음뿐만 아니라 전 우주를 일의 관점에서 표현했다. "대관식은 꽤 좋아." 그가 말을 이었다. "사람들 일거리가 생기니까."

"하지만 당신은 배를 곯았잖습니까." 내가 말했다.

"그렇지." 그가 대답했다. "찾아봤는데 기회가 없었어. 나이가 불리해. 당신은 무슨 일을 하나? 뱃일? 옷을 보면 알지."

"난 당신이 어떤 사람인지 알아요." 여자가 말했다. "이탈리아인."

"아니야." 남자가 펄쩍 뛰며 소리쳤다. "양키야. 분명해."

"어머나, 저걸 보세요." 우리가 스트랜드가로 접어들었을 때 여자가 외쳤다. 대관식 축하 군중들이 고함치고 휘청거리며 빽빽하게 서서 남자들은 꽥꽥거리고 여자들은 고음의 쉰 목소리로 노래를 부르고 있었다.

아, 대관식 날에, 대관식 날에,

주연을 베풀고 기쁨에 들떠 와, 와, 만세 하고 외치리니.
모두 위스키, 와인, 셰리주를 마시며 즐거워할 것이니
대관식 날은 즐거울 것이라.

"아, 난 너무 더럽죠. 사는 꼴 좀 봐요"라고 여자는 커피하우스에 앉으면서 눈을 비벼 잠을 쫓았다. "오늘 멋진 광경을 봤어요. 혼자라 외롭긴 했지만요. 공작부인들과 귀부인들은 진짜 멋진 흰색 드레스를 입었더라고요. 정말 아름다웠어요."

"아일랜드인이에요." 내 질문에 그녀가 답했다. "이름은 아이손이에요."

"뭐라고요?" 내가 되물었다.

"아이손이요, 아이손."

"어떻게 써요?"

"H-a-y-t-h-o-r-n-e(헤이손), 아이손이요."

"아. 아일랜드계 런던 사투리군요." 내가 말했다.

"예, 선생님, 런던 태생이에요."

그녀는 아버지가 사고로 죽기 전까지는 집에서 행복하게 살았다. 이후 세상에 혼자 남았다. 오빠 한 명은 군대에 있고 또 한 명은 위태로운 직장에서 주급 20실링을 받아 아내와 여덟 아이를 먹여 살리느라 그녀에게 아무것도 해줄 수가 없었다. 그녀는 평생 딱 한 번 런던을 벗어난 적이 있었다. 19킬로미터 떨어진 에식스 어딘가에서 3주 동안 과일을 땄다. "햇볕에 타서 숯검댕이처럼 됐죠. 믿기 힘들겠지만, 정말이에요."

그녀의 마지막 일터는 커피하우스였다. 아침 7시부터 저녁 8시까지 일해서 일주일에 5실링과 식사를 제공받았다. 그러다 병이 들었고 병원에서 퇴원하고 난 뒤 일을 구하지 못했다. 이틀 밤을 거리에서 보내고 나니 이제 몸 상태가 좋질 않았다.

이야기를 나누는 동안 그들은 엄청난 양의 음식을 해치웠다. 내가 두 배 세 배 음식을 추가주문하고 난 뒤에야 속도가 좀 줄었다.

그녀가 탁자 너머로 내 코트와 셔츠를 만져보더니 미국인들은 좋은 옷을 입는다고 했다. 내 옷이 좋다니! 얼굴이 다 붉어졌다. 하지만 그들의 옷과 비교해보니 나는 꽤 잘 입은 셈이었다.

"나중엔 어떻게 될 것 같습니까?" 내가 물었다. "점점 나이가 들어가잖아요."

"구빈원이지." 그가 말했다.

"난 절대 안 가요." 그녀가 말했다. "어쩔 수 없다는 걸 잘 알아요. 하지만 그냥 길거리에서 죽겠어요. 구빈원은 싫어요."

"정말이라니까요." 아무도 대답이 없자 그녀가 다시 말했다.

"밤새 길에 있고 난 다음에 아침밥은 어떻게 합니까?" 내가 물었다.

"모아놓은 게 없으면 한 푼이라도 구해야지." 남자가 설명했다. "그래서 커피하우스에서 차를 한 잔 마시지."

"그래서요? 어떻게 식사를 해결한단 말입니까?" 내가 물었다.

둘은 자신들만 안다는 듯 빙그레 웃었다.

"홀짝홀짝 차를 마시는 거야. 될 수 있는 대로 오랫동안 마시는 거야." 그가 말을 이었다. "잘 살펴보면 사람들이 음식을 좀 남기고 가."

"남긴 음식이 정말 많아요." 여자가 끼어들었다.

내가 그 방법을 이해하기 시작할 때 그가, "문제는 찻값을 구하는 거지"라고 짚어주었다.

자리를 뜨려고 할 때 헤이손 양이 주변 테이블에서 빵부스러기들을 긁어모아 옷 속 어딘가에 넣었다.

"낭비할 순 없죠, 그렇죠?" 여자가 말했고 부두노동자도 부스러기를 옷 속에 쑤셔넣으며 고개를 끄덕였다.

새벽 3시, 나는 강변도로를 어슬렁거리고 있었다. 그날은 경찰이 다른 곳에 가버렸기 때문에 부랑자들에게는 축제일이나 다

새벽 3시 강변도로.

름없었다. 벤치는 잠든 사람들로 꽉 찼다. 여자도 많았는데 남자든 여자든 나이 많은 사람들이 대부분이었다. 간간이 아이도 보였다. 한 벤치에는 일가족이 앉아 있었다. 남자는 잠든 아기를 안고 똑바로 앉아 있었고 아내는 그의 어깨에 머리를 기대고 잠들어 있었고 어린아이가 그녀의 다리를 베고 잠들어 있었다. 남자는 자지 않았다. 저 너머 강을 응시하며 생각에 잠겨 있는 것 같았다. 가족을 데리고 부랑하는 것은 고약한 일이다. 그가 무슨 생각을 했을지는 추측해보고 싶지 않지만 알 것도 같다. 런던 사람이라면 실직자들이 아내와 아이들을 죽이는 일이 드물지 않다는 것을 알고 있으니까 말이다.

한밤중에 국회의사당에서부터 클레오파트라의 바늘을 지나 워털루 다리까지 템스 강변도로를 걷노라면 27세기 전 '욥'이 말한 고통이 떠오르게 마련이다.

> 사람들은 경계선을 밀어내고 가축 떼를 빼앗아 기르며
> 고아들의 나귀를 끌어가고 과부의 소를 담보로 잡는데
> 가난한 이들을 길에서 내쫓으니 이 땅의 가련한 이들은 죄다 숨을 수밖에.
> 그들은 광야의 들나귀처럼 먹이를 찾아서 일하러 나가네.
> 그들에게는 사막이 자식들을 위한 양식이 있는 곳.
> 그들은 들에서 꼴을 거두어들이고 악인의 포도밭에서 남은 것을 따들이네.
> 알몸으로 밤을 지내네. 옷도 없이, 추위에 덮을 것도 없이.

산의 폭우로 흠뻑 젖은 채 피할 데 없어 바위에 매달리네.

그들은 아버지 없는 자식을 젖가슴에서 빼앗아가고 가련한 이가 위에 걸친 것을 담보로 잡는다네.

그들은 알몸으로 옷도 없이 돌아다니고 굶주린 채 곡식단을 나르네.

-〈욥기〉 24장 2-10절

27세기 전이라니! 오늘날 에드워드 7세가 다스리는 기독교 문명의 심장에 딱 들어맞는 상황인데.

13

부두노동자 댄 컬런

살아 있는 사람이라면, 더러운 뜰과 열병에 사로잡힌 골목을 당당하게 활보할 수 없다. -토머스 애시

어제 리먼가에서 그리 멀지 않은 '시영주택'의 방을 구경했다. 만약 내 미래가 암울해서 죽을 때까지 그런 방에서 살아야 한다면 나는 바로 템스 강에 뛰어들 것이다.

그것은 방이 아니었다. 그것이 방이면 헛간은 저택이다. 그냥 굴이었다. 가로 2.1미터, 세로 2.4미터에 천장이 너무 낮아서 군 병영에서 병사들에게 제공되는 공간보다 더 좁았다. 방의 거의 절반을 차지하는 소파는 덮개가 너덜거리고 금방이라도 주저앉을 것 같았다. 거기다 흔들거리는 탁자, 의자, 상자 몇 개가 놓

리먼가에서 그리 멀지 않은 시영주택.

여 있어서 돌아설 공간도 없었다. 5달러면 여기 보이는 것 전부를 살 수 있을 것이다. 바닥은 드러나 있고 벽과 천장은 핏자국과 얼룩으로 말 그대로 덮여 있었다. 빈대를 때려잡은 흔적이었다. 그 건물에는 다른 해충들까지 득실거렸지만 아무도 그 골칫거리를 혼자서는 해결할 수 없었다.

이 굴에 살던 댄 컬런이라는 부두노동자는 이제 병원에서 죽어가고 있었다. 하지만 그 비참한 환경에서 살며 그가 남긴 흔적으로 그가 어떤 사람인지 짐작해볼 수 있었다. 벽에는 가리발디, 엥겔스, 댄 번스와 다른 노동계 지도자들의 싸구려 사진들이 걸려 있었고 탁자 위에는 월터 베선트(소설가이자 역사가로 도시 최빈민층의 지난한 삶에 대한 인식을 불러일으키는 소설, 런던의 역사와 풍토를 보여주는 작품을 썼다—옮긴이)의 소설책이 놓여 있었다. 그는 셰익스피어를 읽었고 역사학, 사회학, 경제학 분야의 책도 읽었다고 했다. 그리고 독학을 했다.

탁자 위는 아주 어지러웠는데 그 가운데 있는 종이 한 장에 이렇게 휘갈겨 쓰여 있었다. *컬런 씨, 내게 빌려간 큰 흰색 주전자와 코르크 따개를 돌려주세요.* 한 이웃 여자가 그의 병세가 심하기 전에 빌려준 것들인데 이제 그가 죽을지 모르니 돌려달라고 한 것이었다. 밑바닥 사람들에게 큰 흰색 주전자와 코르크 따개는 값진 것이어서 이웃이 가지고 조용히 죽도록 내버려둘 수 없다. 마지막까지 댄 컬런의 영혼은 탐욕에 시달렸고 거기서 벗어나려 했겠지만 허사였다.

댄 컬런의 사연은 아주 짧지만 큰 함의가 있다. 그는 계급 구분이 엄격한 도시에서 하층 계급으로 태어났다. 평생 고된 육체 노동을 했다. 그러다 책을 펼쳤고, 정신의 불꽃이 일었고, '변호사처럼 글을 쓸' 수 있었기 때문에 동료들이, 머리를 써서 일할 사람으로 뽑았다. 과일 운반인들의 지도자가 됐고 런던 노동조합회의에서 부두노동자를 대표했고 노동계 간행물에 신랄한 글들을 실었다.

그는 남들에게 굽실거리는 법이 없었다. 자신의 경제권과 생계를 쥐고 있는 사람들에게도 마찬가지였다. 자기 생각을 거침없이 말했고 훌륭하게 싸웠다. '항만 대파업' 주동죄로 검거됐다. 그로써 댄 컬런은 끝이었다. 그때부터 요주의 인물이 되어 10여 년 동안 매일 같이 자신이 한 일의 '대가를 치렀다'.

항만 노동은 임시직이다. 일이 있다가 없다가 해서 운반할 물건의 양에 따라 일을 할 수도 있고 못할 수도 있었다. 댄 컬런은 차별대우를 받았다. 아주 내쫓기지는 않았지만 현장감독들이 일주일에 기껏해야 2, 3일만 일을 주었다. 이것이 '훈련받는다'고 불리는 것이었다. 그 말은 굶주림을 의미한다. 달리 말할 수 없다. 그렇게 10년을 살자 심장이 망가졌다. 심장이 망가진 사람은 살 수가 없다.

그 끔찍한 굴속에서 앓아누웠다. 의지할 데가 없으니 더 힘들어졌다. 그는 일가친척도 없는 외톨이에, 늙고 실의에 빠진 염세주의자였다. 해충과 싸우면서, 그 피 튀긴 벽에서 자신을 내려다보는 가리발디, 엥겔스, 댄 번스를 쳐다보았을 것이다. 그 빽빽한 시영주택에서 그를 보러오는 이는 아무도 없었고 (이웃을 전혀 사귀지 않았다) 그대로 방치된 채 죽어갔다.

이스트엔드에서 아주 멀리 떨어져 사는 한 구두수선공 부자가 찾아왔다. 유일하게 그를 도와주는 사람이었다. 그의 방을 청소해주고 집에서 새 침대보를 가져와서 거무튀튀하게 더러워진 침대보와 이불들을 벗겨냈다. 그리고 올게이트에서 여왕 하사금을 받은 간호사도 한 명 데리고 왔다.

간호사는 세수를 시켜주고 침대를 털고 그의 말벗이 돼주었다. 즐겁게 이야기를 나누었다. 단 그녀의 이름을 듣기 전까지만 그랬다. 그녀는 아무것도 모른 채 자기 이름이 블랭크이고 조지 블랭크 경이 자신의 오빠라고 말했다. 조지 블랭크 경이라고? 댄 컬런은 병상에서 꽥 소리를 질렀다. 조지 블랭크 경이라면 카디프 항만의 변호사로, 다름 아닌 카디프 항만노조를 해체시키고 기사작위를 받은 사람이었다. 그런데 그녀가 그의 여동생이라니. 그래서 댄 컬런은 삐걱거리는 침대에 일어나 앉아 그녀와 그녀의 식구들에게 저주를 퍼부었다. 그러자 그녀는 그 배은망덕한 가난뱅이에게 심한 배신감을 느끼고 가버렸다.

댄 컬런의 발은 수종증으로 부어오르고 말았다. 다리에 얇은 담요를 덮고 어깨에 낡은 코트를 걸친 채 침대 옆 바닥에 매트도 안 깔고 (몸에서 물이 나가라고) 하루 종일 앉아 있었다. 한 전도사가 종이로 만든 4펜스짜리 슬리퍼(내가 직접 봤다)를 한 켤레 가져다주고 댄 컬런의 영혼을 위해 50여 번 기도를 해주었다. 그러나 댄 컬런은 누가 자기 영혼에 대해 어쩌고저쩌고 하는 것을 바라지 않았다. 4펜스짜리 슬리퍼 한 켤레에, 아무나 자기 영혼을 주물럭거리도록 내버려두고 싶지 않았다. 그래서 상냥하게 전도사에게 문을 열어달라고 한 뒤 슬리퍼를 바깥으로 던져버렸다. 그러자 전도사는 마찬가지로 그 배은망덕한 가난뱅이에게 심한 배신감을 느끼고 가버렸다.

그 구두수선공은 세상에 알려지지는 않았지만 오래 전부터 훌륭한 일을 많이 한 사람이었다. 그는 댄 컬런에게 알리지 않고 댄이 30년 동안 임시직 노동자로 일했던 과일 중개상들의 본부를 찾아갔다. 그 조직은 거의 전부 임시직에 의해 움직이고 있다고 할 정도였다. 그는 그들에게 댄 컬런이 돈도 없고 도움도 받지 못하고 곤경에 처해 늙고 병들어 죽어간다는 것을 알리면서 30년 전에 그가 그 회사를 위해 일했다는 것을 상기시키고 그 죽어가는 사람을 위해 무언가 해달라고 부탁했다.

그곳 관리자는 명부를 들춰보지도 않고 댄 컬런을 기억해내며 이렇게 말했다. "아, 그렇군요. 저, 우리는 임시직을 원조하지 않는 것이 원칙이니 아무 일도 할 수가 없군요."

그들은 정말 아무것도 하지 않았다. 심지어 댄 컬런의 입원의뢰서에 서명조차 해주지 않았다. 게다가 런던타운에서 병원에 입원하기란 그리 쉽지 않다. 헴스테드에서는 진료를 받았다고 해도 먼저 예약한 환자가 너무 많기 때문에 입원하려면 적어도 4개월이 걸린다. 그 수선공은 마침내 그를 화이트채플 진료소에 입원시키고 자주 문병을 다녔다. 댄 컬런은 병상에 누워 자기가 가망이 없어서 병원 측에서 자신을 빨리 보내버리고 싶어한다는 생각에 빠져 있었다. 10년 동안 철저하게 '훈련받은' 병

마일엔드로의 런던 병원.

든 늙은이라면 그렇게 생각할 법했다. 의사들이 그가 브라이트씨 병에 걸렸으니 땀을 많이 흘려서 신장에서 지방을 제거해야 한다고 진단하자, 댄 컬런은 땀을 흘리면 자기가 더 빨리 죽을 것이라고 대들었다. 브라이트씨 병으로 신장이 약해져 있으니 제거할 지방이 없는데 의사가 속 보이는 거짓말을 하고 있다고 했다. 그러자 의사는 펄펄 뛰며 화를 내더니 9일 동안 그를 진료해주지 않았다.

그런 뒤 의사들은 댄 컬런의 침대를 발쪽이 높게 기울여놓았다. 그때 수종증이 나타나자 댄 컬런은 다리에서 몸 쪽으로 물이 흐르도록 해서 자신을 더 빨리 죽게 하려고 그런 것이라고 우겼다. 그는 퇴원을 고집했고 의사들은 나가다가 죽을 것이라고 말

화이트채플 진료소의 병동.

템퍼런스 병원.

렸지만 다 죽어가는 몸을 끌고 수선공의 일터로 찾아갔다. 이 글을 쓰는 지금 그는 템퍼런스 병원에서 죽어가고 있다. 그 의리 있는 친구, 수선공이 백방으로 알아봐서 찾아낸 곳이다.

불쌍한 댄 컬런! 지식을 추구했고 낮에는 육체노동을 하고 밤에는 잠을 줄여 공부하였고 꿈을 품고 대의를 위해 용감하게 맞선 이름없는 주드(토머스 하디의 동명의 작품의 주인공—옮긴이) 같은 사람이었다. 애국자이자 인간의 자유를 찬미한 사람이었고 두려움을 모르는 투사였다.

그런데 그는 자신을 좌절시키고 억압한 상황을 타파할 만큼 큰 힘이 없기에 결국 구빈원 극빈자용 침대에서 냉소하고 비관하며 마지막 고통에 숨을 헐떡거리고 있다. “깨달을 수 있었는데 깨닫지 못하고 죽는 것, 나는 그것을 비극이라 부른다.”

14

홉 따는 사람들

땅이 잘못되면 재앙이 전리품으로 쌓인다.

그곳에서 부는 쌓이고 인간은 죽어간다.

왕자들과 지배자들이 번성하든 죽든

입김이 만들어졌듯 입김도 그들을 만들 수 있다.

그러나 용감한 소작농들, 그 국가의 자부심은,

한 번 파괴되면 다시 만들어질 수 없다.

-골드스미스

노동자들이 농지에서 떠나기 시작한 이래 문명세계 너머 농지의 수확은 도시에 의존하고 있다. 즉 농지가 다 익은 자원을 쏟아놓을 때 부랑자들, 즉 땅에서 내쫓겼던 사람들이 다시 그곳에 불려간다. 그러나 영국 시골동포들은, 그들을 돌아온 탕아로 맞아들이지 않고 추방자, 부랑자이고 감옥이나 구빈원, 아니면 담벼락 아래서 잠자는, 믿을 만한 인생을 살지 않는 족속으로 의심하고 경멸한다.

켄트 한곳에서만 홉 수확에 부랑자 8,000명이 필요하다고 한다. 그래서 그들은 그 요구에 부응하여, 그리고 위장의 요구와 좀처럼 없어지지 않고 남은 일말의 모험심의 요구에 부응하여 온다. 그들이 슬럼과 게토에서 쏟아져나왔는데 어쩐 일인지 그곳의 썩은 내용물은 줄어들지 않는다. 게다가 그들이 도굴꾼처럼 시골을 황폐하게 만들기 때문에 시골은 그들이 달갑지 않다. 그들은 그곳에 어울리지 않는다. 그들이 작고 일그러진 몸을 끌고 길에 나올 때 보면 마치 땅속에서 나온 악마의 자식들처럼 보인다. 그들의 존재 자체가 맑고 밝은 햇살과 녹색 식물들, 자라나는 것들에 대한 모독이다. 순결하게 꼿꼿이 서 있는 나무들이 그들과 그들의 약하고 뒤틀어진 몸을 꾸짖으니, 그들의 열등함은 자연의 아름다움과 순수함에 대한 더러운 모독이다.

이렇게 말하면 너무 심한 것일까? 상황에 따라 다르다. 인생을 몫과 쿠폰의 관점에서 보고 생각하는 사람들은 심하다고 생각할 것이다. 그러나 인생을 남자다움과 여자다움, 인간다움의 관점에서 보고 생각하는 사람에게는 그렇지 않다. 지독하게 가엾고 말로 표현할 수 없을 만큼 비참한 이 무리들은, 웨스트엔드 대저택에 살고 런던의 화려한 극장에서 감각적 즐거움을 물리게 누리며 귀족과 소공자들과 사귀고 왕에게서 기사작위를 받은 백만장자 양조업자 단 한 사람의 상대도 안 된다. 기사작위라니! 말도 안 된다! 옛날 금발의 용맹한 조상들은 전투마차를 타고 적들을 정수리에서 척추까지 쫙 쪼개는 공을 세웠다. 그리고 아무튼 윙윙 울리는 검으로 단번에 강한 상대를 베어 죽이는 것이, 산업과 정치를 교묘하게 조작하면서 자신과 자신의 조상에게서 물려받은 짐승 같은 사악함을 발휘하는 것보다 훨씬 더 나은 일이다.

자, 이제 어쨌든 홉으로 돌아가보자. 이 분야의 감소는 영국의 다른 모든 농업 분야와 마찬가지로 뚜렷하다. 맥주 제조량이 지속적으로 증가하는 반면 홉 생산량은 지속적으로 감소하고 있다. 1835년 홉 재배지는 7만 1,327에이커였다. 현재는 4만 8,024에이커이며 지난해보다 3,103에이커 감소했다.

올해 재배면적이 더 작은 만큼, 그리고 짧은 여름과 심한 폭풍우 때문에 생산량이 감소했다. 이 문제는 홉을 가진 사람들과 홉 따는 사람들에게 돌아갔다. 소유자들은 좋은 것들을 덜 누리며 살아야 했지만, 홉 따는 사람들은 적은 음식으로 견뎌야 했으며 아무리 많이 벌어도 절대 배불리 먹지 못했다. 힘든 시기, 런던 신문에 이런 헤드라인이 등장했다.

뜨내기 일꾼은 많으나 홉은 거의 없고 익지도 않았다.

그 뒤에는 이런 기사가 무수히 뒤따랐다.

홉 재배지 근처에서 비참한 소식이 들려왔다. 지난 이틀 동안 수백 명이 홉을 따러 켄트로 몰려갔지만 그곳에서 홉이 다 익을 때까지 기다려야 한다. 도버에서는 구빈원의 부랑자 수가 작년 동시기의 세 배가 되었으며 다른 마을에서도 개화기의 지연으로 임시 노동자 수가 크게 증가했다.

이들이 얼마나 비참해졌는지부터 보자면 마침내 홉 따기가 시작됐는데 끔찍한 폭풍이 바람과 비, 우박을 몰고와 홉과 홉 따는 사람들이 모두 쓸려나가 떨어졌다. 홉은 지주에서 죄다 떨어졌고 홉 따는 사람들은 따가운 우박을 피해 저지대의 오두막과 천막으로 갔으나 그곳에서 익사하기 직전이었다. 폭풍이 지나간 뒤 그들은 비참한 상황을 맞았고 자신의 부랑자 신분을 다시 한 번 확인했다. 흉작인 데다가 폭풍 때문에 몇 푼이나마 벌 가능성이 사라져버렸으니 그들 수천 명에게 남은 일은 런던까지 '걸어서' 돌아가는 일밖에 없었다.

"우리가 무슨 길 청소부(도시 거리에서 사람들 앞의 오물을 치워주고 팁을 받는 사람—옮긴이)야?" 발목까지 홉이 덮인 밭에서 떠나며 누군가 말했다.

남은 사람들은 7부셸당 1실링짜리 반쯤 벗겨진 지주 사이에서 거칠게 투덜댔다. 홉이 최상의 상태인 작황이 좋을 때의 시세였지만, 작황이 나쁠 때와 같은 액수였다. 재배자들은 더 줄 수 없기 때문이라고 했다.

내가 폭풍 직후 테스턴과 이스트팔레이와 웨스트팔레이를 지나갔기 때문에 홉 따는 사람들의 불평을 직접 들었고 땅에서 썩어 가는 홉들도 보았다. 그 우박 때문에 바함 저택의 온실 유리 3만 장이 깨졌고 복숭아, 자두, 배, 사과, 대황, 양배추, 사탕무, 그러니까 모든 것이 박살났다.

이런 일들은 소유자들에게도 당연히 불행한 일이었다. 그러나 아무리 최악의 상황에서도 그들은 한 끼도 적게 먹지 않는다. 그런데도 신문들마다 그들의 금전상 손실을 봐주기 괴로울 만큼 길고 자세하게 나열했다. "허버트 레니 씨는 자신의 손실을 8,000파운드로 추정한다." "이 교구 토지 전체를 세놓고 있는 유명 양조장의 프렘린 씨는 1만 프랑의 손실을 입었다." "허버트 레니 씨의 동생인 워터링버리의 양조업자도 큰 손실을 입었다." 홉 따는 사람들에 대해서는 아무도 계산하지 않았다. 그러나 감히 단언하건대, 영양실조인 윌리엄 버글즈 부부와 역시 영양실조인 그 집 아이들이 밥을 못 먹게 된 것이 프렘린의 1만 프랑보다 더 큰 비극이었다. 게다가 프렘린의 고통이 다섯 배 더 커진다면 윌리엄 버글즈의 고통은 수천 배 더 커질 것이다.

나는 윌리엄 버글즈와 같은 사람들이 어떻게 사는지 보려고 뱃사람처럼 옷을 입고 일을 찾으러 나섰다. 이스트런던의 구두 수선공 버트와 함께였다. 그는 모험심이 발동하여 함께 가게 됐다. 그는 내가 시키는 대로 '최악의 옷'을 입고 왔는데 메이드스톤에서부터 런던로를 걸으면서 너무 나쁜 옷을 입고 나온 것이 아닌지 줄곧 크게 걱정했다.

그리 잘 입은 편은 아니었다. 선술집에 들렀을 때 주인이 우

버트와 이 책의 작가가 홉을 딸 준비를 했다.

리를 유심히 살펴보았다. 하지만 돈의 색깔을 보여주자 비로소 표정이 밝아졌다. 길가의 토박이들도 모두 의심하는 듯했다. 런던에서 온 '흥청거리는 노동자들'이 마차를 타고 환호성을 지르고 야유를 보내며 우리에게 욕을 했다. 그러나 메이드스톤지구에서 일을 따내기도 전에 우리가 평균적인 홉 따는 사람들보다 설사 더 낫다고 할 수는 없어도 꽤 잘 입었다는 것을 깨닫게 됐다. 길에서 보게 된 누더기들은 놀라울 지경이었다.

우리가 홉을 따 넣는 통이 길게 늘어서 있는 곳에 다가가자 집시처럼 보이는 여자가 동료 일꾼들에게 이렇게 외쳤다. "지금이 썰물인가봐."

"알아들어요?" 버트가 속삭였다. "당신 이야기를 하는 거예요."

나도 알아들었다. 적절한 표현이었다. 썰물 때면 배는 해변에 대어져 항해를 하지 않으니 썰물 때면 선원도 배를 못 탄다. 선원복장을 한 내가 홉밭에 왔다는 것은 내가 배를 못 탄, 일 없이 노는 선원이며 상황이 썰물에 서 있는 배처럼 궁색하다는 것 뜻이었다.

"일 좀 줄 수 있소, 높은 양반?" 버트가, 매우 바쁘게 움직이고 있는 친절한 얼굴의 나이 지긋한 감독관에게 물었다.

그는 너무도 단호하게 "안 돼"라고 했다. 하지만 버트는 그에게 들러붙어 졸졸 쫓아다녔다. 나도 그 뒤를 따랐다. 밭 전체를 다 따라다니다시피 했다. 그 감독관은 우리가 끈질기게 쫓아다녀 일에 방해가 되어 화가 나서 그랬는지 우리 초라한 행색과 신세타령에도 마음이 동하지 않아서 그랬는지 모르겠지만 버트와 나에게 일을 주지 않았다. 하지만 결국 마음을 누그러뜨리고 주인 없는 빈 통을 우리에게 주었다.

"나쁜 짓은 안 돼. 명심해." 경고를 주고 감독관은 가버렸고 우리는 일하는 여자들 사이에 남았다.

토요일 오후였으니 작업 종료시간이 앞당겨진다는 것을 이미 알고 있었다. 그래서 입에 풀칠할 만큼은 벌 수 있는지 보려고 진지하게 일에 몰두했다. 일은 단순했다. 여자들이 할 일이지 사내들의 일은 아니었다. 서 있는 홉 사이에 통을 놓고 우리가 가장자리에 앉고 다른 한 사람이 지주를 잡아당겨서 아주 향기로운 가지들을 우리에게 밀어주었다. 한 시간 만에 우리는 완전히 전문가가 됐다. 손가락으로 기계적으로 홉과 잎을 구별해서 한꺼번에 대여섯 송이의 꽃을 떼어내는 데 익숙해져서 더 이상 배울 것이 없었다.

우리가 여자들만큼 빠른 속도로 잽싸게 일했지만 여자들 옆에는 아이들이 붙어서 거의 우리와 같은 속도로 그것도 두 손으로 땄기 때문에 여자들의 통이 훨씬 더 빨리 채워졌다.

"너무 매끈하게 다 따면 안 돼요. 규칙에 어긋나요." 어떤 여자가 우리에게 알려주었다. 그래서 우리는 끝부분을 땄고 고맙다고 인사했다.

런던에서 온 일꾼들과 구별되는 동네 홉 따는 사람들.

오후가 지나가면서 우리는 생계비를 벌 수 없다는 것을 알게 됐다. 남자만으로는 그랬다. 여자들은 남자들만큼 따고 아이들도 거의 엄마들만큼 딸 수 있었다. 그러니 남자 한 명은 여자 한 명과 여섯 명의 아이들의 상대가 되지 않았다. 그 여자 한 명과 여섯 명의 아이들이 한 팀이었고 전체가 한 팀의 임금을 받았기 때문이다.

"어이, 난 너무 배고파." 내가 버트에게 말했다. 우리는 밥을 제대로 먹지 않고 왔다.

"제길, 그래도 '홉'을 먹을 순 없잖아." 그가 대답했다.

그런 뒤 오늘처럼 필요한 때 도와줄 자식들을 주렁주렁 안 키워놓은 우리의 게으름을 한탄했다. 이런 식으로 시간을 보냈고 옆에 있는 사람들과 이야기를 나누었다. 지주를 당겨주는 사람과 말이 잘 통했다. 그는 젊은 시골뜨기로, 이따금 우리 통에 꽃 몇 송이를 던져 넣어주었다. 당기는 동안 떨어진 송이를 주워 모으는 일도 같이하고 있었던 것이다.

그에게 우리가 '선불'을 얼마나 받을 수 있을지 물었더니 7부셸당 1실링이지만 '선불'로는 12부셸당 1실링이라고 알려주었다. 그러니까 12부셸마다 5부셸씩 공제된 셈이었다. 재배자가 작황이 좋든 나쁘든, 그리고 나쁠 때 특히 홉따기꾼을 일에 붙들어두는 방법이었다.

아무튼 밝은 햇살을 받고 황금빛 꽃가루가 손에서 떨어져내리고 홉 향기가 콧구멍을 파고드는 동안 이 사람들이 떠나온 소란한 도시들을 어렴풋이 생각하는 것은 좋은 일이었다. 가난한 부랑자들! 가난하고 비천한 민중! 그들은 땅을 갈망하고 자신들을 쫓아냈던 그곳, 자연 속의 자유로운 삶, 더러운 도시물이 들지 않은 바람과 비와 햇빛을 막연히 그리워한다. 바다가 선원들을 부르듯 땅이 그들을 부르고 있다. 그리고 이상하게도, 이 훼손되고 썩어가는 몸뚱이 깊은 곳에서, 도시가 생기기 전 조상들이 살던 농촌에 대한 감동이 일었다. 그리고 어떻게 된 일인지는 모르지만, 그들이 기억하지는 못하지만 피가 잊지 않고 있는 땅의 냄새, 풍경과 소리를 느끼고 즐거워했다.

"이제 홉이 없어." 버트가 투덜댔다.

다섯 시였다. 지주 당기는 사람들이 일손을 접자 모두 정리해야 했다. 일요일에는 일이 없었던 것이다. 한 시간 동안 수확량을

홉 재배장. 수확량 측정관이 양을 재고 있다.

잴 측정관들이 오기를 하릴 없이 기다려야 해서 지는 해를 따라온 서리 때문에 발이 얼얼해졌다. 옆 통의 여자 두 명과 아이 여섯은 9부셸을 땄다. 우리는 5부셸이었다. 그들만큼 잘한 것이다. 옆 통은 아홉 살부터 열네 살까지의 여섯 아이가 있었으니까 말이다.

5부셸이라! 남자 둘이 3시간 반 동안 일해서 8.5펜스, 즉 17센트를 벌었다. 한 사람에 8.5센트씩, 시간당 약 2.4센트! 하지만 그중 5펜스만 '선불' 받을 수 있었다. 지급담당자가 잔돈이 없다며 6펜스를 주기는 했다. 더 받으려고 애원해봤지만 허사였다. 우리의 우는 소리에 끄떡도 하지 않았다. 오히려 우리가 1펜스 더 받았다고 큰 소리로 외더니 가버렸다.

처음에 우리가 가난한 빈털터리인 척하고 이곳에 왔다는 것을 기억하고 있을 것이다. 밤이 되어가고 있었다. 우리는 제대로 된 음식은커녕 아예 먹을 것이 없었다. 그리고 각자 6펜스씩 있었다. 나는 36펜스어치는 먹어야 할 만큼 배가 고팠고 버트도 마찬가지였다. 확실한 것은 이것이었다. 위장을 16.7퍼센트 채우려면 6펜스를 써야 하며, 그러고도 위장은 83.3퍼센트가 차지 않은 상태일 것이라는 사실. 그렇게 배를 채우고 다시 빈털터리가 되면 담벼락 아래서 자야할 것인데 그것은 그리 지독한 일은 아닐 것이지만 추위를 견디느라 먹은 것 전부를 다 써버릴 것이었다. 하지만 내일은 일요일이었다. 일요일에는 일을 못하지만 멍청한 위장은 일요일에도 쉬지 않는다. 그러니까 문제는 이랬다. 일요일 세 끼와 월요일 두 끼(월요일 저녁까지는 다시 '선불'

을 받을 수 없기 때문에)를 어떻게 해결하는가. 구빈원은 다 차 있었고 농민이나 마을사람들에게 구걸을 하면 14일 동안 감옥에 갇혀야 했다. 어떻게 할까? 우리는 절망한 채 마주 보았지만 수가 없었다. 우리가 다른 사람, 특히 홉 따는 일꾼이 아니라는 사실에 대해 신께 기쁘게 감사하며 메이드스톤으로 향했다. 호주머니 속에서는 런던에서 가져온 반 크라운(2실링 6펜스—옮긴이)짜리와 플로린(2실링 은화—옮긴이) 동전들이 짤랑거렸다.

15

바다의 부인

이 아둔한 농민들이 무지하고 무관심하여 그리고 증오심이 부족하여 세계 전역에서 세력가들을 왕좌에 앉히고, 정치가들을 유명하게 만들고, 장군들에게 연승을 안겨주어, 세상이 그들의 손아귀에서 움직이게 하고 그들이 신, 왕, 아니 주식거래소를 위해 머리를 조아리게 한다. 영원히 사라지지 않는 이 얼간이들, 현실감 없고 대책 없는 이 얼간이들은 번쩍거리는 꼭두각시의 망토에 자신들의 이성을 내맡기고 장난감에게 자신들의 인생을 멋대로 조종하게 한다.

–스티븐 크레인

켄트 한복판에서 바다의 부인(본문 181~182쪽에 실린 루디야드 키플링의 시 〈바다의 부인〉에 나오는 것과 비슷한 인물—옮긴이)을 만

날 수가 없을 것이라 생각하겠지만 나는 메이드스톤 빈민가 대로에서 그녀를 만났다. 창문에 방을 내놓는다고 붙어 있지 않았는데 내가 설득한 끝에 그 집 거실에서 잠을 잘 수 있게 됐다. 저녁에는 반지하 부엌에 내려가 그녀와 그녀의 남편인 토머스 머거리지와 이야기를 나누었다.

그들과 이야기를 나누는 동안 이 거대한 기계 문명의 미묘하고 복잡한 것들이 모두 사라졌다. 마치 피부와 살을 뚫고 영국인의 정수에 가닿은 느낌이었다. 토머스 머거리지와 그의 아내가 바로 그 놀라운 영국인의 본성을 지니고 있었다. 앨비언(그레이트브리튼 섬의 과거이름—옮긴이)의 아들들을 그 섬에서 나오게 한 방랑벽이 그들에게서 엿보였다. 또 영국이 바보스러운 실랑이와 터무니없는 전투를 하도록 꼬드긴 놀랄 만한 무모함과, 제국과 큰 것을 맹목적으로 추종하게 만든 완고함도 있었다. 본국 국민들이 모든 부담을 견뎌내고 힘든 세월 동안 불평 없이 견딜 수 있게 하고 자신의 아들 중 가장 훌륭한 이가 도처에서 전쟁을 벌이고 식민지를 건설하도록 양순하게 허락하게 만든 이해할 수 없을 만큼 엄청난 인내심도 있었다.

토머스 머거리지는 일흔한 살의 왜소한 사내였다. 작아서 군대에도 가지 않았다. 그는 집에 남아서 일했다. 그에게 가장 중요한 기억들은 모두 일과 관련된 것이었다. 일밖에 몰랐다. 평생 일했고 일흔한 살이나 되었는데도 아직도 일하고 있었다. 매일 아침 일찍 일어나 날품팔이를 하러 집을 나섰다. 태생이 그랬다. 머거리지 부인은 일흔세 살이었다. 그녀는 일곱 살 때부터 밭에서 일을 했다. 처음에는 남자 아이가 할 수 있는 일을, 나중에는 성인 남자가 하는 일을 했다. 지금도 여전히 일을 하면서 집 안을 반짝반짝하게 닦고 빨래를 하고 음식을 삶고 구웠고 내가 거기 머무는 동안은 내 밥도 해주고 멋쩍게도 내 잠자리까지 봐주었다. 60년 넘게 일했지만 가진 것이 없었고 일을 줄이고 싶어하지도 않았다. 그들은 만족했다. 그 이상 기대하지도 바라지도 않았다.

그들은 검소하게 살았다. 필요한 것이 별로 없었다. 저녁에 반지하 부엌에서 홀짝거릴 맥주 1파인트, 일주일 내내 읽을 주간지, 암소의 되새김질처럼 느리고 사색적인 대화만 있으면 됐다. 벽에 걸린 목판화에서 호리호리한 천사 같은 소녀가 그들을 내려다보고 있었다. 아래에 쓰인 제목은 "미래의 여왕님"이었다. 그리고 그 옆의 대단히 화려한 석판화에서는 뚱뚱하고 나이 든 여인이 내려다보고 있었다. 그 아래에는 이렇게 쓰여 있었다. "우리 여왕님 - 즉위 60주년."

"일해서 버는 게 제일 좋죠." 내가 이제 일을 그만두면 어떠냐고 권하자 머거리지 부인이 말했다.

"아니, 우린 도움이 필요 없소." 자식들의 도움을 받는 것이 어떤지 묻자 토머스 머거리지가 대답했다.

"우리는 말라비틀어져 죽을 때까지 일할 거요. 애들 엄마랑 나 말이오." 그가 덧붙였다. 머거리지 부인은 강한 긍정의 뜻으로 고개를 끄덕였다.

그녀가 낳은 열다섯 명의 자식은 전부 멀리 떠나 있거나 죽었다. 그러나 스물일곱 살인 '막내'는 메이드스톤에 살고 있었다. 아이들이 결혼하자 식구들이 넘쳐났고 바람 잘 날 없었다. 그들의 아버지들과 어머니들처럼.

자식들은 어디 있습니까? 아, 안 가 있는 데가 어딥니까? 리지는 오스트레일리아에 있고 메리는 부에노스아이레스에 있고 폴은 뉴욕에, 조는 인도에서 죽었죠. 그들은 마주 앉은 여행객에게 나머지 자식들에 대해서도 다 알려주었다. 살아 있거나 죽었거나, 군인, 선원, 혹은 식민지 이주자의 아내도 있었다.

그들은 사진 한 장을 보여주었다. 군복을 입은 말쑥한 젊은이가 나를 바라보고 있었다.

"몇 째 아들입니까?" 내가 물었다.

그들은 폭소를 터뜨렸다. 아들! 아니요. 손자요. 인도 군대에서 방금 제대했소. 군악대에서 국왕폐하를 위해 트럼펫을 불었지. 동생과 같은 연대에 있었소. 이야기는 그렇게 계속됐다. 아들과 딸들, 그리고 손자와 손녀, 그들 모두 세계를 떠돌며 제국을 건설했다. 그 노인들은 조국에 남았고 역시 제국을 건설하는 일을 했다.

노던게이트 옆에 한 부인이 산다.
그녀는 자손이 많다.
그녀는 방랑자들을 낳아서
바다 건너로 보낸다.
어떤 자식은 깊은 물에 빠져 죽고

어떤 자식은 해변에 닿으려고 한다.

지친 부인에게 소식이 전해지지만

그녀는 그치지 않고 그녀는 더 내보낸다.

하지만 그녀의 출산은 끝났다. 자손들이 뻗어나가 세상이 가득 차 있다. 며느리들이 그 출산을 이어가겠지만 어쨌든 그녀의 일은 끝났다. 영국인이었던 자손들이 이제 오스트레일리아인, 아프리카인, 아메리카인이 됐다. 영국은 너무도 오랫동안 '최고의 혈통'을 내보냈고 남은 사람들을 너무도 지독하게 파괴했다. 그래서 그녀에게 이제 남은 것은 긴긴 밤 동안 벽에 있는 여왕의 그림을 쳐다보는 일밖에 없다.

진정한 영국 상선선원은 사라져버렸다. 상선은 이제 트라팔가와 나일에서 넬슨과 싸운 해적들의 신병보충대가 아니다. 아직도 영국인들은 선박을 지휘하고 외국인들 앞에 서기를 좋아하지만 상선을 채우는 것은 대부분 외국인들이다. 남아프리카에서 식민지 개척자들이 그 섬주민에게 총 쏘는 법을 가르치는데, 그 선원들은 어리둥절해하고 실수를 저지른다. 한편 본국에서는 부랑자들이 병적으로 흥분해 축제를 즐기고, 육군성은 입대기준을 낮춘다.

그러지 않을 수가 없었다. 아무리 현실에 안주하는 영국인이라고 해도 생피를 뽑아 없애고, 충분히 못 먹으며, 영원히 그대로 살려고 할 리가 없다. 보통 사람인 토머스 머거리지 부인은 도시로 떠밀려왔고, 충분히 먹일 수 없는 허약하고 병든 자식들만 낳았다. 오늘날 영어를 말하는 인종의 힘은 좁아터진 섬이 아니라 바다 건너 신세계에 있다. 토머스 머거리지의 아들과 딸들이 있는 곳 말이다. 노던게이트 옆의 이 부인은 스스로 깨닫지 못하고 있기는 하지만 세상에서 할 일을 거의 다했다. 이제 잠시 앉아서 지친 허리를 쉬게 해야 한다. 그리고 만약 그녀를 기다리는 것이 부랑자 수용소와 구빈원이 아니라면 그것은 그녀가 나약하고 쇠퇴할 때를 대비해 키워둔 아들과 딸들 덕분이다.

16

소유물 대 개인

> 재산권이 너무도 크게 확대되고 있어서 공동체의 권리는 거의 완전히 사라졌다. 그러므로 주민 대부분의 번영과 안락과 자유가, 일하지도 않고 몰락하지도 않는 소수의 소유자 발밑에 놓여 있다고 해도 지나치지 않다. -조지프 체임벌린

대놓고 물질에 집착하고, 정신이 아니라 소유물을 기준으로 판단하는 문명에서, 소유물을 정신보다 고귀하게 여기고 소유물에 대한 범죄가 인간에 대한 범죄보다 훨씬 더 중대하게 여겨지는 것은 당연하다. 마누라를 떡이 되게 패고 갈비뼈를 부러뜨리는 것이 숙박비가 없어서 별빛 아래 자는 것보다 사소한 범죄행위다. 돈 많은 철도회사에서 배 몇 개를 훔친 청년이, 일혼이 넘

은 노인을 정당한 이유 없이 폭행한 냉혹한 청년보다 사회에 더 큰 위협이 된다. 일자리가 있는 척 속이고 하숙을 하는 나이 어린 아가씨는 너무도 위험한 범죄를 저지르는 것이며, 제대로 처벌받지 않는다면 그녀나 그녀 같은 사람들이 소유의 구조를 완전히 무너뜨릴지도 모른다. 만약 그녀가 자정이 넘어 피커딜리가나 스트랜드가를 음란하게 활보했다면 경찰은 그녀를 막지 않았을 것이고 그랬다면 하숙비를 낼 수 있었을 것이다.

다음의 사례는 한 주일 동안의 즉결심판소 기록에서 뽑은 것이다.

> 위드너스 즉결심판소. 시참사회원 고시지와 닐이 판결. 토머스 린치가 술에 취해 난동을 피우고 경관을 폭행한 혐의로 기소. 피고인은 구류 중인 한 여인을 탈주시키고 경관을 발로 차고 돌을 던졌다. 탈주혐의에 대해 3실링 6펜스, 폭행에 대해 10실링의 벌금과 소송비용 지불을 명령함.

> 글래스고 퀸즈 공원 즉결심판소. 시의원 노먼 톰슨이 판결. 존 케인이 아내 폭행죄를 인정. 전과 5범. 소송비용을 포함해 벌금 3실링에 처함.

> 톤턴카운티 소법정. 우람하고 건장한 존 페인터라는 노동자가 자신의 아내를 폭행한 혐의를 받았다. 여자는 눈이 심각하게 멍이 들 정도로 두 차례 폭행당했고 얼굴은 심하게 부어올랐다. 소송비용 포

함 벌금 8실링에 질서 유지 서약.

위드너스 즉결심판소. 리처드 베스트윅과 조지 헌트가 사냥감을 쫓아 불법침입한 혐의로 기소. 헌트는 벌금 1파운드와 소송비용, 베스트윅은 2파운드와 소송비용. 불이행시 1개월형.

샤프트버리 즉결심판소. 시장(A. T. 카펜터)이 판결. 토머스 베이커가 노숙혐의로 기소. 14일.

글래스고 중앙 즉결심판소. 시의원 던롭이 판결. 에드워드 모리슨이 철도역에 있는 트럭에서 배 15개를 훔친 혐의로 유죄. 7일.

돈카스터 버로 즉결심판소. 시참사의원 클락과 치안판사들이 판결. 제임스 맥거원이 밀렵도구와 토끼 여러 마리를 소지한 것이 발견되어 밀렵금지법 위반으로 기소. 벌금 2파운드와 소송비용 혹은 1개월형.

던퍼믈린 주법원. 길레스피 주지사가 판결. 광산노동자 존 영은 주먹으로 알렉산더 스토라르의 머리와 몸을 가격하여 땅에 넘어뜨리고 갱목에 부딪히게 만든 폭행혐의를 인정했다. 벌금 1파운드.

커콜디 즉결심판소. 시의원 디스하트가 판결. 사이먼 워커가 한 남자를 구타하고 쓰러뜨린 혐의를 인정함. 정당한 이유가 없는 공격이므로 판사는 피의자가 공동체에 더할 나위 없는 위험인물이라고 판단. 벌금 30실링.

맨스필드 즉결심판소. 시장과 터너, 휘터거, 티즈버리, 홈스 씨와 네스빗 박사가 판결. 조지프 잭슨은 찰스 넌에 대한 폭행혐의를 인정. 정당한 이유 없이 피의자가 고소인의 얼굴을 가격하고 때려눕힌 뒤 머리 측면을 발로 찼다. 그는 의식불명상태가 되어 2주간 병원 치료를 받았다. 벌금 21실링.

퍼트 주법원. 주지사 심이 판결. 데이비드 미첼이 밀렵혐의로 기소. 지난 3년간 전과 2범. 주지사는 미첼을 선처할 것을 요청 받았다. 그가 62세이고 사냥터 관리인에게 전혀 저항하지 않았기 때문이다.

던디 주법원. 명예 주지사 대리 R. C. 워커가 판결. 존 머레이, 도널드 크레그, 제임스 파크스가 밀렵혐의로 기소. 크레그와 파크스는 각각 벌금 1파운드 혹은 14일형. 머레이는 5파운드 혹은 1개월형.

레딩 버로 즉결심판소. 몽크, 파피트, 윌리스, 길리건이 판결. 16세의 앨프리드 마스터즈가 버려진 땅에서 잠을 자고, 확실한 생계 수단이 없는 혐의로 기소. 7일형.

솔즈베리 시 소법정. 시장과 호스킨즈, 풀포드, 알렉산더, 말로가 판결. 제임스 무어가 상점에서 부츠 한 켤레를 훔친 혐의로 기소.

21일형.

혼캐슬 즉결심판소. 매싱버드 목사와 그레이엄 목사, 루카스 칼크래프트가 판결. 젊은 노동자, 조지 브래큰버리가 70세가 넘은 제임스 사전트 포스터에게 정당한 이유 없이 잔인한 폭행을 저지른 혐의로 유죄선고를 받았다. 벌금 1파운드와 5실링 6펜스의 소송비용.

워크숍 소법정. 폴잠브, 에디슨, 스미스가 판결. 존 프리스틀리가 목사 레즐리 그레이엄에 대한 폭행혐의로 기소. 피의자는 술에 취한 채 유모차를 밀다가 화물차 앞으로 유모차를 밀어넣었다. 그 결과 유모차는 전복되고 안에 탔던 아기는 내동댕이쳐졌다. 화물차가 유모차를 치었지만 아이는 부상당하지 않았다. 피의자는 화물차 운전자를 공격했고 이후 피해자인 그레이엄 목사를 공격했다. 피해자가 그의 행동에 대해 충고했던 것이다. 피의자가 입힌 부상의 결과로 피해자는 병원에 가야 했다. 벌금 40실링과 비용.

로더럼 웨스트 라이딩 즉결심판소. 라이트와 푸, 그리고 스토다트 중령이 판결. 벤저민 스토레이, 토머스 브래머, 새뮤얼 윌콕이 밀렵혐의로 기소. 각각 1개월형.

사우샘프턴 카운티 즉결심판소. 롤리 제독과 컬름 시모어 외 치안판사들이 판결. 헨리 소링튼이 노숙혐의로 기소. 7일형.

에킹튼 즉결심판소. 육군소령 보든과 에어, 파울러와 코트 박사가 판결. 조지프 와츠가 한 정원에서 고비 9개를 훔친 혐의로 기소. 1개월형.

리플리 소법정. 휠러, 벰브리지, 후퍼가 판결. 빈센트 앨런과 조지 홀이 수 마리의 토끼를 가지고 있는 것이 발견되어 밀렵금지법 위반 혐의로 기소. 존 스패럼은 그들의 범행을 방조한 혐의로 기소. 홀과 스패럼은 벌금 1파운드 17실링 4펜스, 앨런은 2파운드 17실링 4펜스. 비용 포함. 벌금 미납 시 홀과 스패럼은 14일, 앨런은 1개월형.

런던 사우스웨스턴 즉결심판소. 로즈가 판결. 존 프로바인은 경관에게 극악무도한 신체 손상을 입힌 혐의로 기소. 피고인이 자신의 아내에게 발길질을 했으며 그를 말리는 다른 여자도 폭행했다. 경관이 집으로 들어가라고 설득하려 했지만 피고인이 갑자기 그에게 달려들어서 얼굴을 가격하여 쓰러뜨리고 발로 차고 목을 졸랐다. 마지막으로 피고인이 고의로 그 경관의 급소를 발로 차서 경관이 오랫동안 직무를 볼 수 없는 부상을 입었다. 6주형.

런던 램버스 즉결심판소. 홉킨스가 판결. 쇼걸이라는 19세의 '베이비' 스튜어트가 거짓말로 5실링 상당의 음식과 잠자리를 얻고 에마 브레이저를 속이려 한 혐의로 기소. 피해자 에마 브레이저는 앳웰가 하숙집 주인이다. 피의자는 자신이 크라운 극장에서 일한다고 거짓말하여 그녀의 집에 방을 빌렸다. 피의자가 그녀의 집에 이삼

일 동안 묵은 뒤 브레이저 부인이 조사하여 그것이 거짓이라는 것을 알고 그녀를 수감시켰다. 피고인은 치안판사에게 자신의 건강이 이렇게 나쁘지만 않았어도 정말로 그곳에서 일했을 것이라고 말했다. 6주 징역.

17

무능

차라리 하늘 아래 큰길에서 죽겠다. 신선한 공기 속에서 굶어 죽거나 바다에서 익사하거나 너무도 기쁘게 전투에 참가해 총을 맞겠다. 악취 진동하는 지옥에서 짐승과 같은 생활을 영위하고 결국 극빈자 침상에서 힘들게 숨을 헐떡이는 것보다는 그 편이 낫겠다.

-로버트 블래치포드

나는 마일엔드 황무지에서 언쟁을 듣느라 잠시 발을 멈추었다. 밤이었고 그들은 모두 상위계급 노동자들이었다. 서른 살 정도의 쾌활한 얼굴의 사내를 둘러싸고 다소 격하게 꾸짖는 듯했다.

"그럼, 싸구려 이민자들은 어때?" 그들 중 하나가 물었다. "화이트채플의 유대인들, 그러니까 계속 우리 목 자르는 놈들

마일엔드로.

말이야."

"그들을 비난할 순 없어." 대답이었다. "그들도 우리랑 똑같아. 그들도 살아야 해. 자네들보다 더 싸게 일해주고 일자리를 뺏는다고 비난해선 안 돼."

"그럼 아내랑 애들은 어때?" 상대가 물었다.

"그래, 보자." 대답이 시작됐다. "자네들보다 더 싸게 일해주고 일자리 빼앗은 사람의 아내와 애들이 어떠냐고? 응? 그의 아내와 아이들이 어떠냐고? 그 사람에게는 자네 가족보다 자기 가족이 중요하지. 가족들을 굶게 둘 수 없을 거야. 그래서 임금을 깎고 자네들을 쫓아낸 거야. 하지만 그 사람을 욕해선 안 돼. 불쌍한 놈이니까. 그놈도 어쩔 수 없는 거야. 임금이란 건, 두 사람이 같은 일에 덤벼들면 낮아지게 마련이잖아. 그건 경쟁 때문이지 임금을 깎은 사람 탓이 아니야."

"하지만 노조가 있으면 임금이 안 내려가지." 이의가 제기됐다.

"그래, 다시 한 번 보자. 노조는 노동자들 간의 경쟁을 억제해주지만 노조가 없는 곳은 더 악화되게 만들어. 화이트채플의 값싼 노동자가 바로 그런 곳에서 왔어. 그들은 기술이 없으니 노조가 없고 서로 목을 베지. 우리가 강한 노조에 속해 있지 않다면 우리 목도 자르겠지."

언쟁은 더 깊이 들어가지 못했고, 마일엔드 황무지의 이 남자는 두 사람이 하나의 일자리를 구하려고 할 때 임금이 반드시 하락한다는 실례를 들어주었다. 그 문제를 좀 더 깊이 생각했더라면 2만 명이 소속된 노조라 하더라도 2만 명의 실업자가 그 노조원들의 자리를 넘보고 있다면 임금이 유지되지 못한다는 것도 깨달았을 것이다. 그것은 얼마 전 남아프리카에서 군인들이 제대하고 돌아오면서 잘 증명되었다. 그들 수만 명은 실직자로서 절망적인 상황이었다. 그런데 전국 임금의 전반적인 하락으로 노동분쟁과 파업이 발생하자 이 실직자들이 그 틈을 타 파업자들이 내던진 연장을 기꺼이 집어들었다.

일자리보다 일할 사람이 많아지면 노동력 착취, 굶어죽을 만큼 낮은 임금, 수많은 실업자, 수많은 노숙자들이 나타나는 것이 당연하다. 하지만 이때 내가 거리와 구빈원, 공짜 밥을 주는 곳에서 만난 사람들은 고려하지 않는다. 흔히들 그들이 '쉽게' 살고 있다고 여기기 때문이다. 그러나 나는 이미, 그들이 어떤 곤란을 겪고 있는지 설명했고 그들이 결코 '쉽게' 살고 있지 않다는 것을 잘 보여주었다.

냉정하게 생각해보면 이곳 영국에서 주당 20실링(5달러)을 벌기 위해 일하고 규칙적인 식사를 하고 밤에는 잠자리에 드는 것이, 거리를 돌아다니는 것보다 더 쉽다. 거리를 떠도는 사람은 더 힘들고 더 열심히 움직이지만 얻는 것은 훨씬 더 적다. 나는 이미 그들이 밤을 어떻게 보내는지, 육체적인 피로 때문에 어쩔 수 없이 '쉬러' 수용소에 가게 되는 과정을 보여주었다. 수용소에서 지내기도 쉽지 않다. 비참한 음식과 잠자리를 얻으려고 뱃밥 4파운드를 만들고 12헌드레드웨이트의 돌을 깨거나 너무도 역겨운 일을 하는 것은 일하는 사람 입장에서는 착취다. 권력

부랑자 수용소의 뱃밥 만들기.

자들의 입장에서 보면 아주 거저먹기다. 그들은 자본주의 기업가들보다 훨씬 적은 대가를 준다. 동일한 노동에 대해 사기업이라면 더 나은 잠자리와 더 많은 음식, 더 나은 식사, 그리고 무엇보다 더 많은 자유를 주었을 것이다.

좀 전에 말했듯 부랑자 수용소에 가는 것은 착취당하는 일이다. 그리고 육체적으로 아주 만신창이가 되기 전까지는 그곳에 가지 않는 것을 보면 그들도 그런 사실을 잘 알고 있다. 그런데 왜 가는 것일까? 그들이 의욕이 없는 노동자이기 때문이 아니다. 전혀 그렇지 않다. 그들은 의욕이 없는 부랑자들이다. 미국에서 부랑자라면 거의 전부 의욕이 꺾인 노동자이다. 그들은 노동보다 부랑이 더 쉽다는 것을 안다. 그러나 영국에서는 그렇지 않다. 당국은 부랑을 막기 위해 온갖 일을 다하기에, 부랑자가 의욕이 없는 사람인 것은 틀림없다. 하루에 2실링, 즉 겨우 50센트만 있으면 괜찮은 세 끼 밥과 잠자리, 그러고도 호주머니에 몇 펜스를 남길 수 있다는 것을 그들도 잘 알고 있다. 부랑자 수용소에서 자선을 구하는 것보다 2실링을 버는 것이 더 나을 것이다. 그렇게 힘들지 않아도 되고 그렇게 역겨운 대접을 받지 않아도 된다는 것을 잘 아니까. 하지만 그렇게 하지 않는다. 일자리보다 일할 사람이 많기 때문이다.

일자리보다 일할 사람이 더 많을 때는 선별이 이루어진다. 모든 산업에서 비숙련공이 밀려난다. 무능해서 밀려난 그들은 위로 올라갈 수 없고 밑으로만 내려가야 하며 적정 수준에 다다를 때가지 계속 밀려 내려간다. 산업조직에서 그들의 능력이 필요한 위치까지 내려간다. 그러니까 가장 무능한 사람은 제일 밑바닥까지 내려간다. 그곳은 그들이 비참하게 사라지는 도살장이다.

밑바닥에서 무능함이 완전히 고착된 것을 보면 그 사람들은 대체로 심신이 완전히 파괴되었고 도덕적으로도 폐인이다. 예외가 있다면 가장 최근에 이 바닥에 떨어진 사람, 그러니까 그냥 좀 많이 무능한 정도의 사람이지만 이들도 이제 폐인이 되는 길에 들어선 것이다. 이곳에서는 모든 힘이 파괴에 집중된다는 것을 꼭 기억하길 바란다. (머리가 재빠르게 잘 안 돌아서 그곳에 오게 된) 튼튼한 몸은 급속도로 망가지고 형태가 뒤틀린다. (나약한 몸 때문에 그곳에 오게 된) 맑은 정신은 급속도로 탁해지고 오염된다. 사망률이 엄청나게 높을 때도 그들은 질질 끌며 천천히 죽음을 맞는다.

이제 밑바닥이자 도살장이 어떤 곳인지 알게 됐다. 전체 산업조직에서 끊임없이 밀어내기가 일어난다. 무능한 사람은 잡초처럼 뽑혀 아래로 내동댕이쳐진다. 무능해지는 길은 여러 가지다. 제멋대로거나 책임감이 없는 기술자는 적당한 자리까지 아래로 떨어진다. 부랑자 수용소가 그곳이다. 수용소야말로 규율이 없는 것이 특징이고 책임질 일도 거의, 아니 아예 없는 곳이다. 느리고 서투른 사람들은 몸이나 마음이 약하거나, 신경이나 정신, 신체적 능력이 부족하다. 그래서 이들은 갑자기 혹은 점차 바닥으로 떨어진다. 재해는, 유능한 노동자를 무능하게 만들며 결국 이런 노동자도 바닥으로 떨어진다. 나이 든 노동자들이 힘없고 머리가 둔해지면서 끔찍한 추락이 시작된다. 추락은 밑바닥과 죽음에 이르러서야 비로소 끝난다.

그 죽음에 대해 런던 통계자료가 끔찍한 사실을 알려준다. 런던의 인구는 영국제국 총 인구의 7분의 1인데 런던에서 매년 4명 중 1명의 성인이 구빈원이나 병원, 수용소 등 공적 자선단체에서 죽는다. 부유층이 그런 식으로 죽음을 맞지 않는다는 사실을 감안하면 성인 노동자 3명당 1명이 자선시설에서 생을 마감할 운명인 것이다.

유능한 노동자가 왜 갑자기 무능해지는지, 그리고 그렇게 되고 난 뒤 어떤 일이 일어나는지를, 맥게리의 경우를 통해 보여주겠다. 맥게리는 서른두 살의 남자로 구빈원 입소자다. 다음은 노동조합 연례보고서에서 발췌한 것이다.

> 나는 위드너스에 있는 설리반의 회사에서 일했다. 영국 알칼리화학회사로 더 잘 알려진 곳이다. 나는 창고에서 일하고 있다가 공터를 건너가야 했다. 밤 10시여서 불빛이라고는 없었다. 공터를 건너는 동안 누군가 내 다리를 잡아 비트는 것 같았다. 그런 뒤 정신을 잃어서 하루 이틀 정도는 무슨 일이 일어났는지 모른다. 다음 일요일 밤에 정신이 들어보니 병원이었다. 간호사에게 내 다리가 어떻게 되었냐고 물었더니 양쪽 다리를 잘라냈다고 말했다.
>
> 공터에는 땅속 구멍에 크랭크가 설치되어 있었다. 구멍은 가로 46센티미터 세로 38센티미터 깊이 38센티미터였다. 크랭크는 구멍 속에서 1분에 3회전하였다. 구멍 주변에 울타리도 덮개

도 없었다. 내가 사고를 당하고 크랭크 운전은 전면 중단되고 철판으로 덮였다. …… 회사는 나에게 25파운드를 지급했다. 사측은 그것이 보상금이 아니라 인정상 주는 돈이라고 했다. 그 중에서 휠체어 값으로 9파운드를 썼다.

다리를 잘렸을 때 나는 일하는 중이었다. 일주일에 24실링을 벌었는데 다른 사람들보다 좀 많은 액수였다. 늘 교대조를 맡았기 때문이다. 힘든 일이 있을 때 선발되고는 했다. 관리자 맨튼 씨가 병원에 있는 나를 수차례 찾아왔다. 회복기에 있을 때 그에게 내 일자리를 마련해줄 수 있는지 물었다. 그는 걱정 말라며 회사가 그렇게 냉혹하지는 않다고 말했다. 어쨌든 괜찮을 줄 알았다. …… 맨튼 씨가 더 이상 찾아오지 않았다. 마지막에 왔을 때는 회사에 부탁해 50파운드 어음을 주고 내가 아일랜드에 있는 집과 친구들에게 돌아갈 수 있게 할 생각이라고 말했다.

불쌍한 맥게리! 그는 야심이 있었고 교대조를 자청해 남들보다 더 많이 벌었으며 힘든 일이 있을 때 뽑혔다. 그런데 일이 터졌고 구빈원에 들어갔다. 구빈원에 들어가지 않으면 조국 아일랜드로 돌아가 남은 일생 동안 친구들의 짐이 돼야 했다. 더 이상 무슨 말이 필요한가?

능력이 노동자 자신들에 의해 결정되지 않고 노동 수요에 의해 결정된다는 사실을 꼭 짚고 넘어가야겠다. 세 사람이 한 자리를 놓고 경쟁한다면 가장 유능한 사람이 그 자리를 차지할 것이다. 남은 두 사람은, 아무리 능력이 있다고 해도 무능한 사람이 되고 만다. 만약 독일, 일본, 미국이 전 세계 철, 석탄, 직물 시장을 차지한다면 영국 노동자들 수십만이 놀게 된다. 이민을 가는 사람도 있겠지만 그러지 않은 나머지는 다른 산업에 노동력을 억지로 쑤셔넣으려고 할 것이다. 노동자 전체의 혼란이 야기될 것이다. 그런 뒤 밑바닥에 있는 무능한 인간의 수가 수십만 명이나 늘어난 뒤에야 다시 평정을 되찾을 것이다. 한편 다른 조건들이 동일하고 모든 노동자들의 능력이 두 배로 향상되었다고 해도 같은 수의 무능한 사람들이 생겨날 것이다. 무능력자들이 모두 과거보다 두 배로 유능해서, 이전의 능력 있는 노동자 대부분보다 더 유능해졌다고 해도 마찬가지일 것이다.

일자리보다 일하려는 사람이 많을 때 그 남은 수만큼의 노동자들이 무능한 사람이 될 것이며 일을 할 수 없기 때문에 서서히 고통스럽게 파멸을 맞는다. 이 책에서 나는 그들의 일과 삶의 방식을 통해 그들이 어떻게 잡초처럼 뽑히고 파괴당하는지, 오늘날과 같은 산업사회에서 무능한 사람들이 계속 만들어지는 까닭도 살펴볼 것이다.

18

임금

누구는 빵을 얻으려 목숨을 팔고

누구는 금을 얻으려 영혼을 팔며

누구는 강바닥을 훑고

누구는 구빈원 바닥을 훑고

이것이 자랑스러운 영국의 힘이니,

부가 활개치며 제 맘대로 한다.

하얀 고기는 요즘 값이 싼데

희고 순결한 영혼은 훨씬 더 싸다.

-팬타시아스

런던시에 가구당 주급 21실링 이하를 받는 사람이 129만 2,737명이나 있다는 사실을 알고 나자 그들이 신체적 힘을 유지하기 위해 임금을 어떻게 가장 효율적으로 사용하는지가 궁금해졌다. 가구원이 여섯, 여덟, 혹은 열 명인 가구는 고려하지 않고 다음 표처럼 다섯 명인 가구를 표본으로 삼았다. 부모와 세 자녀가 있는 가구다. 그리고 21실링이 실제로는 약 5.11달러이지만 5.25달러로 보았다.

집세	1.50달러
빵	1.00달러
고기	0.87달러 0.5센트
채소	0.62달러 0.5센트
석탄	0.25달러
차	0.18달러
기름	0.16달러
설탕	0.18달러
우유	0.12달러
비누	0.08달러
버터	0.20달러
장작	0.08달러
총액	5.25달러

한 품목만 분석해보아도 허비할 여유가 없다는 것을 알 수 있다. 1달러어치의 빵. 다섯 명의 가족이 7일 동안 먹으려면 1명당 매일 약 2.86센트어치씩 먹어야 한다. 그리고 하루에 세 끼를 먹는다면 매끼에 9.5밀(1달러의 1000분의 1—옮긴이)어치씩 먹어야 한다. 즉 1센트어치도 못 먹는다. 그런데 빵이 제일 많이 먹는 품목이므로 매끼 빵보다 더 적은 고기와 훨씬 더 적은 채소를 먹는다. 그보다 더 적은 품목은 너무 소량이라 고려하지 않았다. 또한 이 식품들은 모두 소규모 소매상에게서 구입한다. 가장 비싸고 비경제적인 소비 방법이다.

앞의 표를 보면 사치와 포식은 허용되지 않는다. 남는 것이 없으니 당연한 일이다. 5.25달러 전부가 식비와 방세로 쓰인다. 남는 돈이 없다. 남자가 맥주라도 한잔 사 마시면 가족이 그만큼 적게 먹어야 한다. 적게 먹으면 그만큼 신체적 능력에 지장이 생긴다. 이 가족은 버스나 전차를 탈 수 없고 편지를 보낼 수도 없으며 소풍도 못 가고 2펜스짜리 삼류극장에서 하는 싸구려 보더빌 공연도 보러갈 수 없으며 사교클럽이나 공제회에 가입할 수도 없고 사탕, 담배, 책이나 신문도 살 수 없다.

거기에 또 한 아이가(셋이나 있는데) 신발을 사야 한다면 가족은 식탁에서 고기를 빼야 한다. 그리고 다섯 켤레의 신발이 필요하고, 다섯 개의 모자가 필요하고, 다섯 벌의 옷이 필요하기 때문에, 게다가 남부끄럽지 않게 입도록 규제하는 법이 있기 때문에, 그 가족은 신체의 보온을 유지하고 감옥에 끌려가지 않기 위해 계속해서 신체적 능력에 손상을 입혀야 한다. 그리고 주급으로 집세, 석탄, 기름, 비누, 장작에 드는 돈을 빼고 나면 1인당 매일 9센트의 식비가 남는다. 그 9센트에서 옷을 사면 신체적 손상이 불가피하다.

이 정도의 상황도 충분히 힘들다. 그러나 일이 터진다. 남편이자 아버지가 다리나 목이 부러진다. 하루에 9센트의 식비도 벌 수 없다. 한 끼에 9.5밀어치의 빵도 못 먹는다. 그리고 주말에 집세 1.50달러를 낼 수 없다. 그러면 쫓겨나 거리나 구빈원 아니면 비참한 동물우리 같은 데 가야 한다. 그런 곳에 살면서 어머니는 어쩌면 10실링 정도 벌 수 있을 텐데, 그 돈으로 가족이 흩어지지 않게 하려고 필사적으로 발버둥칠 것이다.

자, 다시 한 번, 런던시에 가구당 주급 21실링 이하를 버는 129만 2,737명의 사람들이 있는데 우리가 21실링 혹은 그 미만으로 사는 가구원 다섯 명인 가족을 조사했다는 사실을 상기하기를 바란다. 가구원이 더 많은 가족도 있고 21실링도 못 버는 가구들도 많으며, 임시직 노동자들이 많이 있다. 당연히 의문이 든다. 그들은 어떻게 사는 것일까? 답은 '그들은 살지 않는다'이다. 그들은 인생이 무엇인지 모른다. 짐승보다 못하게 목숨을 부지하다가 죽음을 맞아, 다행스럽게도, 해방된다.

더 역겨운 바닥 깊은 곳으로 내려가보기 전에, 전보국 아가씨들의 경우를 보자. 깨끗하고 발랄한 영국 아가씨들이 있다. 이들에게는 짐승보다 높은 삶의 기준이 꼭 필요하다. 그렇지 않으면 계속 깨끗하고 발랄한 영국 아가씨로 살 수 없다. 전보국에서 처음 일을 시작하면 이 아가씨들은 주급 2.75달러를 받는다. 만약 이 아가씨가 영리하고 민첩하다면 5년을 일한 뒤에는 최고 5달러까지 받을 수 있다. 이런 여성들의 일주일 지출 목록을, 최근 런던데리 경이 확보해주었다.

집세, 난방, 조명	1.87달러 0.5센트
집에서 먹는 식비	0.87달러 0.5센트
사무실에서 먹는 식비	1.12달러 0.5센트
교통비	0.37달러 0.5센트
세탁비	0.25달러
총액	4.50달러

이렇게 쓰고 나면 의복, 오락, 질병에 드는 돈이 남지 않는다. 그리고 아직도 많은 아가씨들이 주당 4.50달러가 아니라 2.75, 3, 3.50달러를 번다. 그들은 반드시 옷을 입어야 하고 기분전환도 해야 한다. 그러니,

남자 대 남자는 항상 불공평한데
여자 대 여자도 늘 그런가

지금 런던에서 열리고 있는 노동조합회의에서 가스공장 노동자 노조가 의회 위원회의 열다섯 살 미만 아동 고용금지법안 발의안 결의에 동의했다. 의회의원이자 북부주의 직공 대표인 새

클턴은 직물 노동자들을 위해 결의안에 반대했다. 직공들이 자기 아이들의 수입 없이는 현재 임금 수준으로는 살 수 없다는 것이 이유였다. 노동자 대표 51만 4,000명이 반대표를 던졌지만 53만 5,000명은 찬성했다. 51만 4,000명의 노동자들이 열다섯 살 미만 아동 노동금지법 결의안에 반대한 것을 보면, 엄청난 수의 성인 노동자가 생계비 이하의 임금을 받는다는 것이 명백하다.

나는 화이트채플에서 한 여인과 이야기를 나누었는데 그녀는 노동력을 착취하는 코트 공장에서 하루 12시간 노동하여 줄곧 25센트 미만의 임금을 받고 있었다. 또 75센트 내지 1달러까지의 상당한 주급을 받는 여성용 바지 마무리 담당 직공도 있었다.

최근 부유한 사무소에 고용되어 식사와 주 6일 6시간 노동에 주급 1.50달러를 받고 있는 사람들이 생겨났다. 샌드위치맨들은 하루에 27센트씩 받고 생계를 꾸린다. 행상들의 일주일 평균 수입은 2.50달러에서 3달러를 넘지 않는다. 부두노동자를 제외한 평범한 노동자들은 일주일에 평균 4달러 미만을 벌며 부두노동자들의 평균은 2에서 2.25달러다. 이 수치들은 왕립 위원회 보고서에서 인용한 것이니 믿을 만하다.

쇠약해서 죽어가는 늙은 여자가 있다고 생각해보자. 이 여자는 성냥상자를 만들어 그로스(12다스, 144개—옮긴이)당 4.5센트를 벌어 네 명의 아이를 기르고 일주일에 75센트를 집세로 낸다. 4.5센트에 144상자를 만들 뿐 아니라 풀과 실도 직접 사야 한다. 아프다거나 쉬고 싶다거나 놀러 간다거나 해서 일을 쉰 적이 없다. 일요일은 물론 매일 14시간씩 일했다. 하루 할당량은 7그로스였으며 할당량에 맞추면 31.5센트를 벌 수 있었다. 일주일에 98시간 노동하여 7,066개의 상자를 만들어 2.20달러 0.5센트를 벌고 풀과 실은 줄어든다.

작년, 즉결심판소의 저명한 전도사 토머스 홈스가 여성 노동자의 상황에 대한 글을 쓴 뒤 이런 편지를 받았다. 편지는 1901년 4월 18일자였다.

> 선생님께
>
> 제가 무례하게도 선생님께서 쓰신 주급 10실링에 하루 14시간 노동하는 가난한 여성 노동자에 관한 글을 읽었습니다. 그래서 제 상황에 대해 감히 말씀드리고자 합니다. 저는 넥타이를 만드는데 일주일 내내 일해도 5실링 이상을 벌지 못하며 10여 년 동안 한 푼도 못 벌고 있는 남편을 부양해야 합니다.

이렇게 명료하고 재치 있고 문법적으로 올바른 편지를 쓸 수 있는 여성이 5실링(1.25달러)으로 남편과 함께 먹고살고 있다니! 홈스 씨는 그녀를 찾아갔다. 방에 힘들게 비집고 들어갔더니 병든 남편이 있었다. 그곳이 그녀가 하루 종일 일하는 곳이었다. 그곳에서 요리를 했고 식사를 했고 씻고 잠을 잤다. 그곳에서 남편과 그녀가 살아가고 죽어가는 모든 활동을 하고 있었다. 침대 말고는 전도사가 앉을 자리가 없었는데 그나마 침대 한쪽은 넥타이와 실크로 덮여 있었다. 환자의 폐는 최악의 상태였다.

계속 기침을 하고 담을 뱉어냈는데 그때마다 그녀가 일을 멈추고 남편을 수발했다. 넥타이에서 나오는 실크 보푸라기가 그 병에 좋지 않았다. 그의 병도 넥타이에, 그리고 앞으로 넥타이를 만지고 착용할 사람에게도 좋지 않았다.

홈스 씨가 방문한 또 다른 집은, 열두 살배기 어린 소녀가 사는 곳이었다. 아이는 즉결심판에서 음식절도죄로 기소되었다. 가서 보니 소녀는 아홉 살 난 소년과 일곱 살 난 장애 소년, 그리고 더 어린 아이의 엄마 역할을 하고 있었다. 소녀의 어머니는 과부였고 블라우스를 만드는 일을 했다. 집세로 주당 1.25달러를 냈다. 최근 그 집의 살림 비용은 이렇다. 홍차 1센트, 설탕 1센트, 빵 0.5센트, 마가린 2센트, 기름 3센트, 장작 1센트. 유약하고 예민한 훌륭한 주부들이여, 당신이 그렇게 장을 보고 살림을 하고 다섯 사람의 식사를 차리고 열두 살배기 딸이 동생들을 위해 먹을 것을 훔치지 않도록 잘 지켜보면서 블라우스의 솔기를 악몽처럼 꿰매고 또 꿰매는데, 그 솔기는 암흑으로 연결되어 마지막에는 당신을 향해 입을 쩍 벌린 더러운 관까지 이어져 있다고 생각해보시라.

19

게토

우리가 과학과 어깨를 맞대고 당대를 찬양하는 동안
도시 아이들이 악취 나는 도시에 잠겨 정신과 감각을 검게 물들여도
괜찮은가?
어둑한 골목길 사이에서 진보는 마비된 발걸음을 멈추고,
범죄와 굶주림이 거리의 수많은 아가씨들에게 덮친다.

그곳에서는 공장 주인이 여윈 여봉재공들의 하루 먹을 것에 인색하다.
그곳에서는 더러운 단칸 다락방에 삶과 죽음이 함께 있다.
그곳에서는 뜨거운 불의 연기가 썩은 바닥과,
해충이 우글거리는 소파를 휘감으며 긴다. 빈민들의 토끼장에서.
–테니슨

언젠가 유럽의 여러 국가들이 탐탁지 않은 유대인들을 게토에 가둔 적이 있다. 그런데 오늘날 경제 지배계급은, 탐탁지는 않지만 없어서는 안 될 노동자들을, 덜 독재적이면서도 엄격하게, 엄청나게 초라하고 거대한 게토에 가두어놓았다. 이스트런던이 그런 곳이다. 부자와 권력자들은 살지 않고 여행자들도 오지 않으며 노동자 200만 명만이 우글거리다가 자식을 낳고 죽는 곳이다.

그렇다고 런던의 노동자들이 모두 이스트엔드에 살고 있다는 뜻은 아니다. 그러나 그 물결이 이스트엔드 쪽으로 세차게 밀려가고 있는 것은 사실이다. 엄밀한 의미의 도시 빈민지구들은 끊임없이 파괴되고 있으며 쫓겨난 이들은 대부분 동쪽으로 향하고 있다. 소위 "경계 너머 런던"이라고 불리는 올게이트, 화이트채플, 마일엔드를 훨씬 지나 있는 어떤 지역은 최근 12년 동안 인구가 26만 명 늘었다. 60퍼센트 이상 증가한 것이다. 그런데 이 지역 교회들은 증가한 인구 38명당 1명밖에 신도를 확보하지 못했다.

이스트엔드는 끔찍한 단조로움의 도시라고 불린다. 주로 배부르고 낙천적인 관광객들이 겉만 둘러보고 그 도시가 견디기 힘들 정도로 단조롭고 초라하다는 데에 놀라 그렇게 부른다. 만약 이스트엔드가 그저 끔찍한 단조로움의 도시보다 더 심한 이름이 어울리지 않는 곳이고 노동자들에게 변화, 아름다움, 놀라운 일이 필요하지 않다면 그곳은 살기에 그리 나쁜 곳은 아닐 것이다. 그러나 이스트엔드는 더 나쁜 이름으로 불리고도 남는다.

'퇴화의 도시' 라고 불릴 만했다.

보통 생각과는 달리 그곳은 슬럼가에 속하지 않지만 거대한 슬럼으로 불릴 만했다. 남부끄럽지 않은 겉모습과 깔끔한 사람들이 사는가를 기준으로 보자면 가난한 동네는 전부 슬럼이다. 여러분과 내가 우리의 아이들에게 보여주고 싶지 않은 광경과 들려주고 싶지 않은 소리로 가득한 곳은 다른 누구의 아이도 살아서는 안 되고 듣고 보아서도 안 되는 곳이다. 여러분과 내가 우리의 아내들이 살게 하고 싶지 않은 곳은 다른 누구의 아내도 살게 해서는 안 되는 곳이다. 이곳 이스트엔드에는 상스럽고 천한 행동과 말이 난무한다. 프라이버시 따위는 없다. 나쁜 것이 좋은 것조차 부패시켜 전부 같이 썩는다. 순진한 아이들은 착하고 아름답지만 이스트런던에서 순진함이란 눈 깜짝할 사이에 사라지므로 아이들이 요람에서 기어나오지 못하게 잡아야 한다. 안 그러면 아기들이 금세 여러분만큼 교활해지고 만다.

성서의 황금률을 적용하면 이스트런던이 살기 부적합한 장소라는 것이 확실해진다. 당신의 아이가 살고 자라고 인생을 배우는 데 적합하지 않은 곳이라면 다른 사람의 아이들도 살고 자라고 인생을 배우기에 적합한 곳이 아니다. 이 황금률은 간단하다. 다른 것은 필요 없다. 정치경제학과 적자생존의 원리가 이러쿵저러쿵 다른 소리를 한다면 그것들은 내다버려도 된다. 당신에게 좋지 않은 것은 다른 사람에게도 좋지 않다. 더 이상의 말은 필요 없다.

런던에서 30만 명이 가구별로 나뉘어 방 한 칸짜리 집에 산

이스트엔드 집의 내부.

다. 그리고 훨씬 더 많은 사람들이 두 칸이나 세 칸에 나뉘어 살지만 단칸방에 사는 사람들만큼 성별을 무시하고, 좁게 산다. 법에서는 1인당 400세제곱피트(약 11m³)의 공간을 규정해놓았다. 군대 병영에서는 군인 1인당 600세제곱피트(약 17m³)를 제공한다. 한때 이스트런던에서 보건소장으로 일한 헉슬리 교수는 1인당 800세제곱피트(약 23m³)씩은 꼭 필요하며 그 공간은 통풍이 잘돼 신선한 공기가 들어야 한다고 늘 주장했다. 그러나 런던에서 90만 명이 법이 규정한 400세제곱피트보다 더 좁은 곳에서 산다.

찰스 부스는 수년 동안 그 복잡한 도시 거주자들을 분류하여 표를 만들어 체계화했다. 그는 런던에 '빈곤'하거나 '극빈'한 인구가 180만 명 있다고 추산한다. 그가 말하는 빈곤이란 주당 총 수입이 4.5달러에서 5.25달러인 가구를 의미한다. 극빈은 이 기준에 상당히 못 미치는 가구다.

하나의 계급으로서 노동자들은 자신의 경제적 지배권을 가진 사람들에 의해 점점 더 격리당하고 있다. 그리고 그 과정은 혼잡화와 과밀화의 과정이며 부도덕한 경향이 있다. 다음의 것은 런던카운티 의회의 최근 회의자료다. 간결하고 직설적이지만 행간에는 끔찍한 것들이 숨어 있다.

> 브루스 씨는 공공보건위원회 의장에게 수많은 이스트런던의 심각한 과밀 사례에 관심을 가지고 있는지 물었다. 세인트조지에서 한 부부와 여덟 식구가 단칸방에 살았다. 이 가족은 딸이 다섯인데 20세, 17세, 8세, 4세 그리고 갓난아이가 있었고 15세, 13세, 12세인 아들이 셋 있었다. 화이트채플에서 한 부부와 16세, 8세, 4세의 세 딸과 10세, 12세의 두 아들이 더 작은 단칸방에 살았다. 베스널그린에서 한 부부와 21세, 19세, 16세의 네 아들과 14세와 7세 두 딸 역시 한 방에서 살고 있었다. 그는 이런 심각한 과밀을 막는 것이 여러 지방 기구들의 의무가 아닌지 물었다.

그러나 사실, 90만 명이 불법적으로 살고 있기 때문에 당국도 매우 바쁘다. 이 사람들은 퇴거당하면 헤매다가 또 다른 굴에 들어간다. 게다가 그들이 밤중에 손수레로(손수레 한 대에 살림과 잠든 아이들까지 전부 싣는다) 이사를 해버리면 그들을 추적하는 것은 거의 불가능하다. 만약 1891년에 제정된 공중보건법이 갑자기 철저하게 시행된다면 90만 명이 퇴거통지를 받고 거리로 나가야 할 것인데, 그들이 전적으로 합법적인 주거생활을 하려면 50만 개의 방을 마련해야 한다.

그 초라한 거리들은 겉에서 보면 그냥 초라해 보일 뿐이지만 안에서 보면 불결하고 비참하고 비극적이다. 이제부터 이야기할 비극은 듣기조차 역겨울 것이다. 하지만 현실이 훨씬 더 역겹다는 것을 잊지 말기 바란다. 바로 얼마 전 리슨그로브 데본셔가에서 일흔다섯 살의 노파가 죽었다. 검시관의 대리인이 이렇게 진술했다. "검시관이 그 방에서 본 것은 해충으로 뒤덮인 낡아빠진 여러 개의 누더기뿐이었다. 그도 그 해충 때문에 숨이 막힐 지경이었다. 방은 정말 충격적인 상태여서 이전에는 그런 광경을 본 적이 없었다. 모든 것이 완전히 해충으로 뒤덮여 있었다."

의사는 망인이 벽난로 난간 위로 반듯하게 누워 있었다고 했다. 그녀는 옷을 한 벌 입고 스타킹을 신고 있었다. 몸에는 해충이 우글거렸고 방에 있는 옷들도 모두 벌레로 뒤덮여 완전히 회색이었다. 망인은 영양상태가 아주 좋지 않았고 매우 여위어 있었다. 다리에 큰 상처가 나서 스타킹이 상처에 들러붙어 있었다. 그 상처는 해충 때문에 생긴 것이었다.

검시에 출석한 한 남자는 이렇게 썼다. "시체안치소에서 그 운 없는 여자의 시체를 보게 되다니 나는 너무도 재수가 없었다. 그리고 지금도 그 모골이 송연한 광경이 떠올라 몸서리가 쳐진

리슨그로브 데본셔가.

다. 시체는 안치소 상자에 있었는데 너무 굶주리고 여위어서 피부와 뼈밖에 없었다. 머리카락은 오물이 묻어 엉클어져 있었고 완전히 해충의 집이었다. 앙상한 가슴 위에서 수백, 수천, 아니 무수히 많은 해충들이 날뛰고 있었다."

만약 여러분의 어머니나 내 어머니가 죽게 될 만큼 열악한 곳이라면 이 여인에게도 해롭고 누구의 어머니라도 마찬가지로 죽음에 이를 것이다.

줄루란드(남아프리카공화국—옮긴이)에 사는 윌킨슨 주교는 최근에 이렇게 말했다. "아프리카의 어떤 추장도 젊은 남녀, 소년과 소녀가 그렇게 문란하게 뒤섞여 사는 것을 허용하지 않을 것이다." 그는 바글바글 섞여 사는 아이들에 대해 말한 것이다. 아이들은 다섯 살이면 알 것을 다 알게 되며 그때 안 배운 것은 평생 배우지 않는다.

이곳 게토에서는 빈민들의 집이 부자의 저택보다 더 이익률이 높다. 가난한 노동자는 짐승처럼 살지만 비율상으로, 부자들이 널찍하고 안락한 집에 지불하는 것보다 훨씬 더 많은 돈을 낸다. 가난한 사람들은 집을 구하기 위해 경쟁하기 때문에 집을 이용해 착취하는 계급이 생겨났다. 방보다 사람이 많으므로 많은 사람이 달리 쉴 곳을 찾을 수 없기 때문에 구빈원에 들어간다. 집은 임대만 하는 것이 아니라 방까지 전대하고, 재전대도 한다.

"방 일부 세놓음." 바로 일전에 세인트제임스홀에서 5분도 채 안 떨어진 집의 창에 붙어 있던 벽보다. 휴 프라이스 휴즈 목사는 침대가 3교대로 임대되고 있다고 진술했다. 즉 한 침대를 세 명이 사용하는데 각각 8시간씩 쓰는 것이다. 그래서 침대는 식을 새도 없다. 침대 밑도 마찬가지로 3교대로 임대된다. 보건국 공무원들은 다음과 같은 경우를 너무도 많이 접했다. 1,000세제곱피트(약 28m³)의 방에 세 명의 여성이 한 침대를 쓰고 두 명의 성인 여성이 침대 밑을 쓴다. 1,650세제곱피트(약 47m³)의 방에 남자 성인 한 명과 두 명의 아동이 한 침대를 쓰고 두 명의 성인 여성이 침대 밑을 쓴다.

이보다 좀 나은 2교대 방은 주로 이렇게 사용된다. 호텔에서 밤새 일하는 젊은 여성이 낮 동안 침대를 차지한다. 저녁 7시에 그녀가 나가면 벽돌공 조수가 들어온다. 아침 7시에 그가 일하러 나간 뒤 그녀가 일터에서 돌아온다.

스피탈필즈의 교구 목사인 데이비스는 자신의 교구 몇 골목을 조사해본 뒤 이렇게 말했다.

"한 골목에 집 10채와 거의 전부 가로 세로 2.4, 2.7미터인 방 51개에, 254명이 살고 있다. 여섯 집에서 두 명이 한 방을 쓰고 있었고 다른 집에서는 세 명에서 아홉 명에 이르는 다양한 인원이 한 방을 사용했다. 여섯 채의 집과 스물두 개의 방이 있는 다른 골목도 역시 한 방에 여섯, 일곱, 여덟, 아홉 명이 살고 있는 경우가 많았다. 여덟 개의 방이 있는 집에는 마흔다섯 명이 살고 있다. 한 방에 아홉 명이 살고 또 한 방에 여덟 명, 다른 두 방에 일곱 명 그리고 나머지 방은 여섯 명이 살았다."

이런 게토의 과밀화는 서서히 진행된 것이 아니었다. 폭발적으로 일어났다. 50퍼센트에 달하는 노동자들이 수입의 4분의 1

방 일부 세놓음.

2교대 하숙집.

에서 2분의 1을 집세로 낸다. 이스트엔드 대부분에서 평균 임대료는 방 한 칸에 주당 1에서 1.50달러이며 주급 8.75달러를 버는 숙련 기계공들은 두세 칸의 작은 싸구려 굴에 3.75달러를 내야 한다. 그 싸구려 굴에서 그들은 가정생활 비슷한 것을 하려고 필사적으로 애쓴다. 그리고 임대료는 계속 오르기만 한다. 스테프니의 한 거리에서만 단 2년 동안 상승액이 3.25내지 4.50달러에 달한다. 또 다른 거리에서는 2.75 내지 4달러에 이른다. 그리고 2.75 내지 3.75달러가 상승한 곳도 있다. 한편 화이트채플에서 최근에 2.50달러에 임대했던 방 두 칸짜리 집이 이제는 5.25달러에 임대된다. 모든 지역에서 임대료가 계속 오르고 있다. 땅값이 1에이커당 10만 달러에서 15만 달러에 이르니 누군가 집주인에게 돈을 내야 한다.

하원의원 스테드맨이 스테프니에서 유권자들에 대해 연설하는 도중 이렇게 말했다.

"오늘 아침, 제가 사는 곳에서 100야드가 채 안 되는 곳에서 한 과부를 만났습니다. 그녀에게는 부양해야 할 여섯 자녀가 있는데 집 임대료가 주당 14실링이었습니다. 그 집은 하숙을 치고 빨래와 잡일을 하여 생계를 유지한다고 합니다. 그녀는 눈물을 글썽이며 제게 집주인이 임대료를 14실링에서 18실링으로 올렸다고 말했습니다. 그 여인을 어떻게 해야 할까요? 스테프니에는 자리가 없습니다. 사방이 가득 찼고 붐빕니다."

계급 우위는 계급 하락이 일어날 때만 생길 수 있다. 노동자들이 격리되어 게토에 가면 그 결과 퇴화를 피할 수 없다. 키 작고 왜소한 사람들이 생겨난다. 지배계급과 놀랄 만큼 다른 종류의 인간, 이를테면 체력과 근력이 부족한 부랑자들이 생긴다. 남자들은 육욕으로 가득한 남자의 표본이 되며 여자와 아이들은 창백하고 허약하며 눈은 움푹 패고 허리는 구부정하게 굽고 일찌감치 균형과 아름다움과는 거리가 멀어져 일그러진다.

게다가 게토 사람들은 뒤에 남겨져 훨씬 더 심한 악화를 겪은 종족이다. 적어도 150년 동안 제일 훌륭한 사람들은 빠져나갔다. 강인한 남자들, 용감하고 진취적이며 야심만만한 사람들은 새로운 땅을 찾고 새로운 국가를 세우기 위해 세계의 더 새롭고 자유로운 곳으로 떠났다. 열등하고 가망 없는 사람들, 모자라는 사람들, 가슴과 머리와 손이 나약한 사람들이 남아서 자손을 낳았다. 그리고 그들이 낳은 자식 중 가장 훌륭한 자손들은 또 매년 빠져나간다. 어찌어찌해서 힘이 세고 키가 큰 남자가 생겨났다면 바로 군대에 끌려간다. 그들에게서 빠져나간다. 버나드 쇼의 말마따나 군인은 "표면적으로는 영웅적이고 애국심을 가지고 조국을 지키는 사람이지만 실상은 가난 때문에 규칙적인 식사와 집과 옷을 얻기 위해 총알받이로 몸을 바치는 사람이다."

이렇게 노동자들 중 훌륭한 사람들이 지속적으로 뽑혀나가자 슬프게도 뒤처져 남은 자들 거의 전부가 게토의 가장 깊은 곳까지 가라앉는다. 인간와인이 추출되어 세상 곳곳의 자손들에게 뿌려진다. 남은 사람들은 찌꺼기이므로 분리되어 남는다. 그들은 꼴사납고 야만스러워진다. 손으로 사람을 죽이고 난 후 멍청하게 자수한다. 그들의 범죄에는 대담성이라고는 없다. 상대를

낮은 게토 계급의 여자.

무딘 칼로 찌르거나 냄비로 상대의 머리를 내리친 후 앉아서 경찰이 오기를 기다린다. 아내에 대한 폭력은 결혼생활에서 남자의 특권이다. 이들은 놋쇠와 철로 만든 특수한 부츠를 신는데, 눈이 시퍼렇게 멍든 아이들의 엄마를 때려눕힌 다음 발로 거의 짓이긴다.

낮은 게토 계급의 여자는 북미 인디언 여자들처럼 남편의 노예다. 만약 내가 여자인데 둘 중에서 선택해야 한다면 인디언 여자가 되기를 선택했을 것이다. 남자들은 경제적으로 지배자에게 의존하고 여자들은 경제적으로 남자들에게 의존한다. 그 결과, 지배자에게 향할 폭력이 여자들에게 돌아오니, 여자들은 어찌할 수가 없다. 아이들이 딸려 있고 남편이 생계를 책임지기 때문에 남편을 감옥에 보낼 수가 없다. 아이들과 굶을 수는 없는 노릇이니까. 이런 경우에는 재판을 해도 유죄를 확증할 증거를 찾을 수가 없다. 대부분의 경우 짓밟힌 아내이자 어머니는 치안판사에게 아이들을 위해 남편을 풀어달라고 울며불며 애원한다.

아내들은 마귀할멈처럼 소리를 꽥꽥 지르거나 정신이 나가 개처럼 날뛴다. 그나마 얼마 있지도 않은 처녀적 품위와 자존심마저 잃는다. 그렇게 모두 자기도 모르는 사이에 서서히 천박해지고 비열해진다.

어떤 때는 내가 이 게토에 집중된 비참한 삶에 대해서 억측을 하고 있는 것이 아닌가 싶어 두려워지기도 한다. 또 내 인상이 과장된 것이고 내가 너무 가까이에서 보아서 원근감을 상실한 것이 아닌가 하는 느낌도 든다. 그럴 때는 내가 너무 흥분하여 머리가 혼란스러워진 게 아니라는 것을 확인하기 위해 다른 사람의 증언을 참고하는 것이 좋다. 나는 프레드릭 해리슨이 분별력 있고 통제력 있는 사람이라고 늘 생각하는데 그의 말은 이렇다.

"적어도 내 생각에, 만약 산업의 상황이 늘 우리가 본 것과 같다면 현대 사회가 노예제나 농노제로 가고 있다고 비판해도 심하지 않다. 부의 실제 생산자의 90퍼센트가 주말에 쉴 집이 없

유대인 아이들.

고, 땅 한 뙈기, 아니 방 한 칸조차 소유하지 못하고, 수레 하나에 다 들어가는 낡은 가구 몇 개를 제외하고는 값나가는 것이 아무것도 없고, 주급은 건강한 생활을 보장하기에 충분치 않은데 그나마 못 받을 수도 있고, 대부분이 말을 키우기에도 적합하지 않은 장소에 살고, 한 달만 제대로 일을 못하거나 아프거나 예상치 못한 문제가 생기면 굶주림과 극도의 빈곤에 맞닥뜨리게 되는, 거의 극빈에 가깝게 되는 상황 말이다. …… 그러나 이런 도시와 시골의 평균 노동자들보다 못한 상황에 있는 극빈한 부랑자들, 즉 산업에 끼지도 못하면서 쫓아다니기만 하는 이들이 전체 프롤레타리아 인구 중 적어도 10분의 1에 달한다. 그들의 보통 상태는 너무도 비참하다. 만약 이것이 현대 사회의 항구적 상황이라면 문명이 인류 대부분에게 재앙을 초래한다고 봐야 할 것이다."

90퍼센트! 소름끼치는 수치인데 스톱포드 브룩 목사는 그 끔찍한 런던의 상황을 설명하고 난 뒤 그보다 50만 배 더 끔찍하게 표현했어야 한다고 말했다.

"켄싱턴에서 목사로 있을 때 나는 해머스미스로를 따라 런던으로 들어가는 가족들을 자주 보았다. 어느 날 한 노동자와 그의 아내, 아들 한 명과 두 딸이 지나갔다. 그 가족은 시골 한 지역에서 오래 살았는데 공유지와 노동 덕분에 겨우 살았다. 그러나 공유지를 빼앗기고 마을에서 더 이상 노동할 곳이 없게 되자 조용히 오두막에서 쫓겨났다. 어디로 가려 했을까? 물론 런던이었다. 일자리가 많을 것이라고 생각했기 때문이다. 저축해둔 것

화이트채플.

게토의 시장.

스피탈필즈.

베스널그린.

이 조금 있으니 멀쩡한 방 두 칸은 구할 수 있을 것이라고 생각했다. 그러나 런던에서 냉혹한 현실에 부딪혔다. 멀쩡한 집을 구하고 싶었는데 방 두 칸에 주당 10실링을 내야 했다. 음식은 비싸고 나빴고 물도 나빠서 얼마 지나지 않아 건강에 이상이 왔다. 일은 구하기 힘들었고 임금은 너무 낮아서 금방 빚을 지게 됐다. 점점 더 많이 아팠고 그 불쾌한 환경과 어둠, 장시간의 노동에 점점 더 절망했다. 그리고 더 싼 하숙집을 찾아다닐 수밖에 없었다. 그렇게 해서 어떤 동네에서 하숙을 하게 됐다. 그 동네는 내가 잘 아는 곳으로, 이루 다 말 못할 끔찍한 일들과 범죄의 온상이었다. 이곳에서 무자비한 임대료를 내고 단칸방을 빌렸고 소문이 너무 안 좋은 곳에서 살기 때문에 일은 더 찾기가 힘들었다. 그리고 한숨만 나오는 임금이라도 받기 위해, 남녀노소를 막론하고 피눈물을 짜내는 사람들 손아귀에 들어갔다. 어둠과 불결함, 나쁜 음식과 질병, 물 부족이 이전보다 더 심각해졌다. 그리고 그 동네 패거리들과 사귀게 되어 일말의 자존심마저 잃어버렸다. 술이라는 악마에게 사로잡혔다. 물론 동네의 양쪽 끝에 술집이 있었다. 모두가 안식과 따뜻함, 사교와 망각을 얻기 위해 그곳으로 도피했다. 그러다가 흥분된 감각과 깨질 듯한 두통과 함께 엄청난 빚에 몰리게 됐다. 술을 위해서라면 무엇이든지 할 수 있을 만큼 술에 대한 강렬한 갈망도 생겼다. 그리고 몇 달이 채 안 돼서 아버지가 감옥에 갔고 아내는 죽어가고 아들은 범죄를 저질렀고 딸들은 거리로 나갔다. *이것의 50만 배를 더해도 그 진상을 다 설명하지 못한다.*"

스트래트포드.

혹스턴.

지구상에 화이트채플, 혹스턴, 스피탈필즈, 베스널그린, 와핑에서 이스트인디아 선착장에 이르는 '끔찍한 동쪽' 전체보다 더 암울한 풍경은 없을 것이다. 사방이 칙칙한 회갈색이다. 만사가 축축 늘어지고 절망적이고 단조롭고 더럽다. 욕조는 꿈조차 꾸지 못하는, 신들의 음식 암브로시아처럼 신화 속에나 있는 물건이다. 더러운데 씻으려고 애쓰면 딱하거나 불쌍해 보이기보다는 너무도 우스꽝스러워 보인다. 방랑자들의 묘한 냄새가 끈적이는 바람에 실려 돌아다니고 비는 내리지만 하늘에서 떨어지는 물이라기보다 기름에 가깝다. 자갈돌까지도 기름으로 뒤덮여 있다. 간단히 말하자면 심각하게 불결한데도 모두가 방관만 하고 있어서 그 더러움을 없애려면 베수비오 산이나 몽펠레이(각각 이탈리아 나폴리와 카리브해의 화산 — 옮긴이)가 폭발해야 할 정도다.

사람들은 이곳의 우중충하고 지루하게 긴 벽돌담처럼 무디고 상상력이 없다. 종교도 이곳을 못 본 척 지나치고 천박하고 우둔한 물질주의만이 지배하고 있으니 정신적인 것과 고차원적 본성에도 치명적인 영향을 끼치고 있다.

영국인의 집은 성채라고 자랑 삼아 말하고들 한다. 그러나 이제는 틀린 말이다. 게토 사람들에게는 집이 없다. 가정생활의 의미와 신성함도 모른다. 심지어 상위계급 노동자들이 살고 있는 도시 거주지조차 복작복작하는 군 막사에 지나지 않는다. 그들에게는 가정생활이라는 것이 없다. 언어를 보면 안다. 아버지가 퇴근하다가 길에 있는 아이들에게 엄마가 어디 있는지 물으

면 이런 대답이 돌아온다. "건물에요."

새로운 인종의 탄생이다. 거리의 사람들. 그들은 일터와 거리에서 인생을 보낸다. 그들에게는 잠자러 기어들어가는 굴과 진창만 있을 뿐이다. 그런 굴과 진창을 '집'이라고 부르면 너무 심한 왜곡이다. 과묵하고 데면데면한 전통적 영국인은 사라졌다. 거리의 사람들은 시끄럽고, 수다스럽고, 신경질적이고, 다혈질이다. 하지만 젊을 때만 그렇다. 나이가 들면서 맥주에 절어 무뎌진다. 할 일이 없으니 되새김질하는 소처럼 멍하다. 길가나 모퉁이, 어디에서든 허공을 바라보고 있다. 한 사내가 있다. 그는 그곳에서 움직이지 않고 몇 시간이고 서 있다. 계속 허공을 바라보고 그대로 서 있다. 넋이 나가 있다. 맥주 마실 돈도 없고

이스트런던 거리.

굴은 잠만 자는 곳이다. 이제 무슨 할 일이 남아 있겠는가? 그는 여인의 사랑, 아내의 사랑, 자식의 사랑이 어떤 것인지 이미 알고 있다. 망상이며 가짜이고, 인생이라는 잔인한 현실 앞에서 금세 사라지고 마는 이슬처럼 덧없고 헛되다는 것도 잘 안다.

조금 전에 말했듯, 젊은이들은 신경질적이고 예민하고 잘 흥분한다. 중년은 머리가 텅 비어 있고 무신경하고 둔하다. 이들이 신세계의 노동자들과 경쟁할 순간이 오리라 기대하는 것은 바보스러운 짓이다. 경제학자들은 세상이 산업적 우위를 점하기 위해 분투하기 시작했다고 선언하는데 이 짐승 같고 멍청해진 게토 사람들은 그런 세상에서 영국에 필요한 일을 할 수 없다. 이들은 영국이 잊었던 그들을 다시 부를 때 노동자로든 군인으로든 그 기대에 부응하지 못한다. 만약 영국이 세계 산업의 궤도에서 내동댕이쳐지면 이들은 여름이 끝났을 때의 파리처럼 사라질 것이다. 아니, 영국이 위태로워지면 그들은 궁지에 몰린 야수처럼 극단적으로 변해 위험한 존재가 될 수도 있다. 웨스트엔드로 몰려가서 웨스트엔드가 이스트엔드에게 했던 것과 똑같이 '슬럼화' 하려고 할지도 모른다. 그렇게 한다면 이들은 그 투쟁에서 속사포와 현대적 무기 앞에서 쉽사리 사라질 것이다.

20

커피하우스와 간이숙박소

왜 우리가 통조림 속 정어리처럼 빽빽하게 살아야 하는가?

- 로버트 블래치퍼드

또 하나의 단어가 사라져버렸다. 낭만과 전통과 그 단어를 가치 있게 하던 모든 것을 잃어버린 채! 이제 나에게 '커피하우스'라는 단어는 기분 좋은 의미가 전혀 없다. 저기 다른 세상에서는 그 단어를 듣기만 해도 그곳의 유명한 단골들이 떠오르고 그러브가(17세기에 가난한 작가들이 많이 살았던 런던의 거리—옮긴이)의 수많은 재담꾼과 멋쟁이 신사들, 팸플릿 집필자, 암살자, 보헤미안들이 상상되고는 했다.

그러나 이곳에서는, 이런, 세상에, 똑같은 그 단어를 엉뚱한

와핑.

곳에 붙였다. 커피하우스는 사람들이 커피를 마시는 곳이다. 하지만 이곳에서는 그런 의미가 결코 아니다. 아무리 해도 그런 곳에서 커피를 마실 수가 없다. 커피를 주문할 수는 있다. 잔에 커피라고 불리는 것을 담아서 가져오게 할 수는 있다. 하지만 맛을 보고 나면 착각에서 깰 것이다. 그건 결코 커피가 아니기 때문이다.

그러니 그곳은 결코 커피하우스가 아니다. 주로 노동자들이 이런 곳의 단골이다. 끈적거리고 더러운 곳, 사람의 체면이나 자존심을 지킬 수 없게 만드는 장소다. 테이블보와 냅킨은 구경도 못한다. 한 남자가 앞사람이 남기고 간 부스러기가 널려 있는 자리에서 주변과 바닥에 부스러기를 흘리며 먹고 있다. 내가 붐비는 시간 이런 곳에서 바닥에 널린 오물더미를 열심히 헤치고 들어가서 그럭저럭 먹을 수 있었던 것은 지독하게 배가 고파서 무엇이든 먹을 수 있는 상태였기 때문이다.

그때 열심히 먹고 있던 그 노동자도 대체로 그런 상태인 것 같았다. 먹는 것이 급하기 때문에 점잔을 빼지 않는다. 노동자들은 원초적인 식욕은 지니고 있지만 확신하건대 건강한 식욕은 잃었을 것이다. 아침 출근길에 차 1파인트를 사는 사람이 있나. 하지반 이 사람에게 그것은 그저 차가 아니라 암브로시아다. 주머니에서 마른 빵 한 덩이를 꺼내 차로 꿀꺽 삼킨다. 늘 그렇게 한다. 이 남자가 배 속에 넣은 것은, 적절한 음식이 아니며 그나마도 그가 낮 동안 일하는 데에 필요한 양도 아니다. 게다가 그와 그 같은 수천 명은 고기와 감자와 진짜 커피를 배불리 먹은 사람 1,000명이 할 수 있는 만큼 많은 일이나 그만큼 수준 높은 일을 하지 않을 것이다.

차 1파인트, 훈제청어, '두 쪽'(버터 바른 빵)이 런던 노동자들에게 대단히 훌륭한 아침식사다. 나는 혹시 그가 5펜스 혹은 6펜스짜리(가장 싼 것) 스테이크를 주문할까 계속 지켜보았지만 소용없었다. 내가 스테이크를 주문했더니 식당 주인이 제일 가까운 정육점에 사람을 보내 고기를 사올 때까지 기다려야 했다.

나는 부랑자로서 캘리포니아의 구치소 '호보(Hobo)'에 있었는데 그곳에서 런던 노동자가 커피하우스에서 먹는 것보다 더 좋은 음식과 음료를 받아 먹었다. 미국에서 일할 때는 영국 노동자가 꿈도 못 꾸는 12펜스짜리 아침을 먹었다. 물론 영국 노동자는 겨우 3, 4펜스짜리 아침을 먹을 것이다. 하지만 그 액수는 내가 낸 것과 비슷한 셈이다. 그가 2실링이나 2.5실링을 벌 때 나는 6실링을 벌 것이기 때문이다. 반면 나는 노동으로 그의 생산량과 비교도 안 될 만큼 많은 양을 생산해낼 것이다. 그러니 양면이 존재한다. 삶의 기준이 높은 사람은 낮은 사람보다 늘 더 많이 일하고 더 잘 일한다.

영국과 미국의 상선 선원들을 비교해보자. 영국 선박에서는 빈약한 식사, 빈약한 임금을 주지만 일은 쉽다. 미국 선박에서는 훌륭한 식사, 훌륭한 임금을 주지만 일이 고되다. 그리고 두 나라의 다른 노동자들도 마찬가지다. 쾌속선은 속도와 힘 때문에 돈을 번다. 노동자도 마찬가지다. 만약 노동자에게 값을 치르지 않으면 속도와 힘을 얻을 수 없다. 그것은 영국 노동자가 미국에 가면 증명된다. 그는 런던에서보다 뉴욕에서 벽돌을 더 많이 쌓아야 할 것이고 세인트루이스에서는 더 많이, 샌프란시코에 가면 훨씬 더 많이 쌓아야 할 것이다(샌프란시스코 벽돌공은 일당 20실링을 받는데 현재 24실링을 요구하며 파업 중이다). 그의 삶의 기준이 계속 올라가는 것이다.

이른 아침, 출근하는 노동자들이 주로 지나는 거리에 많은 여자들이 빵자루를 옆에 두고 앉아 있다. 수많은 노동자가 그 빵을 사서 걸어가면서 먹는다. 1펜스만 주면 살 수 있는 커피로 목도 축이지 않는다. 그런 식사가 아침 일을 시작하기에 적합하지 않다는 것은 확실하다. 그리고 그 부족분이 회사나 국가 전체에 영향을 줄 것이라는 것도 확실하다. 한동안 정치인들이 이렇게 외

이스트인디아 선착장.

쳤다. "깨어나라, 영국이여!" 더 철저한 현실을 보여주려면 "잘 먹여라, 영국이여!"로 바꾸어야 할 것이다.

노동자들은 부족하게 먹을 뿐만 아니라 더럽게 먹는다. 내가 정육점 바깥에 서 있는데 주부들이 와서 소고기와 양고기의 자투리와 기름찌꺼기, 미국에서 개에게 먹이는 고기를 뒤적거리는 것을 보았다. 이 주부들의 손가락이 깨끗했는지도 확실치 않고 이들과 이들 가족이 사는 단칸방이 깨끗한지도 확실치 않았다. 그런데도 이들은 잔돈푼에 해당하는 것을 얻으려고 열심히 뒤적거리고 마구 만졌다. 특히 눈에 거슬리는 고기조각이 있어서 계속 지켜보았는데 스무 명이 넘는 여자들 손을 거치고 난 뒤에, 정육점 주인이 소심해 보이는 어떤 작은 아줌마에게 거의 억지로 떠맡겼다. 하루 종일 그 자투리더미가 커졌다가 줄어들었다가 했고 거리의 먼지와 오물이 그 위에 떨어졌고 파리들이 앉았고 더러운 손가락이 이리저리 뒤졌다.

노점상들은 흠집 나고 썩어가는 과일들을 수레에 싣고 하루 종일 다니다가, 밤에는 자신들의 거실이자 침실에 넣어두는 경우가 잦다. 그곳에서 과일은 질병과 부패 그리고 혼잡하고 불결한 생활의 악취와 몹시 나쁜 공기에 노출되고 다음 날 다시 수레에 실린다.

이스트엔드의 미숙련 노동자는 건강에 좋은 양질의 고기나 과일을 먹는 것이 어떤 것인지 결코 알지 못한다. 사실상 고기나 과일을 거의 먹지 않는다. 숙련공도 먹는 것에 대해 자랑할 입장은 아니다. 공정하게 커피하우스에서 본 것으로 판단하면 그들

소고기와 양고기의 자투리와 기름찌꺼기를 뒤지는 모습.

과일 노점상의 손수레.

은 평생 차, 커피, 코코아의 맛을 모르고 산다. 커피하우스의 맛없는 음식과, 걸쭉한 것부터 묽은 것까지 다양한 그곳의 물탄 음료들은 여러분과 내가 차와 커피라고 알고 마시는 것과 비슷하지도 않고 차나 커피가 연상되지도 않는 것들이다.

마일엔드로 주빌리가에서 멀지 않은 한 커피하우스에서 기억에 남는 일이 있었다.

"이걸 줄 테니 나한테 뭣 좀 주겠어? 딸아, 뭐든 상관 안 해. 귀빠진 날인데 아무것도 못 먹어서 너무 힘이 없네."

노파였다. 봐줄 만한 검정 옷을 걸치고 손에는 1펜스를 들고 있었다. '딸아' 라고 불린 이는 걱정스러운 얼굴을 한 마흔 살의 커피하우스 사장 겸 급사였다.

나는 노파처럼 간절한 마음으로 어떻게 되는지 지켜보았다. 그때는 오후 4시였고 노파는 창백하고 아파 보였다. 사장은 잠시 망설이다가 큰 접시에 '어린 양고기 스튜와 연한 완두콩' 을 담아왔다. 내가 먹던 요리였는데 내가 보기에 그 양은 어리지 않았고 콩도 연하다기보다는 덜 여문 것이었다. 그러나 중요한 것은 그 요리가 6펜스에 팔리고 있는데 사장이 1펜스를 받고 주었다는 사실이다. 가난한 사람들이 제일 자비롭다는 오래된 진실을 새로이 증명한 셈이다.

노파는 감격에 겨워하며 좁은 탁자 한쪽에 앉더니 김 나는 스튜에 달려들었다. 노파도 나도 조용히 계속해서 먹었는데 노파가 갑자기 너무도 기쁜 듯 나에게 고함을 쳤다.

"내가 성냥 한 상자를 팔았다우!"

주빌리가 근처의 커피하우스.

"정말이야!" 더 기쁜 듯 외쳤다. "성냥 한 상자를 팔았어. 그래서 그 돈 벌었다우."

"그동안 잘 지내셨나 봐요." 내가 넌지시 떠보았다.

"어제로 74년이지." 노파는 대답하고 입맛을 다시며 다시 접시에 달려들었다.

"제기랄, 나도 저 할머닐 돕고 싶었는데, 이게 내 오늘 첫 밥이요." 옆에 있던 젊은이가 나서서 말했다. "게다가 난, 먹는 건 이게 끝이요. 남은 돈을 다 잃어버렸거든. 아이고! 얼마나 큰돈인데."

"6주 동안 일을 못했소." 내가 이것저것 묻자 그는 말을 이었다. "그동안 일용직 말고는 아무것도 못했소."

커피하우스에서는 온갖 희한한 일들이 다 있는 법이지만 내가 계산할 때 1파운드짜리 동전을 냈던 트라팔가 근처 커피하우스의 런던 토박이 여장부를 잊지 못할 것 같다(내친김에 알려주는데, 옷을 허름하게 입으면 음식을 먹기 전에 미리 돈을 내야 한다).

여자는 이로 금화를 깨물어보고는 금전등록기에 등록하고 의아하다는 듯 나와 내 옷을 아래위로 훑어보았다.

"저거 어디서 났어요?" 마침내 그녀가 물었다.

"어떤 놈이 나갈 때 테이블에 놓고 갔소. 그렇게 생각하고 있는 거 아뇨?" 내가 맞받아쳤다.

"무슨 속셈이오?" 그녀가 물으며 내 눈을 유심히 들여다보았다.

"내가 벌었소." 내가 말했다.

그녀는 오만하게 코웃음을 치더니 거스름돈을 은화로 내주었다. 나는 하나하나 깨물어본 뒤 세어보는 것으로 보복했다.

"0.5펜스 줄 테니 차에 설탕 한 덩이 더 넣어주시오." 내가 말했다.

"그렇겐 못해주겠소." 반박이 돌아왔다. 그리고 여기에 쓸 수는 없지만 더 심한 말들로 쏘아붙였다.

나란 사람은 안 그래도 재치 있는 말싸움에는 별로 재능이 없는데 그나마 맞받아쳤더니 그녀가 완전히 밟아버렸다. 패자가 된 나는 차를 벌컥벌컥 마시고 나왔다. 내가 나올 때조차 그녀는 나를 고소하다는 듯 바라보고 있었다.

런던에서 30만 명이 단칸방에서 살고 90만 명은 불법적이고 고약한 곳에 살며 3만 8,000명 이상은 간이숙박소에 산다고 등록되어 있다. 간이숙박소의 종류는 수없이 많다. 더럽고 작은 곳부터 5퍼센트에게 이익이 되는 곳, 즉 이곳에 대해서는 쥐뿔도 모르고 잘난 척하는 중산계급이 주제넘게 찬양하는 괴물처럼 큰 곳에 이르기까지 다양하다. 하지만 그것들 모두 한 가지 공통점이 있다. 살기에 부적합하다는 것이다. 지붕이 새고 벽에 외풍이 있다는 이야기를 하려는 게 아니다. 생활의 질이 떨어지고 해롭다는 말이다.

그런 숙박소들은 자주 '빈민의 호텔'로 불리지만 옳지 않은 표현이다. 혼자 쓸 방도 없고 어떤 때는 혼자 앉아 있을 공간도 없고 좋든 싫든 아침이 되면 부랴부랴 침대에서 나와야 하고 매일 숙박비를 치러야 한다. 게다가 프라이버시라고는 없으니 이것이 호텔과 가장 다른 점이다.

그렇다고 대규모 사설 하숙집이나 시영주택, 노동자 숙소를 싸잡아서 비판하는 것은 아니다. 결코 아니다. 그곳들은 무책임한 소규모 숙박소의 불쾌한 점들을 개선했고 노동자들에게 그들이 내는 돈에 비해 이전보다 더 나은 환경을 제공한다. 하지만 그렇다고 해서 그곳이 노동자들이 살 만한 장소라거나 위생적인 장소라는 뜻은 결코 아니다.

소규모 사설숙박소들은 대부분 너무 지독하다. 그곳에서 묵었던 적이 있어서 잘 안다. 하지만 그 소규모 시설들은 제쳐두고 더 크고 좋은 곳들에 대해서만 이야기하겠다. 화이트채플 미들섹스가에서 그리 멀지 않은 곳에서 나는 거의 노동자들만 사는

작은 간이숙박소.

노동자 숙소 내부.

미들섹스가 근처 노동자 숙소.

거대한 숙박소.

곳에 들어갔다. 입구는 인도에서 몇 계단 내려간 곳에 있었으니, 엄밀히 말하면 지하실이었다. 이곳에 침침하게 불이 밝혀진 두 개의 커다란 방이 있었는데 그 방에서 사람들이 요리를 하고 음식을 먹었다. 나도 직접 요리를 해먹으려고 했다가 냄새 때문에 식욕이 싹 달아나버렸다. 그래서 다른 사람들이 요리하고 먹는 것을 보기만 했다.

퇴근해 돌아온 한 노동자가 나와 거친 나무 식탁을 사이에 두고 내 맞은편에서 식사를 시작했다. 그럭저럭 깨끗한 탁자 위의 소금 한 줌으로 버터를 대신했다. 빵을 소금에 찍어 큰 컵에 든 차와 함께 꿀꺽 삼켰다. 그의 식단에 생선 한 조각이 더 있었다. 그는 말없이 먹었고 좌우도 건너편의 나도 바라보지 않았다. 여기저기 탁자에서 사람들이 마찬가지로 말없이 먹고 있었다. 방 전체에 말소리가 거의 없었다. 그 침침한 방에는 침울한 기운이 가득했다. 대부분이 얼마 안 되는 식사에만 신경을 쓰고 있어서 나는 롤랜드 공자(로버트 브라우닝의 시에 등장하는 사람—옮긴이)처럼 이들이 어떤 나쁜 짓을 했기에 이런 벌을 받아야 하는지 궁금해졌다.

주방 쪽에서 들리는 소리가 더 정답기에 사람들이 요리를 하고 있는 그곳까지 과감하게 들어갔다. 그러나 들어서자마자 더 이상한 냄새가 나서 구역질이 올라왔다. 그래서 신선한 공기를 마시러 밖으로 나갔다.

다시 들어와서 5펜스를 내고 '오두막'을 잡은 후 큰 놋쇠 칩을 받아 위층 흡연실로 올라갔다. 젊은 노동자들이 서너 개의 작은 당구대와 체스판을 차지하고 자기의 차례가 오기를 기다리고 있었다. 많은 사람들이 주변에 앉아 담배를 피우고 신문을 읽고 옷을 수선했다. 젊은이들은 들떠서 법석을 떨었고 나이든 사람들은 의기소침해 있었다. 딱 두 부류가 있었다. 쾌활한 부류와 멍하고 우울한 부류였는데, 그 기준은 나이인 것 같았다.

그런데 지하실 두 칸과 마찬가지로 이 방도 가정의 분위기는 거의 없었다. 가정이 어떤 것인지 아는 여러분이나 나는 그곳에서 가정의 분위기를 전혀 느낄 수 없었을 것이다. 벽에는 손님들의 행위를 통제한다는 내용의 너무도 불합리하고 모욕적인 경고문이 붙어 있었고, 10시에 소등이 되고 나면 침대에 있어야 했다. 나는 지하실로 다시 내려가서 놋쇠 칩을 건장한 문지기에게

노동자 숙소, 남성 전용.

건네고 위쪽으로 난 층계참이 긴 계단을 올라갔다. 꼭대기에 올라갔다가 내려와 보니 여러 층에 잠든 사람들로 가득했다. '오두막' 이 가장 시설이 좋았는데 각 오두막에 작은 침대와 탈의 공간이 딸려 있었다. 침구는 깨끗했고 침대에도 문제가 없었다. 그러나 그곳에도 프라이버시는 역시 없었고 혼자 있을 수도 없었다.

오두막이 어떤 곳인지는, 판자로 만든 달걀 포장상자의 칸막이를 높이 2.1미터로 만들고 다른 면도 적당히 늘린 다음 창고 같은 큰 방에 놓았다고 상상하면 이해가 쉬울 것이다. 그 상자 같은 방은 천장이 없고 벽은 얇아서 잠든 사람들의 코고는 소리를 비롯해 모든 소리, 옆 사람들이 돌아눕는 소리까지 똑똑히 들린다. 그리고 이 오두막에는 아주 잠깐 동안만 머무를 수 있다. 아침이면 나가야 한다. 자기 짐을 놓아두거나 원하는 때에 드나들거나 문을 잠그고 나갈 수 없다. 사실, 문이란 것이 아예 없다. 문간만 있다. 만약 계속 이 빈민의 호텔에 머무르고 싶은 사람은 그 모든 불편과 감옥 같은 규율을 참아야 한다. 그 규율들은 그에게 스스로가 하찮은 인간이며 자신만의 정신세계란 것은 없고 그것에 대해 말할 일은 더더욱 없다고 끊임없이 상기시키며 강요한다.

자, 내 주장은 이렇다. 하루 일을 끝낸 사람은 최소한 자기 방은 가져야 한다. 그리고 그 방에서 문을 잠그고 있을 수 있고 자기 물건을 안전하게 보관할 수 있어야 한다. 방 안에 앉아 있을 수 있고 창가에서 책을 읽거나 창밖을 내다볼 수 있어야 한다. 원하면 언제든 그 방에 드나들 수 있어야 하며 등에 메거나 주머니에 넣지 않고 자기 소지품을 내려놓을 수 있어야 한다. 어머니, 누이, 애인, 발레리나들, 불도그 같은 것의 사진을 마음대로 걸어둘 수 있어야 한다. 간단히 말하면 세상에서 유일한 자기만의 장소, 그곳은 이렇게 말할 수 있는 장소다. "이것은 내 것, 나의 요새다. 세상은 문지방을 넘지 못한다. 여기서는 내가 주인이고 왕이다." 그러면 그는 더 나은 시민이 될 것이고 더 나은 일을 할 것이다.

그 빈민의 호텔 1층에 서서 귀를 기울여보았다. 이 침대 저 침대로 가서 잠든 사람들을 보았다. 대부분 20대에서 40대인 젊은 사람들이었다. 그보다 늙은 사람들은 그 노동자 숙소에 들어올 능력이 없다. 구빈원으로 간다. 그런데 내가 본 젊은이들은 대부분 나쁜 사람 같지 않았다. 여자들이 키스하고 싶어할 만한 얼굴에 팔을 휘감고 싶어할 만한 목을 가지고 있었다. 남성으로서 매력이 있었다. 그들도 사랑할 수 있었다. 여인은 구원과 순화의 손길을 내준다. 그들은 날이 갈수록 점점 더 거칠어지고 있으니 그 구원과 순화가 필요하다. 그런 여인들이 어디에 있을까, '매춘부의 매혹적인 웃음소리'를 어디서 들을 수 있을까 궁금했는데 리먼가, 워털루교, 피커딜리가, 스트랜드가에서 알게 되었다.

21

위태로운 삶

무슨 일을 하세요? 아파 보여요.

폐가 아프죠. 나는 황산을 만듭니다.

황산나트륨을 만드는군요?

예.

힘든 일입니까?

지독하게 힘든 일이지요.

왜 그런 힘든 일을 합니까?

나는 결혼해서 아이들이 있지요. 아이들을 굶게 놔둘 수 있습니까?

왜 이런 생활을 합니까?

나는 결혼했습니다. 세인트헬렌스에는 실업자가 끔찍하게 많습니다.

힘든 일은 어떤 것입니까?

내가 하는 일이죠. 50파운드짜리 막대로 3헌드레드웨이트짜리 덩어리를 들어 올려보세요. 그것도 용광로 입구 같은 열기 속에서 말이죠. 해보세요.

나는 안 해요. 철학자이거든요.

아! 그럼 그 일이나 열심히 하세요. 우리 일은 지독하게 어려워요.

– 로버트 블래치퍼드의 '노동자들과의 인터뷰' 에서

나는 앙심을 품고 있는 남자와 이야기를 나누고 있었다. 그는 아내가 자신을 부당하게 대했고 법도 마찬가지라고 생각했다. 무엇이 옳고 그른지, 도덕이 뭔지는 중요치 않았다. 골자는 그녀가 별거판결을 받아냈고 그가 그녀와 다섯 아이의 생활비로 일주일에 10실링씩 지급해야 한다는 것이었다. "하지만 보슈." 그가 말했다. "내가 10실링을 안 주면 아내는 어떻게 되겠소? 내가 만약에 사고를 당하면 어떻게 되겠소. 만약에 말이오. 그래서 내가 일을 못하면요? 탈장이 되거나 류머티즘이나 콜레라 같은 병에 걸렸다면 말이오. 아내는 어떻게 하겠소? 아내가 뭘 할 수 있겠소?"

그는 비통하게 머리를 가로저었다. "아내에겐 희망이 없소. 최선은 구빈원밖에 없어. 그게 다야. 구빈원에 안 가면 지옥보다 더 끔찍하게 살겠지. 나랑 같이 가다 보면 길에서 잠자는 여자들 십수 명은 볼 수 있소. 그리고 나한테 무슨 일이 생겨서 10실링을 못 주면 아내가 어떻게 될지도 보여주겠소."

이 남자의 예측이 얼마나 정확한지 생각해봐야 한다. 그는 상황을 잘 파악하고 있으니 아내가 음식과 집을 구하기 힘들다는 것을 누구보다 잘 안다. 그의 노동력이 훼손되거나 상실되면 아내에게는 만사가 다 끝장이다. 그리고 이 상황을 더 확대해서 보면 사이좋게 살면서 음식과 집을 함께 구하는 수십만 아니 수백만의 부부도 마찬가지 상황이라는 것을 알 수 있다.

수치는 소름이 끼칠 정도다. 런던에서 180만 명이 빈곤선(빈곤의 여부를 구분하는 최저 수입—옮긴이) 이하에 해당하며 또 다른 100만 명은 그 빈곤선과 극빈의 사이에 해당하는 주급으로 산다. 잉글랜드와 웨일스 전체에서 전 인구의 18퍼센트가 구빈구로 보내지며 런던카운티 의회의 통계에 따르면 런던에서는 전 인구의 21퍼센트가 구빈구로 보내진다. 구빈구로 보내지는 것과 완전한 극빈자가 되는 것은 큰 차이가 있다. 그렇지만 서민의 도시 런던은 12만 3,000명의 극빈자를 원조한다. 런던에서 네 명 중 한 명이 공적 자선시설에서 죽으며 영국제국에서 1,000명당 939명이 궁핍하게 죽는다. 800만 명이 기아의 가장자리에서 지독하게 발버둥치고 2,000만 이상이 단순하고 명확한 의미로 안락하지 않다.

자선시설에서 사망하는 영국인들에 대해 좀 더 상세히 들여다보면 흥미롭다. 1886년에서 1893년까지 총 인구 중 빈민의 비율은 잉글랜드 전체보다 런던이 낮다. 그러나 1893년부터는 내

내 잉글랜드 전체보다 런던이 높았다. 게다가 1886년 호적등기소의 보고서에서 다음과 같은 수치가 나온다.

런던의 사망자 8만 1,951명 중 (1884년)	
구빈원	9,909명
병원	6,559명
정신병원	278명
공적 시설에서 사망한 총 수	1만 6,746명

한 신중한 저술가는 이 수치들을 언급하며 이렇게 말했다. "이들 중 비교적 소수가 어린이라는 사실을 고려하면 런던 성인 세 명 중 한 명이 이런 공적 시설 중 하나에서 죽게 될 것이며 육체 노동계급의 경우 그 비율은, 물론, 훨씬 더 높을 것이다."

이 수치는 평균적인 노동자가 극빈자에 가깝다는 사실을 어느 정도 암시한다. 극빈자가 되는 길은 많다. 예를 들어 어제 아침 신문에 이런 광고가 실렸다. "사무원 모집. 속기, 타자, 송장 작성 가능자, 주급 10실링(2.5달러). 서면으로 응시." 그리고 오늘 신문에서 사무원이었던 서른다섯 살의 런던 구빈원 입소자가 노역 불이행으로 치안판사 앞에 불려왔다는 기사를 읽었다. 그는 자신이 입소한 이후 여러 가지 일을 했다고 주장했다. 그러나 감독관이 돌을 깨는 일을 시키자 손에 물집이 생겨서 그 일을 끝낼 수가 없었다. 그리고 자신은 펜보다 더 무거운 도구를 드는 데에 결코 익숙하지 않다고 말했다. 치안판사는 손에 물집이 잡힌 그에게 7일간의 중노동을 선고했다.

물론 노령화도 극빈자가 되는 원인이다. 게다가 일이 터지고, 남편이자 아버지인 부양자가 죽거나 불구가 된다. 여기 한 남자가 있다. 아내와 세 아이와 함께 일주일에 20실링(5달러)의 불안정한 수입으로 산다. 런던에는 이런 가족이 수천수만이 있다. 목숨을 부지하기 위해 이들은 수입을 탈탈 털어서 다 써야 하므로 주급 5달러가 이 가족이 극빈자가 되거나 굶어죽지 않게 해주는 수단이다. 일이 터져서 아버지가 쓰러진다. 그러면 어떻게 될까? 어머니는 세 아이를 데리고 할 수 있는 일이 거의 없다. 일을 하려면 아이들을 아동 빈민으로서 사회에 넘겨주거나 저임금에 더러운 소굴에서 일하는 노동착취 공장에 가야 한다. 그러나 그런 공장에서는 남편의 벌이를 보충하는 기혼 여성과 혼자만 겨우 먹고사는 미혼 여성이 임금 수준을 결정한다. 그렇게 결정된 임금은 너무 낮아서 어머니와 세 아이는 그야말로 짐승같이 살고 반 기아상태로 목숨만 부지할 뿐이다. 그리고 결국 그 고통을 끝내주는 것은 죽음이다.

세 아이가 딸린 이 어머니가 노동착취산업에서 경쟁력이 없다는 것을 보여주기 위해 최근 신문에서 두 가지 사례를 인용하겠다. 한 아버지가 자신의 딸이 동료 한 명과 함께 상자를 제작하여 12다스에 17센트를 받는다고 분개했다. 그들은 매일 48다스를 만들었다. 비용은 운임에 16센트, 스탬프에 4센트, 접착제에 5센트, 끈에 2센트여서 그들 둘이 42센트, 즉 각각 매일 21센트를 벌었다(무슨 이유에서인지 계산에 오류가 있다. 둘이 버는 돈은

41센트다—옮긴이).

두 번째 사례는 며칠 전 루턴 구빈관들에게 일흔두 살의 노파가 구제를 요청한 것이다. “그녀는 밀짚모자를 만들었는데 그 모자 가격 때문에, 즉 개당 4.5센트 때문에 그 일을 포기해야 했다. 밀짚을 손질하는 사람에게 지불하고 모자를 만들고 마무리하는 데 그만큼이 들기 때문이다.”

게다가 앞에 나온 어머니와 세 아이들은 나쁜 짓을 하지 않았는데 그렇게 힘든 일을 당했다. 그들은 잘못한 것이 없다. 그냥 사건이 생겼을 뿐이다. 남편이자 아버지인 부양자가 쓰러진 것이다. 미리 막을 수 없는 일이다. 그냥 우연히 일어난 일이다. 한 가족이 밑바닥 중에서도 바닥인 그곳에서 벗어날 가능성도 크지만 그 바닥으로 떨어질 가능성도 크다. 그 가능성은 냉혹하고 무자비하게 수치화되는데 일부는 아주 잘 들어맞을 것이다.

퍼우드 경은 이렇게 계산한다.

매년 노동자 1,400명당 1명이 죽는다.

노동자 2,500명당 1명이 전신불구가 된다.

노동자 300명당 1명이 영원히 부분적으로 불구가 된다.

노동자 8명당 1명이 3 또는 4주 동안 일시적으로 불구가 된다.

그러나 이것은 단순한 산업재해가 아니다. 게토 사람들의 높은 사망률이 대단히 크게 반영된 것이다. 웨스트엔드 사람들의 평균 사망 연령은 쉰다섯 살이지만 이스트엔드 사람들의 평균 사망 연령은 서른 살이다. 다시 말하면 웨스트엔드에 사는 사람은 이스트엔드 사람이 두 번 살 기회를 가지는 것이다. 전쟁과 비교해보자. 남아프리카와 필리핀의 사망률이 무색하다. 평화의 한복판인 이곳에서 피가 흘러내리고 있다. 그리고 이곳에서는 문명화한 전쟁의 규칙조차 통용되지 않아서 여자와 어린이들, 품속에 있는 아기들이 성인 남자들처럼 잔인하게 죽어나간다. 전쟁은 말도 마라! 영국에서 매년 다양한 산업에 종사하는 50만 명의 남자, 여자, 어린이가 죽고 불구가 되거나 질병에 걸려 무능력자가 된다.

웨스트엔드에서 어린이의 18퍼센트가 다섯 살 이전에 죽는다. 이스트엔드에서는 어린이의 55퍼센트가 다섯 살 이전에 죽는다. 그리고 런던에서는 어린이 100명당 50명이 출생 다음 해에 죽는 동네들이 있다. 그리고 남은 50명 중 25명이 다섯 살이 되기 전에 죽는다. 학살이다! 헤롯 왕도 이렇게 심하게 하지는 않았다. 그는 겨우 50퍼센트밖에 안 죽였다.

산업이 전쟁보다 인간의 삶을 더 심각하게 파괴했다는 것은, 다음 보고서가 더없이 잘 보여준다. 리버풀 의료 담당자의 최근 보고서에서 발췌한 것이지만 리버풀에만 적용되는 상황은 아니다.

"많은 경우, 햇빛은 설령 있다고 해도 아주 적은 양이 안마당에 들어오며 주거지 내부의 공기는 항상 탁하다. 그것은 대체로 그곳 거주자들이 내뿜는 공기가 너무 오랫동안 그 벽과 천장의 다공성 재질에 흡수되어 포화상태가 되었기 때문이다. 안마당에 햇빛이 들지 않는다는 두드러진 증거는 정원 및 조경 위원회의 조치에서 찾을 수 있다. 위원회는 극빈계급의 주거지를 쾌적하게 만들기 위해 화분과 창가용 화초상자를 제공했다. 그러나 이 선물은 그곳에 적합하지 않았다. 꽃을 비롯한 식물은 건강에 해로운 환경에 민감하여 이런 곳에서는 자랄 수가 없었고 살아남으려고 하지도 않았기 때문이다."

조지 호 씨는 세인트조지의 세 지구(런던의 세 지구)에 대해 다음과 같은 표를 작성했다.

	과밀인구비율	1,000명당 사망률
세인트조지 서부지구	10퍼센트	13.2퍼센트
세인트조지 남부지구	35퍼센트	23.7퍼센트
세인트조지 동부지구	40퍼센트	26.4퍼센트

그리고 '위험 직종들'이라는 것이 있는데 수많은 노동자가 그 직종에 종사하고 있다. 그들의 목숨은 정말로 위험하다. 20세기 군인들보다 훨씬 더 위험하다. 아마(亞麻)산업의 경우, 아마사 제작과정에서 젖은 발과 젖은 의복이 비정상적으로 많은 기관지염, 폐렴, 심각한 류머티즘을 유발하는 한편, 소면(梳綿)과 방적과정에서 발생하는 미세먼지는 거의 대부분의 경우 폐질환을 일으켜서, 열일고여덟 살에 소면을 시작한 여성이라면 서른 살이 되면 몸이 약해지고 질병이 발생하기 시작한다. 화학제품 업종에 종사하는 제일 튼튼하고 우람한 체구의 남자 노동자

들의 평균 수명은 마흔여덟 살이 채 되지 않는다.

알리지 박사는 도기제조업에 대해 이렇게 말한다. "도기의 먼지는 도공들을 바로 죽이지는 않지만 시간이 흐르면서 점차 폐에 쌓인 뒤 결국 석고처럼 굳는다. 호흡이 점점 힘들어지고 부진해지다가 마침내 멈춘다."

쇳가루, 돌가루, 흙먼지, 알칼리 분진, 보푸라기 분진, 섬유 분진, 이 모든 것이 노동자를 죽게 하므로 기관총과 대공속사포보다 더 치명적이다. 최악의 것은 백연 제조과정에서 나오는 납 분진이다. 다음은 백연 공장에 다니는 젊고 건강하고 잘 발달된 체격을 가진 젊은 여성의 전형적인 죽음을 기록한 것이다.

> 이곳에서 다양한 수준으로 노출된 뒤 그녀는 빈혈이 된다. 잇몸에 아주 희미하게 푸르스름한 선이 나타나기도 하지만 치아와 잇몸이 아주 건강하면 푸른 선이 전혀 눈에 띄지 않을 수도 있다. 빈혈과 함께 점점 말라가지만 너무도 조금씩 점차적으로 일어나는 일이기 때문에 그녀 자신도 가까운 사람들도 거의 눈치채지 못한다. 그러나 질병은 이미 발생했고 점차 심해져서 두통이 나타난다. 종종 시력이 저하되거나 일시적으로 눈이 안 보이는 증상이 수반된다. 가까운 사람들과 의사들이 흔히 히스테리라고 여긴다. 이 병은 전조 증상 없이 점점 깊어져서 마침내 얼굴의 절반을 시작으로 경련을 일으킨 다음 같은 쪽 팔과 다리로 퍼져 결국 전신에 완전히 간질처럼 보이는 경련을 일으키게 된다. 의식상실이 수반되어 연속적 경련이 일어나며 점차 심해져 죽는 경우도 있다. 몇 분, 몇 시간 혹

은 며칠 동안 부분적으로나 전체적으로 멀쩡한 의식을 회복할 수도 있지만 심한 두통을 호소하거나 급성조증처럼 헛소리와 흥분이 일어나거나 울병처럼 무감하고 시무룩하다. 헛소리를 하고 말이 다소 불완전할 때는 각성시켜줄 필요가 있다. 심박수는 거의 정상 범위 내에 있으며 약해져 있던 맥박이 갑자기 떨어지고 힘들어진다는 것을 제외하고 더 이상의 증상은 없다. 그러다 갑자기 경련을 일으켜 죽거나 혼수상태가 되어 깨어나지 못한다. 그렇지 않으면 경련이 점차 진정되고 두통도 사라지고 환자는 회복되지만 일시적이거나 영구적으로 시력을 완전히 상실하게 된다.

그리고 다른 백연 중독 사례들도 있다.

샬럿 래퍼티는 멋진 몸매의 건강하고 발육이 좋은, 평생 아파본 적이 없는 젊은 여성인데 백연 노동자가 되었다. 작업 중에 사다리 아랫부분에서 경련을 일으켰다. 올리버 박사가 진찰했는데 잇몸의 푸른 선을 발견했다. 그 선은 온몸이 납의 영향을 받고 있다는 증거다. 그는 경련이 곧 다시 일어날 것이라고 생각했다. 정말로 일어났고 그녀는 죽었다.

메리 앤 톨러는 한 번도 경련을 일으킨 적이 없는 열일곱 살의 소녀로, 세 번 아팠고 공장을 떠나야 했다. 열아홉 살이 되기 전 납 중독 증상을 보였다. 경련이 일어났고 입에 거품을 물더니 죽었다.

메리는 너무도 건강한 아가씨로 '20년' 동안 납공장에서 일했고 그동안 딱 한 번 심한 복통이 있었다. 그녀의 여덟 아이들은 모두 영아기에 경련을 일으켜 죽었다. 어느 날 아침, 이 여인은 머리를 빗다가 양손에 힘이 완전히 빠져버렸다.

일라이저는 스물다섯 살로, 납공장에서 5개월 일한 뒤 심한 복통이 있었다. (그 공장에서 쫓겨난 뒤) 다른 공장에 갔고 2년 동안 계속 일했다. 그러다가 또 복통이 일어났고 경련을 일으킨 뒤 급성 납중독으로 이틀을 못 넘기고 죽었다.

본 내시는 살아남지 못한 아이들에 대해 이렇게 이야기했다. "백연 노동자의 아이들은 세상에 나오더라도 대부분 납중독으로 인한 경련으로 죽고 맙니다. 아이들은 미숙아로 태어나거나 생후 1년 안에 죽습니다."

그리고 마지막으로 해리엇 워커가 있다. 열일곱 살로 산업 전선에서 헛된 희망을 품고 살다가 죽었다. 법랑제품을 솔질하는 일을 했고 그 과정에서 납에 중독되었다. 아버지와 남자 형제는 일이 없었다. 그녀는 아픈 것을 숨기고 매일 9.6킬로미터씩 걸어서 출퇴근하며 주급 7에서 8실링을 벌었는데 열일곱 살에 죽고 말았다.

경기침체도 노동자들을 밑바닥으로 내모는 데 큰 몫을 한다. 주급으로 먹고사는 극빈자들이 한 달 동안 일을 못하면 거의 표현할 수 없는 궁핍과 비참한 생활을 하게 되며 다시 일이 생겨도 그 참혹한 상태에서 벗어날 수 없다. 오늘 일간신문에 부두노동자 연맹 칼라일 지부 집회에 대한 기사가 실렸다. 그 집회에서, 지난 몇 달 동안 그들 대부분의 주당 평균 수입이 1에서 1.25달러밖에 되지 않았다는 발표가 있었다. 런던 항구 선적업의 침체 상태가 그 원인으로 지목된다.

젊은 노동자들이나 부부들은 행복하거나 건강한 중년을 보장받지 못하고 노년에 대한 대책도 없다. 일을 계속하겠지만 미래를 보장받을 수는 없다. 미래는 운에 달려 있다. 모든 일이 우연히 터지는 사건에 달려 있으며 일단 발생하면 전혀 손을 쓸 수 없다. 미리 조심한다고 막을 수 있는 것도 아니고 머리를 쓴다고 피할 수 있는 것도 아니다. 산업 전선에 계속 있는 한 반드시 맞게 될 일이니 그 강적과 힘겹게 싸워야 한다. 그들은, 상황이 허락하고 혈연의 의무에 묶여 있지 않다면 당연히 그 전쟁터에서 도망칠 것이다. 남자라면, 할 수 있는 가장 안전한 일은 입대다. 여자라면, 적십자 간호병이 되거나 수녀원에 가는 것이다. 어떤 경우든 가정과 아이들 그리고 삶을 살 만한 가치가 있는 것으로 만들고 노년을 악몽과 다른 것으로 만들어주는 것들이 전혀 없어야 한다.

22

자살

영국은 부자들의 낙원, 현자들의 연옥, 빈자들의 지옥이다.

–시어도어 파커

인생이 너무도 위태롭고 행복해질 가능성이 아주 희박하다면 목숨이 가치를 잃고 자살이 흔해지는 것은 당연한 일이다. 매일 신문에 자살기사가 실릴 정도로 자살은 흔한 일이다. 즉결심판소에서 자살미수죄는 흔해 빠진 '술주정' 처럼 관심을 끌지 못하며 마찬가지로 빠른 속도로 무심하게 처리된다.

템스 즉결심판소에서 그런 경우를 본 적이 있다. 나는 좋은 눈과 귀, 사람과 일들에 대한 상당한 실용적 지식을 가졌다고 자부하는 사람이다. 그런데 심판소에서 술주정뱅이, 풍기문란자,

템스 즉결심판소 내부.

부랑인, 싸움꾼, 폭력 남편, 도둑, 장물아비, 도박꾼, 거리의 여인들이 놀라운 속도로 그 판정기계를 통과하는 광경에 적잖이 당황했다. 심판소 중앙에 피고석이 있어서 남자, 여자, 아이들이 그 안으로 들어갔다가 다시 나왔는데 그 흐름이 끊이지 않았다. 치안판사의 입술에서 떨어지는 판결도 마찬가지였다.

나는 폐병 걸린 '장물아비', 일할 능력이 없고 아내와 아이들을 부양해야 한다고 탄원했던 그 사내가 중노동 1년을 선고받는 것을 보고 곰곰이 생각에 잠겨 있었다. 그때 스무 살쯤 돼 보이는 청년이 피고석에 들어왔다. '앨프리드 프리먼.' 그의 이름은 들었지만 죄목은 놓쳤다. 증인석에서 뚱뚱하고 자애로워 보이는 여자가 벌떡 일어나 증언을 시작했다. 자신이 브리타니아 수

문관리인의 아내라고 했다. 시간은 밤, 물 튀기는 소리가 났고 수문으로 달려간 그녀가 물속에서 피고인을 발견했다.

나는 다시 그에게로 휙 눈길을 돌렸다. 죄목은 자살이었다. 그는 멍하게 서 있었다. 빛깔 좋은 갈색 머리가 이마에 헝클어져 있었고 얼굴은 초췌하고 근심이 가득해 보였지만 아직 소년티가 났다.

"예, 그렇습니다." 수문관리인의 아내가 말했다. "허둥지둥 저 사람을 끌어냈는데 기어서 다시 들어갔어요. 그래서 전 도와달라고 소리쳤죠. 마침 일꾼들 몇이 도와줘서 끄집어낸 다음에 경찰관에게 넘겼어요."

치안판사는 그녀가 힘이 세다고 칭찬했고 사람들은 소리 내어 웃었다. 그러나 내 눈에는 웃을 일이라고는 없는 삶의 끝에 선 한 청년밖에 보이지 않았다. 그는 기를 쓰고 진창의 죽음을 향해 기어가는 중이었다.

그다음 증인석의 한 남자가 그 청년의 좋은 성품을 증언하고 정상참작의 증거들을 내놓았다. 그는 청년의 일터 현장주임이었다. 아니 그때는 이미 아니었다. 앨프리드는 훌륭한 청년이었지만 집에 많은 문제, 심각한 돈 문제가 있었다. 게다가 어머니가 병들었다. 그는 걱정을 많이 하는 경향이 있어서 계속 걱정만 하다가 지쳐서 일을 못할 지경이었다. 청년이 솜씨가 나빠서 그(현장주임)는 자기가 욕을 먹을까봐 그를 그만두게 할 수밖에 없었다.

"할 말 있습니까?" 치안판사가 불쑥 물었다.

피고석의 청년은 뭐라고 웅얼거렸다. 여전히 멍한 상태였다.

"경관, 피고가 뭐라고 말했습니까?" 치안판사가 못 참고 물었다.

푸른 옷을 입은 건장한 경관이 몸을 구부려 피고의 입에 귀를 대더니 큰 소리로 대답했다. "정말 잘못했답니다. 판사님."

"재구금"이라고 판사가 말했다. 그리고 다음 사건이 진행되어 첫 번째 증인이 이미 선서를 했다. 그 청년은 멍하게 교도관과 함께 퇴장했다. 그것이 전부였다. 시작부터 끝날 때까지 5분이었다. 그리고 피고석에 두 명의 덩치 큰 짐승 같은 인간들이 10센트 정도 할 것 같은 장물 낚싯대 소지의 책임을 전가하려고 애쓰고 있었다.

이 불쌍한 사람들의 큰 문제는 자살하는 방법을 몰라서 대체로 두세 번씩 시도를 한다는 것이다. 그래서 경관과 치안판사들은 너무도 당연히 진저리를 치고 성가셔 한다. 그래서 때로는 대놓고 그런 이야기를 하며 왜 제대로 못해서 미수에 그쳤냐고 꾸짖기도 한다. 예를 들면 스테일브리지 수석 치안판사 사이키즈는 얼마 전 운하에서 자살을 시도한 앤 우드 사건을 맡아 피고에게 "자살하고 싶었다면 제대로 했어야지요"라고 화를 냈다. "물속에서 안 나오고 일을 끝냈어야지, 왜 실패해서 이렇게 우리를 번거롭고 귀찮게 합니까?"

노동계급 자살의 주된 원인은 가난, 비참한 생활, 구빈원에 대한 두려움이다. "구빈원에 가느니 물에 빠져 죽겠어." 쉰두 살의 엘런 휴즈 헌트의 말이다. 지난 수요일 쇼디치에서 그녀의 시신에 대한 검시가 있었다. 이즈링턴 구빈원에 있던 남편이 증인으로 왔다. 그는 치즈 장수였지만 실패했고 가난 때문에 구빈원에 가게 되었지만, 아내가 함께 가기를 거부했다.

그녀는 오전 1시에 마지막으로 목격되었다. 3시간 뒤 그녀의 모자와 재킷이 리전트 운하 옆, 배 끄는 길에서 발견됐고 그다음에 시신이 물에서 발견됐다. *판결 : 일시적인 정신이상 중의 자살.*

이런 판결은 진실에 대한 범죄행위다. 법이 거짓말이며 법을 통해 인간은 가장 치욕스러운 거짓말을 하고 있다. 한 예로, 친구와 친척들에게 버림받고 경멸당한 여자가 아기와 함께 아편을 복용한 사건이 있었다. 아기는 죽고 그녀는 병원에 몇 주 동안 입원한 뒤 살아났지만 기소되어 징역 10년을 선고받았다. 법은 그녀가 살아나자 행위에 대한 책임을 물었다. 하지만 그녀가 죽었더라면 법은 일시적인 정신이상이라는 판결을 내렸을 것이다.

다시 엘런 휴즈 헌트의 사례로 와서, 그녀가 리전트 운하에 들어갔을 때 일시적인 정신이상상태였다고 하면 그 남편이 이즈링턴 구빈원에 들어갔을 때도 일시적인 정신이상상태였다고 하는 것이 공정하고 논리적이다. 어떤 곳이 머물기 더 좋은 장소인가는 사람에 따라 다르고 판단하기 나름이다. 나라면, 내가 같은 상황이었다면 운하와 구빈원에 대해 알고 있는 것을 바탕으로 판단하여 운하를 택했을 것이다. 그리고 감히 이제 이렇게 주장하겠다. 내가 미치지 않은 것처럼 엘런 휴즈 헌트, 그녀의 남편과 다른 나머지 많은 사람들도 미치지 않았다.

인간은 이제 옛날처럼 맹목적으로 본능에 충실하지 않는다. 이성적 존재로 진화하여 삶이 큰 기쁨이나 고통을 줄 때 머리로 판단하여 삶에 집착하거나 삶을 포기할 수 있다. 엘런 휴즈 헌트, 세상에서 52년간 살면서 얻은 삶의 기쁨을 전부 빼앗기고 남은 것이라고는 구빈원이라는 지독히 혐오스러운 곳밖에 없는 그녀가 운하에 뛰어들기로 결심할 때 그녀의 판단은 대단히 이성적이고 냉철했을 것이 분명하다. 그리고 나아가 배심원단이 사회가 엘런 휴즈 헌트가 52년간 살면서 얻은 삶의 기쁨을 전부 빼앗기도록 내버려두었으므로 그 일시적 정신이상의 책임이 사회에 있다고 판결한 것은 대단히 현명한 일이었다고 단언한다.

일시적 정신이상이라니! 그 가증스러운 말, 그 거짓말로, 배 속에 고기를 채우고 멀쩡한 옷을 입은 사람들이 스스로를 보호하고, 배 속이 텅 비고 멀쩡한 옷 한 벌 없이 헐벗은 형제와 자매들에 대한 책임을 회피한다.

이스트엔드 신문인 《옵저버》의 한 기사를 인용하겠다. 흔한 사건들을 싣고 있다.

> 조니 킹이라는 한 선박의 화부가 자살시도혐의로 기소되었다. 어느 수요일 피고는 보 경찰서로 가서 자신이 돈이 몹시 궁하고 일을 구할 수가 없어서 형광물질 반죽을 다량 삼켰다고 진술했다. 킹은 수감되었고 구토제를 복용하자 다량의 독극물을 토해냈다. 피고는 그때 자신이 대단히 잘못했다고 말했다. 그는 16년 동안 성실하게 일했는데 어떤 일도 구할 수 없었다. 디킨슨 씨는 피

고를 돌려보내 법정 전도사를 만나게 했다.

서른두 살의 티모시 워너도 같은 혐의로 구류형을 받았다. 그는 라임하우스 방파제에서 뛰어내렸는데 구조되었을 때 "죽으려고 했다"고 말했다.

말쑥한 외모의 젊은 여성, 엘런 그레이도 자살미수혐의로 구류형을 받았다. 일요일 아침 8시 30분경 834K 경관이 피고가 벤워스가의 한 집 앞에 누워 있는 것을 발견했을 때 그녀는 나른해 보였다. 그녀는 한 손에 빈 병을 들고 있었는데 두세 시간 전에 다량의 아편을 마셨다고 했다. 그녀가 너무 아픈 것 같아서 군의관을 호출했고 커피를 복용시키고 계속해서 정신을 차리도록 유도했다. 기소되었을 때 피고는 집도 없고 친구도 없어서 자살을 시도했다고 말했다.

자살을 시도하지 않은 사람들이 모두 제정신인 것은 아닌 것과 마찬가지로 자살을 시도한 사람들도 모두 제정신인 것은 아니다. 식사와 주거지의 불안정은 정신이상의 대단히 중요한 원인이다. 과일을 비롯한 여러 상품의 노점상들, 특히 하루 벌어 하루 먹는 노동자계급이 정신병원 환자 중 가장 높은 비율을 차지한다. 매년 1만 명당 26.9명의 남자가 정신이상이 되며 36.9명의 여자가 정신이상이 된다. 반면 군인들 중에서, 그러니까 적어도 음식과 주거지는 보장받는 군인들 중에서는 1만 명 중 13명이 정신이상이 된다. 그리고 농민과 목축업자들은 겨우 5.1명만 그렇게 된다. 그러니까 노점상이 이성을 잃을 가능성이 군인보다 두 배, 농민보다 다섯 배 더 높다.

불행과 고통은 사람이 제정신을 잃게 만드는 데 대단히 큰 영향을 미쳐서, 어떤 사람을 정신병원에 가게 만들고 또 어떤 사람은 시체공시장이나 교수대에 가게 만든다. 일이 터지고 나면 아버지이자 남편은 아내와 아이들을 무척이나 사랑하고 일하려는 의지가 있어도 일할 수가 없게 된다. 그러면 그의 이성은 비틀거리고 뇌의 불이 꺼지기 쉽다. 몸이 영양부족과 질병으로 쇠약해진 상태이고, 힘들어하는 아내와 어린 생명들을 보며 괴로워하는 상태라면 특히 더 쉽다.

"그는 잘생긴 남자다. 숱 많은 검정 머리카락, 검고 표정이 풍부한 눈, 품위 있고 윤곽이 또렷한 코와 턱, 굴곡이 진 선명한 콧수염을 가지고 있다." 기자는 프랭크 캐빌라가 법정에 선 모습을 이렇게 묘사했다. 그 음산한 11월 그는 "많이 낡은 회색 양복을 입고 있었는데 칼라가 없었다."

프랭크 캐빌라는 런던에 살며 주택 장식가로 일했다. 일을 잘하고 술도 마시지 않는 착실한 사람으로 평이 나 있으며 이웃들은 그가 온화하고 자애로운 남편이자 아버지라고 한목소리로 증언했다.

그의 아내, 해나 캐빌라는 크고 아름답고 쾌활한 여자였다. 그녀는 자신의 아이들을 깔끔하고 단정하게 해서(이웃들이 모두 이 사실을 언급했다) 쉴데릭가 공립초등학교에 등교시켰다. 착실하게 일 잘하고 절제할 줄 아는 남편과 함께 있는 동안 만사가 순조로웠던 것이다.

그런데 사건이 일어났다. 그는 건설업자, 벡 밑에서 일했으며 트런들리로에 있는 사장의 여러 집들 중 하나에 살았다. 벡이 사다리에서 떨어져 죽었다. 그 일은 날뛰는 말과 같았으니, 그냥 우연히 일어나고 말았다. 캐빌라는 새 일자리와 새 집을 찾아야 했다.

이것이 18개월 전 상황이다. 18개월 동안 그는 힘들게 싸웠다. 바타비아로의 작은 집에 방을 얻었지만 먹고살 만큼 벌 수가 없었다. 안정된 일자리를 구할 수가 없었다. 그는 씩씩하게 온갖 임시직을 전전했지만 아내와 네 아이들이 눈앞에서 굶고 있었다. 자신도 굶주려서 병이 들었다. 이것이 3개월 전 상황이다. 그다음에는 전혀 먹을 것이 없었다. 그 가족은 불평도 하지 않았고 말 한마디 없었지만 가난한 사람들은 알고 있었다. 바타비아로의 여자들이 음식을 가져다주었다. 하지만 캐빌라 집안 사람들이 체면을 몹시 중시하는 것을 알고 있었기 때문에 그들의 자존심이 상하지 않도록 익명으로 아무도 모르게 보내곤 했다.

사건은 이미 일어났고 그는 노력했지만 굶주렸고 18개월 동안 고통을 당했다. 11월 어느 날 아침 일찍 일어났다. 주머니칼을 폈다. 아내인 서른세 살의 해나 캐빌라의 목을 베었다. 열두 살 난 첫째 아이, 프랭크의 목도 베었다. 여덟 살 난 아들 월터의 목도 베었다. 네 살 난 딸 넬리의 목도 베었다. 16개월인 막내 어니스트의 목도 베었다. 그런 뒤 저녁에 경찰이 올 때까지 하루 종일 시체 옆에 앉아 가족들을 지켜보았다. 그리고 경찰들이 오자 불을 켜려면 가스계량기 입구에 1펜스를 넣어야 한다고 말해주었다.

프랭크 캐빌라가 법정에 서 있었다. 많이 낡은 회색 양복을 입고 있었는데 칼라가 없었다. 그는 잘생긴 남자였다. 숱 많은 검정 머리카락, 검고 표정이 풍부한 눈, 품위 있고 윤곽이 또렷한 코와 턱, 굴곡이 진 선명한 콧수염을 가지고 있었다.

23

아이들

돼지우리 같은 집에서 우리는 우울하게 기어다닌다. 세상이 공평하다는 것을 잊은 채. -윌리엄 모리스

이스트엔드에서 아름다운 광경이 단 하나 있는데, 그것은 거리의 오르간연주자가 지나갈 때 길에서 춤을 추는 아이들이다. 아이들을 보고 있으면 황홀하다. 새로 태어난 새로운 세대가 몸을 흔들고 다니며 귀엽게 흉내를 내고 우아하게 동작을 잘 지어낸다. 근육은 살랑살랑 가볍게 움직이고 몸은 가볍게 뛰어오르고 무용 학교에서 배운 적도 없는데 리듬을 만들어낸다.

여기저기서 아이들과 이야기를 나눠보았는데 여느 어린이들처럼 밝은 것 같았다. 여러 가지 면에서 더 밝았던 것도 같다.

아이들은 매우 활발하고 귀여운 상상력을 지니고 있다. 자신을 허구의 영역에 투사하는 능력은 놀라울 정도다. 아이들의 핏속에는 생명력이 기쁨에 넘쳐흐르고 있다. 음악과 몸놀림, 색깔을 즐기는 동안 더러움과 낡은 옷 속에 감추어져 있던 얼굴과 몸의 놀라운 아름다움이 자기도 모르게 자주 드러나곤 한다.

그러나 런던타운에는 피리 부는 사나이가 있어 그 모든 것을 앗아간다. 모두 사라진다. 그것들이나 그것들을 연상시키는 것을 다시는 볼 수 없다. 다 자란 세대에서 그것들을 찾아봐야 허사다. 찾을 수 있는 것은 왜소한 몸, 흉한 얼굴, 무디고 둔감한 정신밖에 없을 것이다. 우아함, 아름다움, 상상력, 통통 튀는 정신과 생동감 넘치는 몸은 사라지고 우아함, 아름다움, 상상력,

거리의 오르간 연주자가 지나갈 때.

통통 튀는 정신과 생동감 넘치는 몸은 사라지고 없다. 하지만 때때로 이런 여인을 볼 수 있을 것이다. 꼭 늙어서 그런 것은 아닌데 여성스러움이라곤 전혀 없고 몸은 추하게 뒤틀리고 술에 취해 더러운 치맛자락을 끌며 기괴한 행동을 하면서 인도 위를 꼴사납게 걷는다. 그것이 그녀가 한때 오르간 연주에 맞춰 춤을 추던 아이였다는 암시다. 그 기괴한 동작과 꼴사나운 걸음걸이가 유일하게 남아 있는 어린 시절의 모습이다. 그녀의 머릿속 깊숙하고 아련한 곳에 자신이 한때 소녀였다는 기억이 스치듯 떠올랐다. 구경꾼들이 둘러싸고 있다. 어린 소녀들이 옆에서 너무도 우아하고 예쁘게 춤을 추고 있다. 그녀도 그런 춤을 희미하게 기억하고 있지만 이제 그 몸으로는 흉내 낼 수가 없다. 그러다 숨을 헐떡거리고 지쳐서 비틀거리며 사람들 사이에서 빠져나온다. 어린 소녀들은 계속 춤을 춘다.

게토의 아이들은 고상한 어른이 될 자질이 충분히 있다. 그러나 게토가 자기 새끼를 공격하는 성난 암호랑이처럼 그 자질들을 전부 공격하고 파괴하며 광채와 웃음을 앗아간 뒤 남아 있는 자질들을 모아서 생기 없고 비참한 존재로 만든다. 들판의 짐승보다 못한 천박하고 타락한 참혹한 존재로 말이다.

어떻게 그렇게 되는지는 앞에서 이미 잘 설명했다. 헉슬리 교수는 이렇게 정리한다. "이곳이건 외국이건 유명한 산업 중심지에 사는 주민들이 점점 더 많이 프랑스어로 라미제르(la misére)라고 부르는 상황의 지배를 받고 있다는 것은 알 만한 사람은 다 알 것이다. 프랑스어를 쓴 것은 그 표현에 꼭 맞는 영어단어가 없다고 생각해서다. 그 말은 사람들이 정상적인 상태에서 단순히 신체 기능의 유지에 필요한 음식, 난방, 의복을 얻을 수 없는 상태다. 또 남자, 여자, 아이들이 품위가 사라진 굴에서 우글거리며 살아야 하고 보통 수준의 건강한 생활을 할 수가 없는 상태다. 그리고 오락이라고 할 만한 일들은 모두 폭력적 행동과 술주정으로 끝나고 마는 상태다. 고통이 기아, 질병, 정체된 성장, 도덕적 타락의 형태로 점차 늘어가는 상태다. 심지어 견실하고 정직한 산업의 미래조차 굶주림과의 싸움에 패하고 빈민들의 무덤으로 둘러싸인 모습일 수밖에 없는 상태다."

이런 상태에서 어린이들의 미래는 절망적이다. 아이들은 파리처럼 죽어나간다. 너무도 강한 생명력과 그들을 둘러싼 타락한 환경에 적응하는 능력 덕분에 살아남는 아이들도 있다. 이들에게 가정생활이란 것은 없다. 굴과 짐승우리에 살면서 온갖 저속하고 추잡한 것에 노출된다. 그리고 나쁜 위생, 과밀, 영양부족으로 정신과 마찬가지로 몸도 썩어간다. 부모가 서너 명의 아이들과 한 방에 살며 잠을 잘 때는 아이들이 교대로 불침번을 서서 쥐를 쫓는다. 그 아이들은 한 번도 배불리 먹어본 적이 없고 우글거리는 해충의 먹이가 되고 나약하고 가여워진다. 그런 환경에서 어떤 인간들이 살아남는지를 상상하기란 어렵지 않다.

음울한 절망과 불행이
그들이 태어날 때부터 널려 있다.
흉측한 욕지거리와 더 흉측한 환락,

그들의 첫 자장가

남녀가 결혼을 하고 방 한 칸에 살림을 차린다. 시간이 지나 가족 수는 늘어나지만 수입은 늘지 않는다. 남자가 건강과 일자리를 지킨다면 너무도 행운이다. 아이가 태어나고 또 태어나, 더 넓은 공간이 필요해진다. 하지만 이 작은 입들과 몸들에 추가 비용이 들므로 결코 더 넓은 공간을 구할 수 없다. 돌아누울 자리도 없어진다. 아이들이 좀 더 크면 거리를 쏘다니고 열둘에서 열네 살이 되면 공간문제를 인식하게 되어 스스로 먹을 것을 찾아 떠돈다. 남자 아이들은, 운이 좋다면 어찌어찌해서 간이숙박소를 구할 것이고 이후 인생에 여러 갈림길이 있을 것이다. 그러나 열넷에서 열다섯 살의 여자 아이들은 집이라고 불리는 단칸방을 어쩔 수 없이 떠나 기껏해야 주급 5, 6실링을 벌게 되니 이후 인생의 결말은 뻔해진다. 오늘 아침 화이트채플 도싯가의 한 집 앞에서 경찰에 발견된 시신처럼 쓰라린 최후를 맞을 수도 있다. 집도, 잘 곳도 없고, 병들었는데 아무도 마지막 순간을 함께 해주지 않았다. 그렇게 밤중에 길가에서 죽고 말았다. 그녀는 예순두 살의 성냥 노점상이었다. 개 같은 죽음이었다.

이스트엔드 즉결심판소 피고인석에서 본 한 소년의 모습이 아직도 기억에 생생하다. 그의 머리는 피고인석 가로대 위로 간신히 보였다. 한 여성에게서 2실링을 훔친 혐의였으며 돈은 다 써버렸다고 진술했다. 사탕이나 케이크, 유흥이 아니라 밥을 먹는 데 썼다.

"그 여자한테 먹을 걸 달라고 하지 그랬니?" 치안판사가 거친 어조로 물었다. "분명히 주었을 텐데."

"그랬다면 구걸죄로 잡혀갔겠죠." 소년이 대답했다.

치안판사는 이맛살을 찌푸리며 잠자코 있었다. 그 소년을 안다는 사람이 아무도 없었다. 청년의 부모에 대해서도 마찬가지였다. 어디서 왔는지 누구의 자식인지 모르는 뜨내기 부랑자, 약한 놈을 잡아먹고 강한 놈의 먹이가 되는 제국의 정글에서 먹을 것을 찾는 새끼 짐승이었다.

자선사업을 하는 사람들이 게토의 아이들을 모아서 소풍을 하루 보냈다. 그들은 세상에 열 살 전에 한 번도 소풍을 가보지 못한 아이들이 별로 없다고 생각한다. 한 작가는 이렇게 말한다. "하루를 그렇게 보냄으로써 야기되는 정신적 변화를 과소평가해서는 안 된다. 어떤 환경에서든 어린이들은 들판과 숲의 의미를 배우고 나면 이전에는 아무 느낌도 주지 않던 책 속 시골풍경 묘사를 비로소 이해할 수 있게 된다."

아이들은 들판과 숲에서 하루를 보낼 수 있다. 단 선택받을 만큼 운이 좋아야 한다. 평생 단 하루 들판과 숲 속에 갈 수 있는 아이들의 수보다 매일 매일 태어나는 아이들이 더 많으니까. 단 하루! 평생에 단 하루다! 그런 뒤 나머지 인생 동안, 어떤 소년이 주교에게 말한 대로 "열 살 때 땡땡이를 쳤어요. 열세 살 때 물건을 쌔볐어요. 열여섯 살 때는 경찰을 후렸어요." 즉 열 살 때 꾀부려서 놀았고 열세 살 때 좀도둑질을 했고 열여섯 살 때는 경찰을 공격할 만한 깡패가 됐다는 것이다.

카트멜 로빈슨 목사는 자신의 교구 아이들의 이야기를 들려준다. 아이들은 숲을 향해 출발했다. 걷고 또 걸어서 끝도 없는 길을 지났다. 머지않아 숲을 볼 수 있을 것이라고 기대하면서. 하지만 결국 지치고 절망하여 주저앉고 말았다. 한 친절한 여인이 아이들을 구해 다시 데리고 왔다. 자선가들이 소풍에 데려가지 않은 아이들이 분명했다.

그 목사가, 혹스톤의 한 거리(넓게 보아 이스트엔드의 한 지구)에는 80채의 작은 집에 다섯 살에서 열세 살 사이의 어린이 700명 이상이 산다고 말한 사람이다. 그는 이렇게 덧붙였다. "아이들이 신체적으로 불완전하게 성장하는 것은 런던이 대체로 아이들을 거리와 집의 미로 속에 가둬놓고 아이들에게서 하늘과 들판, 개울에서 받아야 할 혜택을 박탈하기 때문이다."

그의 신도 한 사람이 어떤 부부에게 지하방을 임대하고 있다고 한다. 부부는 아이가 둘이라고 했는데 이사 오고 보니 넷이었다. 얼마 뒤 다섯 번째 아이가 태어나자 집주인은 나가라고 했다. 하지만 그들은 말을 듣지 않았다. 위생 감시관은 그 상황을 자주 눈감아주다가 마침내 그 신도에게 법적 조치를 취하겠다고 엄포를 놓았다. 그는 그들을 내보낼 수가 없다고 변명했다. 그들은 아무도 자신들처럼 애들이 많은 가족에게 그들이 가진 돈에 맞는 집을 주지 않는다고 항변했다. 이것이 가난한 사람들이 가장 흔히 하는 불평이다. 어떻게 해야 할까? 집주인은 진퇴양난이었다. 결국 치안판사에게 의뢰했고 상황을 조사할 경관이 파견되었다. 20일 정도 지났는데 전혀 해결되지 않았다. 이것이

특이한 일일까? 전혀 그렇지 않다. 아주 흔하다.

지난주에 경찰이 사창가를 급습했다. 어떤 방에서 두 명의 어린아이가 발견됐다. 아이들은 그 여자들과 마찬가지로 동거혐의로 체포되었다. 아이들의 아버지가 재판에 출석했다. 그는 자신과 아내, 피고석에 있는 두 아이 외에 더 큰 두 아이가 그 방을 썼다고 진술했다. 또 주당 반 크라운으로는 다른 방은 구할 수 없어서 그 방에서 살았다고 했다. 치안판사는 두 명의 어린 범죄자들을 석방하고 아버지에게 아이들을 해로운 곳에서 양육하지 말라고 경고했다.

그러나 훨씬 더 많은 예들이 있다. 런던에서 전 세계 역사상 유례없는 놀라운 규모로 무고한 사람들의 학살이 자행되고 있다. 마찬가지로 그리스도를 믿는 사람들, 신을 믿는 사람들, 일요일마다 교회에 가는 사람들의 냉담함도 놀랍다. 주중에 그들은 아이들의 피로 얼룩진 그곳, 이스트엔드에서 나온 집세와 이익금으로 흥청망청 논다. 또 어떤 때는 정말 이상하게도 이 집세와 이익금 중 절반을 뚝 떼어 수단에 사는 흑인 소년들의 교육비로 보낸다.

24

밤의 풍경

이들 모두 몇 년 전만 해도 빨갛고 보들보들한 아기였다. 당신들이 선택한 사회의 모습대로 빚어지고 구워질 수 있었다. －칼라일

어젯밤 늦게 나는 커머셜가를 따라 걸어서 스피탈필즈에서 화이트채플까지 갔다가 계속 남쪽으로 내려가 리먼가를 따라 부두에 이르렀다. 걸으면서 이스트엔드 신문들을 비웃었다. 그 시에 대한 자부심으로 충만한 신문들은 이스트엔드가 사람들의 거주 장소로 전혀 문제가 없다고 장담했다.

내가 본 것의 10분의 1도 말하기가 어렵다. 대부분 말로 다 할 수 없는 것들이다. 그러나 전체적으로 악몽과 같은 것, 거리에 넘쳐나는 무시무시하고 역겨운 인간쓰레기들, 피커딜리와

스트랜드가에서 '밤마다 일어나는 끔찍한 일'을 능가하는 음란한 일들을 보았다고 하면 되겠다. 그곳은 인간과 비슷하지만 짐승에 더 가까운, 옷 입은 두 발 동물 사육장이었다. 놋쇠단추 달린 제복을 입은 사육자들이 그 동물들이 너무 심하게 으르렁거릴 때 질서를 잡아주어 더욱 완벽한 사육장 풍경이 되었다.

나에게는 사육자들이 있어서 다행이었다. 내가 '뱃사람' 옷을 입고 있지 않아서 내가 그들에게 굴러들어온 '먹잇감'이었기 때문이다. 이따금씩 사육자들 사이에서 이 시궁창의 늑대들, 그 수컷들이 날카롭고 굶주린 눈으로 나를 노려보았다. 나는 그들의 손, 빈손이 두려웠다. 마치 고릴라의 발처럼 말이다. 그들을 보니 고릴라가 떠올랐다. 몸이 작았고 흉한 모습에 웅크리고 앉아 있었다. 불끈 솟아오른 근육도 떡 벌어진 어깨도 없었다. 그들의 몸은 혈거인들처럼 자연의 경제적 섭리를 보여주었다. 그러나 이 빈약한 몸에 힘이 있었다. 꽉 쥐고 붙들고 찢고 쥐어뜯는 잔인하고 원시적인 힘이다. 그들은 인간 먹이에 달려들어 등이 부러질 때까지 꺾어서 몸을 반으로 접어버린다고 한다. 이들은 기회만 된다면 반 파운드를 위해 양심의 가책이나 감정의 동요를 전혀 느끼지 않고 일말의 망설임도 없이 살인을 저지를 수 있다. 새로운 종, 도시의 야만인이다. 거리와 집, 골목과 뒷골목이 이들의 사냥터다. 야생 야만인들의 계곡과 산이, 도시 야만인들에게는 거리와 건물이다. 슬럼가는 그들의 정글이다. 이곳에 살며 먹이사냥을 한다.

웨스트엔드의 화려한 극장과 경이로운 대저택 사람들, 유약

커머셜가.

리먼가 남쪽에서 부두에 이르는 길.

한 사람들은 이들을 보지 못하며 이런 존재가 있다는 것을 꿈에도 모른다. 그러나 이들은 여기, 그들의 정글에 살고 있다. 펄펄 살아 날뛰고 있다. 그리고 영국이 최후의 접전을 치르고 있을 때, 그 슬픈 날, 건장한 사람들이 최전선에 서리라! 그날 그들이 소굴과 진창에서 기어나올 것이며 웨스트엔드 사람들이 그들을 볼 것이다. 마치 봉건 프랑스의 유약한 귀족들이 그들을 보고 서로에게 이렇게 물었듯 "저들이 어디서 왔는가?", "저들이 인간인가?" 하고 묻게 될 것이다.

그러나 그 짐승들이 사육장에서만 어슬렁거리지는 않았다. 어두운 뒷골목에 숨어 있거나 벽을 따라 회색 그림자처럼 지나다니기도 했다. 도처에서 불결한 몸뚱이의 여자들이 그들을 낳았다. 그들은 무례하게 우는 소리를 하고 눈물을 쥐어짜며 내게 동전푼을 구걸했으며 더 고약하게 굴기도 했다. 그들은 술판이 벌어지는 곳이라면 어디서든 홍청망청 마셔댔다. 흐트러진 몸가짐에 눈을 게슴츠레하게 뜨고 머리를 헝클어뜨린 채 추파를 던지고 시부렁댔으며, 너무 불결하고 타락했고 주색에 빠지고 벤치와 술집에 아무렇게나 드러누웠으며, 말할 수 없이 역겨워 쳐다보기도 끔찍했다.

그리고 또 다른 이상하고 기괴한 얼굴과 체형을 지닌 뒤틀린 기형의 존재가 나를 둘러싸고 있었다. 이들은 믿을 수 없을 만큼 멍한 존재들, 사회의 낙오자들, 걸어다니는 시체들, 죽은 것이나 다름없는 존재들이었다. 질병과 술로 엉망이 된 여자들의 행실은 싸구려 물건보다 더 못했다. 끔찍한 넝마를 걸친 남자들은 온갖 종류의 인간을 접하고 학대를 당해 뒤틀려 있고, 고통으로 얼굴은 계속 찡그린 채 백치처럼 히죽거리면서 원숭이처럼 비슬비슬 걷고 있었으며, 발걸음을 내딛고 숨을 들이쉴 때마다 점차 죽어가고 있다. 그리고 어린 소녀들이 있다. 열여덟에서 스무 살인 이들로 날씬한 몸매와 아직 전혀 일그러지거나 부어오르지 않은 얼굴이며, 단 한 번의 짧은 몰락으로 그 밑바닥 중 밑바닥에 떨어진 이들이다. 그리고 나는 열네 살배기 소년과 예닐곱 살 되는 소년을 기억하고 있다. 하얀 얼굴에 병약한 부랑아들이었는데 둘이 짝을 지어 울타리를 등지고 인도에 앉아 모든 것을 다 보고 있었다.

건강하지 않은 자와 쓸모없는 자! 산업은 그들을 원하지 않는다. 인력이 부족하지 않으니 굳이 그럴 필요가 없다. 부두노동자들이 문 앞에 잔뜩 모였다가 감독관이 불러주지 않으면 욕을 하고 돌아간다. 일자리가 있는 기술자들은 일을 찾을 수 없는 다른 동포 기술자들을 위해 일주일에 6실링을 낸다. 51만 4,000명의 직공들은 열다섯 살 이하 아동 고용을 불법화하는 결의안에 반대한다. 그리고 수많은 여성들이 10펜스를 벌려고 하루 14시간 동안 노동력을 착취당한다. 앨프리드 프리먼은 일자리를 잃었기 때문에 죽으려고 진흙탕을 굴렀다. 엘런 휴즈 헌트는 이즐링튼 구빈원 대신 리전트 운하를 택했다. 프랭크 캐빌라는 아내와 아이들에게 음식과 잠자리를 줄 수 있는 일자리를 못 찾아서 그들의 목을 베었다.

건강하지 않은 자와 쓸모없는 자! 사회의 도살장에서 죽어가는 극빈자와 멸시받는 자와 잊혀진 자. 타락의 결과물이다. 남자와 여자, 아이들의 타락, 육체의 타락, 생기와 영혼의 타락. 간단히, 노동의 타락. 만약 이것이 문명이 인간에게 줄 수 있는 최상의 것이라면 차라리 황량하고 벌거벗은 야만의 상태를 다오. 기계문명과 밑바닥의 인간이 되는 것보다, 황야와 사막의 인간, 동굴과 움막의 인간이 되는 것이 훨씬 낫다.

이스트인디아 선착장.

25

굶주림의 통곡

내 생각에, 만약 신이 어떤 인간들을 먹기만 하고 일하지 않게 만들었다면 그들에게 입만 만들고 손은 만들어주지 않았을 것이다. 그리고 만약 신이 또 어떤 인간들을 일하기만 하고 먹지 않게 만들었다면 그들에게 손만 만들고 입은 만들어주지 않았을 것이다.

– 에이브러햄 링컨

"우리 아버지가 나보다 힘이 더 셉니다. 아버지는 시골 출신이니까요."

이스트엔드 출신의 영리한 한 젊은이가 자신의 빈약한 몸을 안타까워하며 말했다.

"제 뼈만 남은 팔 좀 보시겠어요?" 그는 소매를 걷어올렸다.

"제대로 못 먹어서 이래요. 아, 참, 지금은 안 그렇지만요. 요즘엔 먹고 싶은 걸 먹을 수 있어요. 하지만 이미 늦었죠. 지금 먹는다고 어릴 때 못 먹은 게 보충되진 않으니까요. 아버지가 소택지구(잉글랜드 동부—옮긴이)에서 런던으로 올라왔죠. 어머니는 돌아가시고 우리들 자식 여섯과 아버지가 작은 방 두 개에서 살았어요.

"분명 아버지가 아주 힘드셨을 거예요. 아버지는 우리를 버릴 수 있었는데 안 그러셨어요. 하루 종일 뼈 빠지게 일했고 밤에는 집에 와서 우리에게 밥을 해먹이고 돌봐주셨죠. 아버지이자 어머니셨죠. 아버지는 최선을 다했지만 우리는 배불리 먹지 못했어요. 고기 구경은 거의 못했고 그나마 먹을 땐 최악의 고기였죠. 그리고 한창 자라는 아이들이 정찬이라고 빵과 치즈 한 조각을 먹는 건 고약한 일이죠. 충분치도 않고요. 그래서 어떻게 됐냐고요? 나는 왜소하고 아버지만큼 힘도 세지 않아요. 힘이 거의 없죠. 몇 세대가 지나도 여긴 나랑 비슷한 사람들이 살고 있을 겁니다. 하지만 내 동생 같은 사람도 있긴 해요. 크고 몸이 잘 발달됐어요. 아버지와 우리 자식들이 함께 살았잖아요, 그게 이유예요."

"하지만 내 생각에는 그런 환경에서라면 갈수록 점점 약해져서 나중에 태어나는 아이일수록 더 약할 것 같은데요." 내가 반박했다.

"가족이 함께 살 때는 안 그래요." 그가 대답했다. "이스트엔드에 오시면 한번 보세요. 여덟 살에서 열두 살 정도 되는 아이들은 전부 크고 잘 발달돼 있고 건강해 보일 거예요. 그런 아이들은, 물어보면 집에서 막내일 거예요. 아니라도 집에서 나이가 적은 축에 낄 거예요. 자, 이렇게 되는 거예요. 나이가 더 많은 아이들이 어린아이들보다 더 많이 굶는 거죠. 동생들이 태어날 때쯤 큰 아이들이 일을 시작하니까 집안 수입이 늘어나고 그렇게 해서 식구들이 좀 더 많이 먹게 되는 거죠."

그가 소매를 내렸다. 장기간의 반아사상태가 생명을 앗지는 않고 성장만 방해한 생생한 증거 말이다. 그의 이야기는 세계 최고의 제국에서 굶주려서 울부짖는 수많은 사람 중 겨우 한 사람의 것이다. 영국제국에서 하루에 100만 명이 넘는 사람들이 빈민구제법의 구제를 받고 있다. 전체 노동계급의 8명 중 1명이 1년 동안 빈민구제법의 구제를 받는다. 3,750만 명의 사람들이 가구당 한 달에 60달러 미만을 받는다. 800만 명이 계속 기아의 경계선에서 살고 있다.

런던교육위원회는 이런 성명을 발표했다. "때때로 *특별히 빈곤하지 않은 시기*, 런던의 학교에만 기아상태인 아동이 5만 5,000명 있다. 그렇기 때문에 아이들에게 무엇인가를 가르치려는 노력이 허사가 되고 만다." 강조는 내가 한 것이다. "특별히 빈곤하지 않은 시기"라는 것은 영국에서 호황을 뜻한다. 영국 사람들이 기아와 고생, 즉 '빈곤'이라고 부르는 것을 평범한 상태로 받아들이게 됐기 때문이다. 만성적 기아를 당연한 일로 여긴다. 극심한 기아가 대규모로 발생할 때만 이례적인 일이라고 생각하는 것이다.

나는 어느 침침한 저녁 무렵 이스트엔드의 작은 작업장에 있던 한 맹인의 쓰라린 울부짖음을 결코 잊지 못할 것이다. 그는 다섯 형제 중 장남으로 홀어머니와 살았다. 장남이었기 때문에 굶주렸고 어린 동생들의 입에 빵을 넣어주기 위해 어릴 때부터 일했다. 고기는 3개월에 한 번도 먹지 못했다. 그는 허기가 완전히 채워지는 것이 어떤 것인지 아예 알지 못했다. 그리고 어린 시절의 이런 만성적 굶주림 때문에 시력을 잃었다고 했다. 그는 자기 말이 옳다는 것을 뒷받침하기 위해 맹인문제에 대한 왕립 위원회의 보고서를 인용했다. "실명이 빈민지구에서 가장 빈번한 것을 보면 빈곤이 이 무서운 재앙을 앞당긴 것이다."

그는 거기서 그치지 않았다. 이 맹인의 목소리는 사회가 충분히 먹이지 않아 괴로워하는 사람들의 고통스러운 목소리였다. 그는 런던에 있는 600만 맹인 중 한 사람이었다. 그는 맹인들이 집에서 충분한 양의 절반도 못 먹는다고 했다. 하루 식사량을 알려주었다.

아침 : 스킬리 0.75파인트와 마른 빵.

정찬 : 고기 3온스, 빵 한 조각, 감자 0.5파운드.

저녁 : 스킬리 0.75파인트와 마른 빵.

오스카 와일드는, 감옥에 있는 어린이의 목소리를 빌려 울부짖었지만 많은 측면에서 그것은 어른의 울부짖음이다. "어린이가 두 번째로 감옥에서 견뎌야 하는 일은 배고픔이다. 7시 30분에 나오는 아침식사는 보통 맛없게 구워진 감옥 빵과 물 한 그릇이다. 12시 나오는 정찬은 꺼끌꺼끌한 밀가루죽(스킬리) 한 그릇이며, 5시 30분에 나오는 저녁식사는 마른 빵 한 조각과 물 한 그릇이다. 건장한 성인이 이렇게 먹는다면 설사는 물론이고 몸이 허약해져서 계속 질병에 시달리게 된다. 실제로 큰 교도소에서는 교도관들이 수렴약(지사 · 지혈 · 방부 · 진통 작용. 현재는 사용되지 않음—옮긴이)을 정기적으로 제공한다. 어린이라면 대부분 그런 음식을 먹을 수 없다. 아이들에 대해 조금이라도 아는 사람들은 아이들의 소화기능이 얼마나 약한지 알 것이다. 한바탕 심하게 울거나 정신적으로 괴로울 때는 거의 대부분 그 기능에 문제가 생긴다. 하루 종일 울고, 아니 어쩌면 밤에 어둡침침한 감옥에서 몇 시간 혼자 울거나 공포에 질린 아이는 이 거칠고 끔찍한 음식을 결코 먹을 수 없다. 간수 마틴이 어린아이에게 비스킷을 준 일이 있었다. 화요일 아침에 배가 고파 울고 있던 아이가 아침밥으로 나온 빵과 물을 전혀 먹지 못했다. 마틴은 아침식사 시간이 끝난 뒤 밖에 나가 달콤한 비스킷 몇 개를 사와 아이가 굶주리지 않게 해주었다. 그의 입장에서는 잘한 일이었다. 하지만 아이 편에서도 그렇게 느껴서 교정국의 규칙을 전혀 모르는 이 아이는 상급 교도관에게 이 하급 교도관의 친절한 행동을 알렸다. 물론 그 결과는 경위서와 해고였다."

로버트 블래치퍼드는 구민원 빈민의 식사와 군인의 식사를 비교했다. 자신이 군인이었을 때 충분치 않다고 느꼈었는데 비교해보니 빈민의 식사보다 두 배는 많았다.

빈민	일상식	군인
3.25온스	고기	12온스
15.5온스	빵	24온스
6온스	채소	8온스

남자 성인 빈민은 (수프를 제외하고) 일주일에 단 한 번 고기를 먹으며 빈민들은 "거의 모두 안색이 창백하고 맥이 없는데 이것은 굶주림의 확실한 징후다."

다음의 표는 구빈원 빈민들과 직원들의 일주일 음식 할당량을 비교한 것이다.

직원	식품	빈민
7파운드	빵	6.75파운드
5파운드	고기	1파운드 2온스
12온스	베이컨	2.5온스
8온스	치즈	2온스
7파운드	감자	1.5파운드
6파운드	채소	없음
1파운드	밀가루	없음
2온스	돼지기름	없음
12온스	버터	7온스
없음	라이스 푸딩	1파운드

그리고 그는 이렇게 말한다. "직원의 식사가 빈민보다 훨씬 후하다. 하지만 그렇게 후한 것은 아니다. 직원들의 식탁에 이런 공고가 붙어 있기 때문이다. '상주 직원 및 사무원은 매주 2실링 6펜스를 현금으로 납부해야 한다.' 만약 빈민이 충분한 음식을 먹는다면 왜 직원들이 더 많이 먹는 것일까? 그리고 직원들이 많이 먹는 것이 아니라면 그것의 절반도 못 먹는 빈민들은 과연 제대로 먹고 있다고 할 수 있는가?"

그러나 게토 거주자, 죄수, 빈민만 굶주리는 것은 아니다. 시골의 농민들도 배부르다는 것이 어떤 것인지 모른 채 살고 있다. 사실, 그렇게 많은 농민들이 도시로 몰려오는 이유가 바로 그 굶주린 배 때문이다. 벅스의 브래드필드 구빈조합에 속한 한 지역의 노동자가 어떻게 사는지 알아보자. 그에게 두 명의 자녀와 안정된 일자리가 있고, 그들이 집세를 내지 않아도 되는 시골집에 살고 주급으로 평균 13실링, 즉 3.25달러를 번다고 가정해보자. 그 집의 일주일 예산은 다음과 같다.

	실링	펜스
빵(5쿼턴)	1	10
밀가루(0.5갤런)	0	4
차(0.25파운드)	0	6
버터(1파운드)	1	3
돼지기름(1파운드)	0	6
설탕(6파운드)	1	0

베이컨 혹은 다른 고기(약 4파운드)	2	8
치즈(1파운드)	0	8
우유(가당연유 반 통)	0	3.25
기름, 초, 세탁용 청분, 비누, 소금, 후추 등	1	0
석탄	1	6
맥주	없음	
담배	없음	
보험(프루덴셜)	0	3
노조	0	1
장작, 연장, 진료소 등	0	6
보험(포레스터회)과 예비 의복비	1	1.75
총계	13실링	

이 구빈조합의 구빈관은 자신들의 검소한 예산에 자부심을 품고 있다. 빈민 한 명에 주당 다음과 같은 돈이 든다.

	실링	펜스
남자	6	1.5
여자	5	6.5
어린이	5	1.25

만약 앞에서 예산을 예시했던 노동자가 일을 그만두고 구빈

원에 들어가게 되면 구빈관에게 다음의 금액을 지불해야 한다.

	실링	펜스
자신	6	1.5
아내	5	6.5
어린이 두 명	10	2.5
총계(약 5.46달러)	21실링	10.5펜스

그와 가족이 구빈원에서 지내려면 5.46달러가 드는데 어찌어찌하면 3.25달러까지는 맞출 수 있다. 게다가 많은 인원의 식비가 한 가족과 같은 적은 인원일 때보다 더 적게 드는 것은 당연하다. 구매, 조리 등을 도매가격으로 처리할 수 있기 때문이다.

그렇지만 이렇게 예산안이 작성된 때 그 지구에 또 다른 가족이 살고 있다. 네 명이 아니라 열한 명으로 구성되어 있고 주당 13실링이 아니라 12실링으로 살고 있으며 집세 없는 시골집이 아니라 매주 3실링씩 집세를 내는 곳에 사는 가족이다.

확실하게 이해해야 하는 것은 *런던의 가난과 몰락 실정이 영국 전체의 실정이라는 사실이다.* 파리는 결코 프랑스일 수 없지만 런던은 영국이다. 런던을 지옥으로 만드는 지독한 사정들은 영국제국도 지옥으로 만든다. 런던이 분산되면 상황이 개선될 것이라는 주장은 공허하고 옳지도 않다. 만약 런던의 인구 600만이 각각 6만 명씩 100개 도시로 분산되면 그 비참한 상황도 사라지지 않고 분산될 것이다. 총합은 그대로일 테지만.

이 경우 론트리는 철저한 분석을 통해 찰스 부스가 런던을 대상으로 입증했던 것을 시골마을을 대상으로 입증했다. 즉 거주자 중 적어도 4분의 1이 가난에 시달려 심신이 파괴된다는 것, 즉 거주자 중 적어도 4분의 1이 먹을 것이 충분하지 않으며 제대로 입지 못하고 멀쩡한 집에서 살지 못하고 혹독한 날씨에서 제대로 몸을 보호하지 못하며 도덕적으로 타락하여 청결과 예절에서 야만인보다 못해진다는 것 말이다.

로버트 블래치퍼드는 아일랜드 케리에서 한 농민이 푸념하는 소리를 듣고는 바라는 것이 무엇인지 물었다. "그 노인은 삽에 기대 낮게 드리워진 하늘 아래에 있는 검은 토탄밭을 건너다보았다. '뭘 바라느냐고?' 그가 말했다. 그러더니 너무 애처로운 어조로 말을 이었다. 내게라기보다는 자기 자신에게 말하는 것 같았다. '우리의 용감한 소년과 소녀들 모두가 떠났고 소식이 끊겼소. 그리고 땅주인이 돼지를 가져갔고 비가 와서 농사를 망쳤고 나는 늙었으니 *최후의 날이 오길 바라오.*'"

최후의 날! 바라고도 남을 것이다. 게토와 시골, 감옥과 부랑자 수용소, 정신병원과 구빈원, 사방에서 배고픔의 울부짖음이 들린다. 제대로 먹지 못하는 사람들의 울부짖음. 남자, 여자, 어린이, 아기, 맹인, 농아, 다리를 저는 사람, 병자, 방랑자, 노동자, 죄수, 빈민, 아일랜드, 잉글랜드, 스코틀랜드, 웨일스인들, 수백만 명이 못 먹고 산다. 다섯 명이 1,000명의 빵을 만들 수 있는데도, 노동자 한 명이 250명이 입을 면직물을, 300명이 입을 모직 옷을, 1,000명이 신을 부츠와 신발을 생산할 수 있는데도 그렇다. 4,000만 명이 함께 큰 집에 사는데 그 집 관리가 제대로 되지 않는 꼴이다. 수입은 괜찮으니 관리가 너무도 엉망인 것이다. 누가 감히 아니라고 말할 텐가? 다섯 명이 1,000명분의 빵을 생산할 수 있는데 수백만 명이 굶주리고 있단 말이다.

26

술, 금주, 검소

가난한 사람들이 검소하다고 칭찬받는 경우가 있다. 그러나 가난한 사람들에게 검소하게 살라고 충고하는 것은 우스꽝스러운 일일 뿐만 아니라 그들을 모욕하는 일이기도 하다. 숫제 굶는 사람에게 덜 먹으라고 충고하는 것과 마찬가지다. 도시든 시골이든 노동자가 검소하게 사는 것은 전적으로 부도덕한 일일 것이다. 인간은 자신이 형편없이 먹고 짐승처럼 살 수 있다는 것을 보여주어서는 안 된다.
– 오스카 와일드

영국 노동자계급은 맥주통에 빠져서 산다고 할 수 있다. 맥주에 절어 멍하고 무기력해졌다. 불쌍하게도 능력이 저하되었고 인간의 특성인 상상력, 창의력, 예민함을 모두 잃었다. 이미 술에 익숙한 채 태어나기 때문에 음주가 후천적 습관이라고 할 수 없을 것이다. 아이들은 취중에 잉태되고 첫 숨을 쉬기 전에 이미 술에 흠뻑 절어 있으며 술 냄새와 맛을 느끼면서 태어나서 술 속에서 성장한다.

술집이 없는 곳이 없다. 구석구석, 골목골목에서 번창하며 남자들뿐만 아니라 여자들도 자주 드나든다. 아이들은 술집에서 아버지와 어머니가 집에 갈 때까지 기다리거나 형과 누나의 잔을 몰래 홀짝거리면서 상스러운 말과 천박한 대화에 귀를 기울이다가 물이 들어 음탕하고 방탕한 주색잡기에 빠진다.

세상의 입은 부르주아들에 대해서만큼 노동자들에 대해서도 말이 많다. 그러나 노동자들에 대해 세상이 왈가왈부하지 않는 유일한 경우가 술집이다. 술집에 대해서는 불명예도 수치심도 느끼지 않는다. 거기 드나드는 아가씨들에 대해서도 마찬가지다.

내가 커피하우스에서 만난 한 아가씨는 이런 말을 했다. "난 술집에서 독한 술은 절대 안 마셔요." 젊고 예쁜 급사였는데 동료들에게 자신이 분별력 있고 우월하다고 과시하는 말이었다. 세상의 입은 독한 술은 허용하지 않았다. 하지만 말쑥한 아가씨가 맥주를 마시거나 술집에 맥주를 마시러 가는 일은 전혀 아무렇지 않게 여겼다.

맥주 자체가 몸에 좋지 않은 것만이 문제가 아니다. 남자든 여자든 이들은 거의 항상 맥주를 마실 만큼 건강하지 않다. 하지만 한편으로는 그들이 맥주를 마시는 것이 바로 그 건강하지 않은 몸 때문이다. 제대로 못 먹고 영양실조에 걸려 더러운 곳에서

술집 문 앞의 여자들.

복작복작하며 살면서 받은 유해한 영향으로 그들의 몸은 술에 대해 병적인 갈망을 느낀다. 마치 신경과민에 걸린 맨체스터 공장 노동자들의 병약한 위장이 과도한 양의 피클을 갈망하는 것과 마찬가지다. 건강에 좋지 않은 일과 삶은, 건강에 좋지 않은 식욕과 욕구를 낳는다. 사람은 말보다 더 나쁜 상황에서 노동해서는 안 되며 돼지처럼 살고 먹어서도 안 된다. 그렇게 살면 순수하고 건전한 이상과 열망을 품을 수 없다.

가정생활이 사라질 때 술집이 등장한다. 혹사당하고 지쳐서 정상이 아닌 위장과 나쁜 위생상태의 사람들, 삶의 추악함과 단조로움으로 둔감해진 사람들만이 비정상적으로 술을 갈망하는 것은 아니다. 가정생활을 제대로 영위하지 못하는 사교적인 남자와 여자들이 밝고 왁자지껄한 술집으로 도피하여 공허하게 사교성을 발산하려고 한다. 그리고 한 가족이 좁은 단칸방에 살면 가정생활이란 것은 불가능하게 마련이다.

그런 주거생활이 어떤지 잠깐만 살펴보아도 음주의 중요한 원인 한 가지를 알 수 있다. 아침에 가족이 일어나면 아버지, 어머니, 아들들, 딸들이 한 방에서 (방이 좁으니까) 어깨를 맞대고 옷을 입고 몸을 추스르고 어머니이자 아내는 아침식사를 준비한다. 그리고 밤 동안 내내 빽빽하게 들어찬 그들의 몸에서 나온 입김과 냄새 때문에 역겨운 바로 그 방에서 아침식사를 한다. 아버지는 일하러 나가고 큰 아이들은 학교에 가거나 거리로 나가고 어머니는 바로 그 방에서, 기어다니거나 걸음마를 떼는 아기들과 남아 집안일을 한다. 그녀는 그 밀폐된 공간을 비누냄새와 더러운 옷 냄새로 가득 채우며 빨래를 하고 젖은 속옷을 머리 위에 널어 말린다.

낮 동안 온갖 냄새가 밴 이곳에서 저녁이면 가족들이 그 다용도 침대로 간다. 즉 가능한 한 많은 인원이 한 침대에 우르르 올라가서 자고, 남은 사람은 바닥에서 자는 것이다. 달이 가고 해가 가도 계속 이렇게 산다. 그 방에서 쫓겨나지 않으면 끝나지 않는다. 이스트엔드의 아이들은 다섯 살이 되기 전에 55퍼센트가 죽으므로 항상 죽는 아이들이 생기게 마련이다. 이럴 때는 그 방에서 매장 준비를 한다. 그런데 너무 가난하다면 매장할 여유가 생길 때까지 시체를 얼마 동안 그대로 방에 둔다. 낮에는 시체를 침대에 눕혀놓았다가 밤이 되면 시체를 식탁에 올려두고 산 사람들이 침대에 눕고, 아침이 되면 시체를 다시 침대에 눕히고 그 식탁에서 아침을 먹는다. 어떤 때는 음식을 올려놓는 선반에 시체를 올려두기도 한다. 불과 몇 주 전 이스트엔드에서 한 여인이 검거되었다. 매장할 돈이 없어서 죽은 아이를 이런 식으로 3주 동안 방치한 혐의였다.

이런 방은 가정생활이 이루어지는 곳이 아니라 혐오의 대상이다. 이곳에서부터 도피하여 술집으로 향하는 사람들은 비난이 아니라 동정을 받아야 한다. 런던에서 30만 명이 가족과 함께 단칸방에 살며 90만 명이 1891년 제정된 공중보건법을 기준으로 볼 때 불법적인 주거생활을 한다. 이들 상당수가 술집의 단골이 될 것이다.

그러므로 행복은 보장되지 않고 삶은 위태롭고 미래는 당연히 두렵다. 이것이 사람들을 술로 모는 잠재적 요인들이다. 비참한 느낌에서 벗어나려고 꿈틀거리는데 술집에서는 그 고통이 줄거나 고통을 잊을 수 있다. 술은 건강에 좋지 않다. 분명 그렇지만 그들 삶의 다른 부분들도 전혀 건강에 좋지 않다. 그런데 술은 삶의 다른 어떤 것도 가져다주지 못하는 망각을 가져다준다. 술은 그들을 부추겨 스스로가 훌륭하고 멋지다고 느끼게 만든다. 하지만 동시에 사람들을 타락시켜 전보다 더 불쾌하게 만든다. 불운한 사람들에게 음주는 죽어야만 끝나는 불행들 사이에서 내달리는 일이다.

이런 사람들에게 절제와 금주를 권하는 것은 소용없는 일이다. 음주는 많은 불행의 원인이지만 동시에 다른 불행의 결과이기도

하다. 절제를 권하는 사람들은 술의 해악에 대해 입이 닳도록 설교할 것이다. 그러나 사람들로 하여금 술을 마시게 만든 해악들이 사라지지 않는 한 술과 술의 해악은 사라지지 않을 것이다.

도와주려는 이들이 그런 사실을 깨닫지 못한다면 좋은 의도로 아무리 노력해봐야 효과가 없을 것이다. 결국 큰 비웃음거리만 될 것이다. 일본 미술 전시회를 본 적이 있다. 가난한 화이트채플 주민들의 품성을 고양하고 아름다움, 진실과 선을 동경하게 하려고 개최된 것이라고 했다. 빈민들이 아름다움과 진실과 선을 (사실은 그렇지 않지만) 알고 동경하게 된다고 해도 세 명 중 한 명을 자선시설에서 죽게 만드는 형편없는 삶의 질과 사회의 법이, 그런 앎과 동경이 그들에게는 또 하나의 저주에 지나지 않는다는 것을 알게 해준다. 안 적도 열망한 적도 없을 때보다 잊어버려야 할 것이 훨씬 더 많아질 것이다. 운명의 신이 오늘 내 남은 평생을 이스트엔드 노예의 삶에 얽어매고 단 한 가지 소원을 들어준다고 하면 나는 내가 아름다움과 진실과 선에 대해 알고 있는 것 전부를 잊게 해달라고 빌 것이다. 내가 책에서 배운 모든 것을, 내가 알고 있는 사람들을, 내가 들은 것, 내가 본 세상을 모두 잊게 해달라고 빌 것이다. 만약 운명의 신이 그 소원을 들어주지 않으면 나는 분명 술에 빠져 가능한 한 자주 그 모든 것을 잊으려고 할 것이다.

도우려는 자들! 그들의 수용시설 설립, 전도활동, 자선 등등은 모두 실패작이다. 실패할 수밖에 없다. 그들은, 물론 진심이었겠지만 생각이 틀렸다. 그 선량한 사람들은 삶을 제대로 이해하지 못한다. 웨스트엔드를 이해하지 못한 채 이스트엔드를 연구하고 가르치러 왔다. 간단한 그리스도의 사회관을 이해하지 못한 채 사회를 구하는 화려한 구세주가 되려고 극빈자와 무시당하는 사람들에게 왔다. 그들이 열심히 하기는 했지만 아주 조금 고통을 덜어주었을 뿐, 그리고 더 과학적이고 비용을 덜 들이고 수집할 수 있었을 자료를 일부 수집했을 뿐, 아무것도 해내지 못했다.

누군가의 말대로, 그들은 가난한 사람들의 어깨에서 내려오는 것 빼고는 다 한다. 그들이 자식들에게 쏟아붓는 돈이 가난한 사람들에게서 착취한 돈이다. 그들은 노동자와 노동자의 임금 사이에 끼어든, 명망 있고 약탈을 일삼는 두 발 동물 패거리 출신이면서 노동자가 자신에게 남겨진 그 눈물 나게 적은 돈으로 무엇을 해야 하는지 가르치려고 한다. 신의 이름을 걸고 말하는데, 여성 노동자를 위해 탁아소를 설립하는 것은 아무 소용이 없다. 예를 들면 여성 노동자가 이슬링턴에서 그로스당 3파딩(0.25페니—옮긴이)을 받고 제비꽃을 만드는 동안 아이를 맡아 줄 탁아소가 생긴다고 해도 탁아소가 감당할 수 없이 더 많은 아이들과 제비꽃 제조공이 계속 태어난다면 아무 소용이 없다. 이 제조공은 꽃 한 송이를 만들기 위해 네 번 작업해야 하므로 3파딩을 벌려면 576번, 18센트를 벌려면 하루에 6,912번 작업해야 한다. 그녀는 착취당하고 있다. 누군가 그녀를 짓누르고 있지만 아름다움과 진실과 선에 대한 동경은 그 짐을 덜어주지 못한다. 그저 취미 삼아 남을 돕는 이런 사람들은 그녀를 위해 아무것도 하지 않는다. 그리고 그들이 그 엄마를 위해 아무것도 하지 않았기 때문에 밤에 아이들이 집에 돌아오면 낮 동안 아이를 위해 그들이 했던 일이 모두 허사가 되고 만다.

그리고 그들은 모두 한패가 되어 새빨간 거짓말을 가르친다. 그들은 거짓말인 줄 모르고 하지만 모른다고 해서 그것이 더 진실에 가까워지지는 않는다. 그들이 설파하는 거짓말은 바로 '검소'다. 예를 들어 증명해보겠다. 과밀화된 런던에서는 일자리 경쟁이 치열하며 이 경쟁 때문에 임금은 최하 수준까지 떨어진다. 검소하게 살라는 것은 노동자에게 수입보다 적게 쓰라는 뜻, 덜 쓰고 살라는 말이다. 그렇게 하려면 삶의 기준을 낮추어야 한다. 삶의 기준이 낮은 사람은 일자리 경쟁에서 기준이 높은 사람보다 자신을 싸게 팔 것이다. 그리고 과밀산업에 종사하는 이 몇몇 검소한 노동자들 때문에 그 업종의 임금은 영영 낮아져버릴 것이다. 그러면 그 검소한 사람들도 더 이상 검소하게 살 수 없다. 수입이 줄어들어 지출과 같아져버리고 말 것이기 때문이다.

간단히 말하자면 검소함이 검소할 수 없게 만든다. 영국의 노동자들이 모두 검소라는 신념을 마음에 새기고 지출을 절반으로 줄이면 일자리보다 일할 사람이 많은 상황 때문에 곧 임금이 절반으로 줄어들 것이다. 그러면 영국 노동자들은 그 줄어든 수입으로 살아야 하기 때문에 절약할 수 없게 된다. 검소를 설파하는 근시안적인 사람들은 그 결과에 당연히 놀랄 것이다. 그들이 설교에 성공한 만큼 실패를 가져오게 된다. 여하튼 주당 총 수입이 5.25달러가 안 되는, 게다가 그중에서 4분의 1 내지 2분의 1을 집세로 내야 하는 런던의 180만 노동자들에게 검소하게 살라고 설교하는 것은 헛소리다.

도와주려는 사람들이 도움이 안 된다는 사실의 숭고한 예외가 있다. 바나도 박사의 수용소다. 바나도는 아이를 데려다 키운다. 저 사악한 사회의 틀 속에서 굳어지기 전 어릴 때 아이들을 데려오는 것이다. 그런 다음 아이들을 멀리 보내서 더 나은 사회적 틀 안에서 교육받고 성장하게 한다. 지금까지 1만 3,340명의 소년들을 외국으로 보냈다. 대부분 캐나다로 보냈으며 실패 확률은 2퍼센트도 안 된다. 이 소년들이 그 밑바닥 중 밑바닥에서 빼낸 부랑아들이라는 사실을 고려할 때 놀라운 기록이다. 그런 아이들 50명 중 49명이 버젓한 어른이 되는 셈이다.

바나도 박사는 매일 거리에서 9명의 부랑아를 데려온다. 그러니 그 일의 규모가 얼마나 방대했을지 상상할 수 있을 것이다. 자선가들은 그에게서 배워야 한다. 그는 일시적인 완화책을 쓰지 않는다. 사회의 악과 궁핍의 근원을 추적하여 밝혀낸다. 그 시궁창 사람들의 자식들을 해로운 환경으로부터 격리시킨 뒤 건전하고 유익한 환경을 제공해준다. 그들이 그런 환경 속에서 자극받아 훌륭한 성인으로 성장할 수 있도록 한다.

자선가들이 주간 탁아소나 일본 미술 전시회 같은 생색내기 시늉에 불과한 일들을 그만두고 돌아가서 자신들의 웨스트엔드에 대해서, 그리고 그리스도의 사회관을 배워야 세상을 위해 자신들이 할 일을 제대로 할 수 있을 것이다. 만약 제대로 한다면 바나도 수용소의 선례를 따를 것이고 그렇게 하면 그 일이 국가적 규모로 확대될 것이다. 3파딩씩 받고 제비꽃을 만드는 여자에게 아름다움과 진실과 선에 대한 동경을 강요하지 않을 것이다. 대신 그녀의 어깨를 누르는 사람들을 내려오게 할 것이며 로마인처럼 목욕탕에 가서 땀을 빼야 할 정도로 배불리 먹는 것도 그만두게 할 것이다. 그리고 자신들이 바로 그 여인의 어깨에서 내려와야 한다는 사실, 스스로 전혀 의식하지 못한 채 짓눌렀던 다른 여자들과 아이들의 어깨에서 내려와야 한다는 사실을 알고 경악하게 될 것이다.

27

경영

> 일곱 명이 최신식 기계로 16시간 노동하면 1,000명이 먹을 음식을 생산할 수 있다. – 에드워드 앳킨슨

이번 마지막 장에서 최대한 넓은 관점에서 사회의 밑바닥을 바라보고 문명에 대해 질문해보는 것이 좋겠다. 그 질문에 어떻게 대답하는가에 따라 그 문명은 살아남기도 하고 몰락하기도 할 것이다. 예를 들어 문명이 인간의 운명을 개선했는가? 여기서 '인간'은 보통의 인간을 뜻하는 일반적인 의미로 사용했다. 그러면 이렇게 다시 질문해보겠다. *문명이 보통 인간의 운명을 개선했는가?*

자, 보자. 알래스카 유콘 강 어귀 부근 강변에 이누이트족이 살고 있다. 그들은 대단히 원시적인 부족으로 저 엄청난 기술, 문명의 기미라고는 찾을 수 없는 부족이다. 그들의 자본은 1인당 10달러 정도다. 뼈를 단 창과 화살로 먹을 것을 사냥하고 낚시한다. 집이 없어 괴로워하는 일이 절대 없다. 옷은, 주로 동물의 가죽으로 만든 것을 입는데, 따뜻하다. 늘 불 피울 연료가 있고 집을 지을 목재도 있다. 집은 일부를 지하에 지어서 극도로 추운 기간 동안 아늑하게 지낸다. 여름에는 바람이 잘 드는 천막에서 산다. 그들은 건강하고 튼튼하고 행복하다. 유일한 문제는 먹을거리다. 풍족한 시기와 굶주리는 시기가 있는 것이다. 풍족할 때는 마음껏 먹지만 빈곤할 때는 굶어죽는다. 그러나 주민 대부분이 항상 겪는 기아, 즉 만성적 기아는 없다.

북대서양 가장자리 영국제국에 영국인이 살고 있다. 그들은 극도로 문명화된 사람들이다. 그들의 자본은 1인당 적어도 1,500달러에 달한다. 사냥이나 낚시가 아니라 어마어마한 기술로 힘들게 일해서 먹을 것을 구한다. 대체로 집이 없어서 힘들어 한다. 거의 대부분이 비참한 집에 사는데 난방연료는 모자라고 옷도 제대로 입지 못한다. 일부가 아예 집이 없어서 별을 보며 노상에서 잔다. 많은 수는 겨울이든 여름이든 누더기 같은 옷을 걸치고 거리에서 오들오들 떨어야 한다. 그들에게 호황도 있고 불황도 있다. 호황일 때 대부분이 그럭저럭 먹지만 불황일 때는 굶어죽는다. 지금도 굶어죽어가고 있고 어제도 작년에도 굶어죽었고 내일도 내년에도 굶어죽을 것이다. 이누이트족과는 달리 만성적 기아를 겪고 있는 것이다. 영국인 4,000만이 사는데 이들 1,000명 중 939명이 가난 때문에 죽고 800만 명이 항상 기아 직전에서 발버둥치고 있다. 게다가 태어나는 아기들은 모두 1인당 110달러라는 빚을 지고 태어난다. 국채라고 불리는 희한한 제도 때문이다.

보통의 이누이트인과 영국인을 공평하게 비교하면 이누이트의 삶이 덜 혹독한 것 같다. 이누이트인은 불황일 때만 굶주리는데 반해 영국인은 호황일 때도 굶주린다. 이누이트인은 연료, 옷, 집이 부족하지 않은데 영국인은 이 세 가지 필수요소가 늘 부족하다. 이와 관련하여 헉슬리 같은 사람의 판단을 예로 들어도 좋겠다. 그는 이스트엔드에서 보건소장으로서의 경험과 가장 원초적인 야만인들을 연구하는 과학자로서 알게 된 것을 바탕으로 이렇게 단언했다. "만약 선택할 수 있다면 나는 런던 문명인의 삶보다 야만인의 삶을 택하겠다."

인간이 육체적으로 안락함을 누릴 수 있는 것은 노동의 결과다. 그런데 문명이 보통의 영국인에게, 이누이트족이 누리고 있는 음식과 안식처를 주지 못했다. 그러면 이런 질문이 가능하다. *문명이 보통 인간의 생산력을 향상시켰는가?* 만약 문명이 인간의 생산력을 향상시키지 않았다면 그 문명은 존속할 수 없다.

문명이 인간의 생산력을 향상시켰다고 인정해야 할 것이다. 다섯 명이 1,000명이 먹을 빵을 만들 수 있으니까. 한 사람이 250명이 입을 면직물을, 300명이 입을 모직옷, 1,000명이 신을 부츠와 신발을 만들 수 있다. 그런데 수백만 영국인에게 충분한 음식, 옷, 신발이 없다는 것을 앞에서 확인했다. 이제 냉혹하게 질문해야 한다. *문명이 보통 인간의 생산력을 향상시켰는데 왜 인간의 운명을 개선하지 못하는가?*

답은 딱 하나다. *잘못된 관리.* 문명은 온갖 육체적 정신적 안락과 기쁨을 제공해줄 수 있다. 그러나 보통의 영국인들은 그러한 것들을 누릴 수가 없다. 만약 영원히 누릴 수 없다면 그 문명은 몰락할 것이다. 그렇게 실패가 빤히 보이는 문명이 계속 존재할 이유가 없다. 그러나 인간이 이 놀라운 문명을 헛되이 일으켰다고는 믿을 수 없다. 이성적으로 말이 안 된다. 그렇게 완전한 패배를 인정하는 것은 노력과 진보에 치명타다.

그러면 대안은 하나밖에 없다. *문명은 보통 인간의 운명을 개선시켜야 한다.* 이 대안을 받아들이면 이제 경영의 문제가 된다. 이익이 남는 것은 그대로 두고 이익이 남지 않는 것은 없애야 한다. 제국이 영국에 이익이거나 손실일 것이다. 손실이라면 제거해야 하고 이익이라면 인간이 그 이익의 몫을 받을 수 있도록 경영해야 한다.

만약 경제적 패권을 위한 노력이 이익을 가져온다면 계속 해야 한다. 그러나 그렇지 않다면, 그런 노력이 노동자들에게 손해를 입히고 야만인보다 더 적은 몫을 가지게 한다면 외국시장과 산업제국을 내다 버려야 한다. 문명의 도움을 받는 4,000만 명의 개별 생산력이 이누이트족보다 높다면 그 4,000만 명이 이누이트족보다 더 많은 육체적 안락과 정신적 행복을 누려야 한다는 것은 명백한 사실이다.

만약 영국의 유산 유한계급 40만 명, 1881년 국세조사에서 제 입으로 "직업이 없다"고 말한 이들이 영국에 이익이 되지 않는다면 제거해야 한다. 이들로 하여금 금렵지구에 밭을 일구고 감자를 심게 해야 한다. 만약 그들이 이익이 된다면 그대로 두어야 한다. 단, 보통의 영국인이 그 유한계급들이 아무 일도 하지 않고 벌어들인 이득 중 일정 부분을 가져가야 한다.

간단히 말하면 사회가 재조직되어야 하며 유능한 경영자가 앞서야 한다. 현재의 경영자가 무능하다는 것은 논의의 여지가 없다. 그 경영진이 영국제국에서 생피를 뽑아버리고 있다. 그래서 국민들이 나약해졌고 결국은 이제 더 이상 경쟁국들의 선두에 설 수 없게 됐다. 그 경영진이 웨스트엔드와 이스트엔드를 영국 전체로 확대시켜 한쪽 끝은 방종하고 썩게, 다른 한쪽은 병들고 굶주리게 만들었다.

이 무능한 경영진의 손에서 거대한 제국이 몰락하고 있다. 그리고 여기서 영국제국이라는 말은 미국을 제외하고 영어를 쓰는 사람들을 결합시키는 정치적 기구를 의미한다. 비관적인 기질 때문에 몰락이 일어나는 것이 아니다. 피의 제국은 정치적 제국보다 더 넓은데, 신대륙과 호주와 뉴질랜드의 영국인은 여전히 강인하고 활기에 넘친다. 그러나 우리가 명목상 속해 있는 정치적 의미의 제국은 몰락해가고 있다. 영국제국이라고 알려진 정치적 기구가 쇠퇴하고 있는 것이다. 그 경영진의 손에서 제국은 하루가 다르게 점점 힘을 잃어가고 있다.

지독히도 잘못 경영하고 있는 이 경영진을 반드시 몰아내야 한다. 그들은 낭비를 일삼고 무능할 뿐만 아니라 공금을 횡령했다. 경영진이 횡령했기 때문에 지치고 창백한 얼굴의 빈민, 맹인, 감옥의 아이, 남자, 여자, 아이들이 배고픔의 고통에 신음하고 있다.

이 경영계급 중 누구도 인류의 재판에서 죄가 없다고 주장할 수 없다. 영양실조로 죽는 아기, 착취소굴에서 도망쳐 밤마다 피커딜리가를 배회하는 여자들, 운하로 뛰어든 모든 실업자들이 "그들의 집에 있는 산 자와 그들의 무덤 속 죽은 자들"을 비난한다. 한 번도 배불리 먹어본 적이 없는 800만의 입과, 한 번도 제대로 입고 멀쩡한 집에서 살아본 적이 없는 1,600만의 몸이, 이 경영계급이 먹는 음식, 이들이 마시는 와인, 이들이 과시하는 것들, 이들이 입는 좋은 것을 비난한다.

그럴 만하다. 문명이 인간의 생산력을 100배 향상시켰는데 잘못된 경영 때문에 문명 속의 인간이 짐승보다 못하게 살고 있으며 이누이트인, 즉 오늘날에도 1만 년 전 석기시대처럼 혹독한 환경에서 사는 미개인들보다 먹고 입을 것, 자연으로부터 스스로를 보호할 수단을 적게 가지고 있다.

도전

고대 에스파냐 전설인지
고대의 역사서인지에서
본 이야기가
어렴풋이 기억난다.

용감한 산체스 대왕이
자모라 학살을 앞두었을 때였다.
그의 위대한 포위군이
들판에 진을 쳤다.

돈 디에고 데 오르데네즈가
최전선에 서서 진격하며
성벽 위의 위병에게
큰 소리로 소리쳤다.

모든 자모라 사람들
태어난 이들과 태어나지 않은 이들 모두를,
그는 간결한 경멸의 말로
반역자라고 비난했다.

그들의 집에 있는 산 자

그들 무덤 속의 죽은 자
그들 강 속의 물
그들의 와인, 기름과 빵.

더 많은 무리가
우리를 포위하고 투쟁한다.
인생의 모든 길목에서
웅주리고 있는 수없이 많은 무리들.

가난에 찌든 수백만 명
그들이 우리의 포도주와 빵을 비난한다.
우리 모두가 배신자라고 비난한다.
산 자도 죽은 자도.

연회장에 앉아서 보면 늘
진수성찬에 노래가 드높다.
환희와 음악 가운데서
나는 무시무시한 울음소리를 들을 수 있다.

움푹 패고 초췌한 얼굴들이
밝은 연회장을 보고 있다.
떨어지는 부스러기를 잡으려
빈손들을 뻗는다.

그곳엔 불빛과 풍요 가운데

향기가 가득하다.

그러나 추위와 어둠,

굶주림과 절망은 없다.

기근의 천막 속에,

바람과 추위와 빗속에

그리스도, 그 무리의 위대한 주님께서

땅 위에 죽어 누워 있다.

– 롱펠로

옮긴이의 글

사람들은 좁디좁은 방 같지 않은 더러운 방에서 제대로 씻지도 못한 채 온 가족이 함께 살았고 늘 굶주렸다. 방의 한구석에 세 들어 살거나 침대 하나를 다른 두 사람과 함께 썼다. 가난에 찌든 사람들은 갈 곳이 없어 비를 맞고 추위에 떨며 거리를 헤맸다. 구빈원에 겨우 들어가도 더러운 잠자리와 인간 이하의 식사를 제공받았고 그 대가로 노동을 해야 했다. 공짜 아침밥 한 그릇을 먹으려고 장시간 기다리고 이리저리 밀리며 돼지 취급을 받아야 했다. 가장은 아무리 일해도 생계를 이을 만큼 벌 수 없어 아이들과 아내를 죽였다. 자살미수도 부지기수였다. 노동자들은 납에 중독되고 더러운 작업 환경 때문에 병을 얻기도 하고 다리를 절단하기도 했다. 노동운동을 하다가 찍혀 비참하게 쓸

쓸한 죽음을 맞았다. 그들은 인간으로서 살고 있지 않았다. "그들은 짐승보다 못하게 목숨을 부지하다가 죽음을 맞아, 다행스럽게도, 해방"되었다.

1902년 런던 이스트엔드의 풍경이다. 이스트엔드는 웨스트엔드와 대조를 이루는 빈곤 지역으로 산업혁명을 거치면서, 가난해서 다른 지역에 살 수 없는 이민자들, 불법체류자, 하급 노동자들이 밀려들었던 곳이었다. 웨스트엔드에 피카딜리가, 리전트가, 본드가 등의 으리으리한 거리들이 있는 반면 이스트엔드에는 스테프니, 베스널그린, 마일엔드 등의 더러운 거리들이 있었다. 그런 끔찍한 곳에 잭 런던이 허름한 옷을 입고 뛰어들어 인간 이하의 음식을 직접 먹고 해충이 우글거리는 잠자리에서 자고 거리를 헤매 다니고 홉을 따기도 하면서, 부랑자들과 노동자들을 만나고 체험하였다. 이 책은 그 처절한 경험과 느낌의 생생한 기록이다. 고생이 될 줄 알면서도 그곳에 뛰어든 용기와 직접 부딪혀 문제를 이해하려는 열정이야말로 잭 런던의 매력이라고 할 만하다. 하지만 저자가 그 비참한 경험을 너무도 꿋꿋하게 잘 해냈다면 오히려 공감이 덜 했을지도 모른다. 그는 옆 사람이 천연두에 걸렸었다는 이야기를 듣고는 옮을까봐 전전긍긍하다가 곧 뜨거운 목욕탕에 앉아 병균이 다 없어지기를 빌었고 구빈원 앞에선 도망가고 싶은 심정이 절절했고 빈곤을 체험하겠다면서 배불리 먹기도 했고 힘든 밤을 보낸 뒤엔 이내 깨끗한 이불이 있는 자신의 공간으로 돌아가 길고 안락한 잠에 빠졌고 순간순간 자신이 그곳에 속한 인간이 아님에 대놓고 안도했다. 그곳의 삶이 얼마나 비참했으면 잭 런던과 같은 용기와 열정의 소유자가 그랬겠는가. 그런 인간적인 모습이 공감을 자아내고 이 책의 매력을 더해주었다.

또 저자는 경험에 그치지 않았다. 뛰어난 통찰력으로 당시 영국의 문제를 간파하고 특유의 명확한 상황분석을 통해 속 후련하게 비판하고 분석하였다. 그리고 그 비참한 상황 속에서도 인류의 희망을 발견해냈다. 가난한 노파에게 거의 공짜로 밥을 준 식당 주인, 자신도 구빈원을 전전하는 비참한 처지이면서 먹을 것이 생기자 남들에게 나눠주겠다는 생각을 하는 빈민, 제대로 된 자선과 복지를 실천하는 선각자들이었다. 저자는 그런 제대로 된 자선을 실천하려면 우선 스스로가 자기도 모르게 가난한 자들의 어깨를 짓누르고 있다는 사실, 스스로가 자기도 모르게 가난한 자들을 착취한 돈을 내 자식에게 쏟아 붓고 있다는 사실을 깨달아야 한다고 꾸짖었다.

우리 독자들은 100여 년 전, 게다가 우리나라도 아닌 영국의 풍경이니 눈살을 찌푸리거나 한숨을 내쉬고 경악하고, 가련했던 그 인생들에 대해 혀나 몇 번 끌끌 차면서 읽으면 된다. 그사이 칙칙하고 우울한 거리는 재개발과 정비를 통해 이미 다시 태어났을 것이며 빈민들은 훌륭한 복지제도를 누리며 살고 있을 것이다. 그래서 대충 구경이라도 해보기로 했다. 구글 스트리트뷰로. 우리가 살고 있는 시대는 이렇다. 컴퓨터 앞에 앉아 손가락을 까딱거리면 비행기로 10시간도 넘게 날아가야 도착할 수 있는 도시의 풍경을 볼 수 있는 시대. 그러나 그 현란한 기술과 기나긴 시간도 그 비참한 풍경을 그다지 많이 바꾸어놓지 못한 듯했다. 잭 런던의 시대에 낡은 옷들이 팔리던 페티코트 골목에선 여전히 후줄근한 옷들이 팔리고 있고 빈민들이 밤새 헤매 다니다 새벽에 몸을 누인 스피탈필즈 크라이스트 교회 부근과 다른 거리들은 지금도 우울한 기운을 그대로 풍기고 있었다. 명품 상점이 즐비한 웨스트엔드의 화려한 거리와 대조적이었다. 물론 거리 풍경만으로 그곳에서 사람들이 어떤 삶을 사는지 알 수는 없다. 그리고 비교적 최근 이스트엔드에 예술가들이 모여들어 갤러리가 지어지고 작업공간이 생겨나면서 창조의 산실이 되었다는 기사도 읽었으니 내 인상이 잘못된 것인지도 모른다.

하지만 이스트엔드가 최근 어떻게 변모하였든 여전히 우리는 노숙과 공짜 밥, 산업재해, 실업, 생활고를 비관한 자살과 살해의 풍경을 속 편히 읽을 수가 없다. 작년, 아니 바로 어제, 우리가 신문에서 읽었고 오늘 읽고 있는 사건들, 구구절절 예를 들기 고통스러운 우리의 풍경이기 때문이다. 1인당 국민총소득 2만 달러인 곳에 이스트엔드가 있다. 어딘가는 숫제 나라 자체가 이스트엔드다. 잭 런던은 이렇게 외쳤다. "다섯 명이 1,000명의 빵을 만들 수 있는데도, 노동자 한 명이 250명이 입을 면직물을, 300명이 입을 모직 옷을, 1,000명이 신을 부츠와 신발을 생산할 수 있는데도" 수백만 명이 굶주리고 있다. "문명이 인간의 생산력을 향상시켰는데 왜 인간의 운명을 개선하지 못하는가?" 묻고 싶다. 문명과 기술은 점점 발달하는데, 국가는 점점 부자가 되는데, 복지제도를, 빈곤문제를 연구하는 사람들이 얼마든지 많은

데, 정치인들은 저마다 경제와 복지에 목숨을 걸겠다고 나서는데 왜 아직도 굶주리는 사람들이 그대로 있고 목숨을 버릴 만한 가난과 절망이 사라지지 않을까? 이유가 무엇이든지, 구조가 문제든, 제도가 문제든, 누구 말이 옳든, 어떻게 하는 것이 옳든, 우선 사람은 살고 봐야 하는 것 아닐까?

2011년 4월

정주연

【 잭 런던 연보 】

1876년(1세)	1월 12일 캘리포니아 주 샌프란시스코에서 중산계급 출신의 플로라 웰먼의 사생아로 태어나다. 웰먼은 떠돌이 점성가인 윌리엄 체이니를 생부라고 주장하지만, 체이니는 임신 사실을 알고 그녀를 버리며, 런던이 자신의 아이임을 부인한다. 얼마 후 플로라 웰먼은 존 런던을 새 남편으로 맞아들인다.
1881년(5세)	가족이 앨러미다의 농장으로 이주하다.
1882년(6세)	앨러미다 웨스트엔드 초등학교에 들어가다.
1885년(9세)	리버모어 밸리로 이주한 뒤, 위다의 『시냐(Signa)』와 어빙의 『알람브라 이야기(Tales of Alhambra)』를 읽으며 독서의 세계에 빠지다.
1886년(10세)	오클랜드로 이주하여 신문배달 등 중노동을 하며 가계를 돕다. 오클랜드 공공 도서관에서 만난 사서 이나 쿨브리스의 도움으로 열심히 책을 읽기 시작하다.
1887년(11세)	웨스트 오클랜드의 오클랜드 콜 문법학교에 등록하다.
1890년(14세)	학업을 중단하고, 한 시간에 10센트를 받는 연어 통조림 공장에서 일하다.

1891년(15세)	유모 제니 프렌티스에게서 300달러를 빌려 작은 배 '래즐대즐' 호를 사다. 샌프란시스코 만에서 굴 양식장을 터는 해적질을 하다.
1892년(16세)	해적단의 동태를 살피는 '캘리포니아 해안 순찰대'의 일원이 되다.
1893년(17세)	바다표범잡이 배, 소피 서덜랜드 호의 선원이 되어 7개월 동안 하와이, 일본, 베링 해 등의 수역을 항해하다. 《샌프란시스코 모닝콜》에 현상응모한 『일본 해안의 태풍(Story of a Typhoon off the Coast of Japan)』이 당선되어, '묘사가 가장 탁월한 작품'이라는 평을 들으며 상금으로 25달러를 받다.
1894년(18세)	실업자 집단인 '켈리 장군의 군단'에 들어가다. 실업 문제에 항의하기 위해 들고 일어난 제이콥 콕시의 '산업 역군 부대'에 합류하고자 워싱턴으로 행진하다. 이후 미국과 캐나다를 떠돌다 부랑죄로 이리 카운티 교도소에서 30일 동안 중노동을 한다. 이때의 경험을 바탕으로 10여 년 뒤 『길(The Road)』을 펴내다.
1895년(19세)	오클랜드 고등학교에 들어가 4년 과정을 18개월 만에 끝마치다. 토론 모임인 헨리 클레이 클럽에 가입하여 상류사회를 처음으로 접하며, 상류계급 여성 메이블 애플가스와 사랑에 빠지다. 허먼 짐 휘태이커와 친구가 되고, 그에게서 권투와 펜싱을 배우다.
1896년(20세)	사회노동당에 가입하다. 대학입학시험에 몰입해, 가을학기부터 버클리 대학에 다니다. 집안 사정으로 한 학기 만

에 학업을 포기하다.

1897년(21세)	사회주의자로서 오클랜드 교육위원회에 입후보하다. 알래스카를 여행하며 돈을 모으기 위해 매형과 함께 클론다이크 골드러시 대열에 합류하다.
1898년(22세)	돈 한 푼 없이 오클랜드로 돌아오다. 의붓아버지가 죽자, 어머니와 살아가기 위해 글을 쓰면서 독학하기로 결심하다. 직업으로서 글쓰기를 시작하면서 자신의 집필능력을 발전시키기 위해 노력하다.
1899년(23세)	《오버랜드 먼슬리》에 『길 떠나는 자에게(To the Man on Trail)』를 발표하다. 출판사로부터 수백 번 퇴짜를 맞았지만 에세이와 시, 소설 등을 계속 써나가다.
1900년(24세)	베시 매던과 결혼하다. 그와 동시에 차미언 키트리지를 만나다. 클론다이크의 이야기를 모은 첫 책 『늑대의 아들(The Son of the Wolf)』을 펴내다.
1901년(25세)	딸 조안이 태어나다. 오클랜드 사회노동당 시장 후보로 나서지만 낙마하다.
1902년(26세)	영국 런던의 이스트엔드 슬럼가에서 6주간 하층민의 삶을 체험하고서 『밑바닥 사람들(The People of the Abyss)』을 쓰다. 딸 베스가 태어나다. 런던의 첫 소설인 『눈의 딸(The Daughter of the Snows)』을 비롯해 『대즐러의 항해(The Cruise of the Dazzler)』와 『혹한의 아이들(Children of the Frost)』이 출간되다. 『야성이 부르는 소리(The Call for the Wild)』를 쓰기 시작하다.

1903년(27세) 차미언 키트리지와 사랑에 빠져, 아내 베시와 헤어지다. 글렌엘런을 처음 방문하다. 『야성이 부르는 소리』를 《새터데이 이브닝 포스트》에 보내 큰 인기를 얻다. 『밑바닥 사람들』과 『켐프튼 웨이스 서한집(The Kempton-Wace Letters)』이 출간되다.

1904년(28세) 허스트 신문 신디케이트 소속 러일전쟁 특파원으로 일본과 조선을 방문하다. 조선에서는 YMCA의 초청으로 『야성이 부르는 소리』 낭독회를 가지다. 이를 바탕으로 조선에 대한 많은 글을 기고하고 『잭 런던의 조선사람 엿보기』를 쓰다. 아내 베시가 이혼 소송을 하다. 『바다의 이리(The Sea Wolf)』와 『남자들의 신념(The Faith of Men)』을 출간하다.

1905년(29세) '아름다운 농장'을 구상하며 글렌엘런 근처의 땅을 사들이다. 오클랜드 사회당 시장 후보에 다시 나서나 역시 당선되지 못하다. 동부와 중서부 대학을 돌아다니며 사회주의 관련 강연을 하다. 베시와 끝내 이혼하고 차미언과 결혼하다. 『계급투쟁(War of the Classes)』, 『경기(The Game)』, 『해안 순찰대 이야기(Tales of the Fish Patrol)』를 출간하다.

1906년(30세) 예일 대학, 카네기 홀 등을 돌며 다시 강연을 시작하나 몸이 아파 중단하다. '스나크' 호를 만들기 위해 배제작자와 계약하다. 『늑대개(White Fang)』, 『달빛 얼굴과 그 밖의 이야기들(Moon-Face and Other Stories)』, 희곡 『여성들의 냉소(The Scorn of Women)』를 출간하다.

1907년(31세) 오클랜드에서 본인이 직접 설계한 최고급 요트인 스나크 호를 띄워 하와이 섬과 타히티 섬 등을 향해 세계 여행을 떠나다. 『비포 아담(Before Adam)』, 『삶을 향한 사랑과 그 밖의 이야기들(Love of Life and Other Stories)』, 『길』을 출간하다.

1908년(32세) 남태평양을 항해하다 건강 문제로 호주에서 치료를 받고, 여행을 그만두다. 『강철군화(The Iron Heel)』를 출간하다.

1909년(33세) 호주 시드니에서 치료를 받다. 오클랜드로 돌아오다. 『마틴 이든(Martin Eden)』을 출간하다.

1910년(34세) 울프 하우스를 짓기 시작하다. 이복여동생 엘리자 셰퍼드를 농장 관리자로 삼다. 아내 차미언이 첫딸을 낳았으나 서른여섯 시간 만에 죽다. 『버닝 데이라이트(Burning Daylight)』, 『잃어버린 체면(Lost Face)』, 『혁명과 그 밖의 에세이들(Revolution and Other Essays)』, 『도둑질: 4막 연극(Theft: A Play in Four Acts)』을 출간하다.

1911년(35세) 울프 하우스를 계속 짓고, K&F 와이너리를 사들이다. 『스나크 호의 항해(The Cruise of the Snark)』, 『모험(Adventure)』, 『남양 이야기(South Sea Tales)』, 『신이 웃을 때와 그 밖의 이야기들(When God Laughs and Other Stories)』을 출간하다.

1912년(36세) '디리고' 호를 타고 발티모어에서 케이프 혼을 거쳐 시애틀까지 항해하다. 아내 차미언이 유산하면서 더 이상 아이를 갖지 못한다는 소식을 듣다. 『태양의 아들(A Son of the Sun)』, 『스모크 벨로(Smoke Bellew)』를 출간하다.

1913년(37세)	신장이 안 좋다는 진단을 받다. 누군가의 방화로 울프하우스가 불에 타버리다. 로머 호를 타고 새크라멘토와 산 호아킨 강 삼각주를 항해하다. 『존 발리콘(John Barleycorn)』, 『달의 계곡(The Valley of the Moon)』, 『나락의 짐승(The Abysmal Brute)』을 출간하다.
1914년(38세)	멕시코혁명을 기록하기 위해 미군 수송대와 베라크루즈로 떠나지만, 병을 얻어 글렌엘런으로 돌아오다. 『강자의 힘(The Strength of the Strong)』, 『엘시노어 폭동(The Mutiny of the Elsinore)』을 출간하다.
1915년(39세)	류머티즘을 심하게 앓다. 요양차 하와이에서 5개월을 지내다. 『별 방랑자(The Star Rover)』, 『새빨간 돌림병(The Scarlet Plague)』을 출간하다.
1916년(40세)	사회당을 탈당하다. 『도토리재배자(The Acorn-Planter)』, 『대저택에 사는 작은 아씨(The Little Lady of the Big House)』 등을 출간하다. 류머티즘과 요독증을 계속 앓다. 불면증에 시달리다 11월 22일에 세상을 떠나다. 런던의 죽음에 관해서는 지병으로 숨을 거둔 것으로 발표되나, 약물 중독으로 인한 자살이라는 설도 있다.
1917년	『인간의 표류(The Human Drift)』가 출간되다.
1963년	미완성 작품 『암살주식회사(The Assassination Bureau)』를 추리소설가 로버트 L. 피시가 완성해 출간하다.

~

잭 런던 걸작선을 펴내며

~

19세기 말과 20세기 초, 미국 문학의 중심에 서 있던 인물 잭 런던. 최하층 노동자에서 미국 내 가장 많은 돈을 번 작가가 된 그에게는 언제나 상반된 수식어가 따라다녔다. 미국 최고의 사회주의 작가이자 대중에 영합하는 통속소설가, 낭만적 이상주의자이자 과학적 사실주의자, 과격한 선동가이자 온정적 연민가, 노동자들의 친구이자 자본주의 정신의 표상, 시대의 희생자이자 스스로 만든 늪에 빠진 도피자 등등. 한마디로 그는 복잡하면서도 모순에 찬 사람이었다.

그러나 마흔이라는 길지 않은 삶을 사는 동안 그가 한결같이 간직한 것이 있었다. 바로 삶에 대한 열정이었다. 런던은 자신을 짓누르는 억압된 상황을 끊임없이 박차고 나가 모험의 길에 들어섰고, 그 길에서 무엇이든 배우고자 애썼다. 죽은 듯 영구히

사는 별이 되느니 순식간에 화려하게 타올랐다 사라지는 유성이 되고자 했던 작가였기에 그가 남긴 많은 작품들이 오늘날의 우리에게도 더없이 많은 생각거리를 안겨준다.

19세기 말은 미국으로서 초기 자본주의의 모순이 적나라하게 드러나던 격동기였다. 독과점으로 치닫는 자본가들은 점점 더 많은 부를 축적해갔지만, 노동자들은 저임금과 빈곤에 시달려야 했다. 이에 불황까지 덮쳐 많은 은행과 기업이 파산했고 실업이 만연했다. 노동자들의 파업과 농민들의 저항이 줄을 잇고 수백만 민중이 굶주림으로 고통 받는 상황에서도 미국 정부는 아랑곳하지 않았다. 이런 격동기에 특별한 기술도 없이 닥치는 대로 일하던 잭 런던이 가장 먼저 터득한 것은 살아남기였다.

그의 눈에 보이는 세상은 힘의 논리가 지배하는 생존투쟁의 전장이었다. 그는 피 튀기는 그곳에서 살아남는 방법을 튼튼한 육체와 강인한 정신력에서 찾았고, 그런 생각은 자연스레 다윈의 적자생존, 스펜서의 사회진화론, 니체의 초인사상으로 이어졌다. 야성의 법칙이 난무하는 알래스카에서 겪은 극한의 체험 역시 자신의 생각들을 더욱 확신하게 하는 계기가 되었다. 그래서일까? 그의 작품 속 주인공은 대개가 불굴의 의지를 가진 강인한 인물이다.

19편의 장편소설을 비롯해, 단편소설, 논픽션 등 수백 편에 이를 만큼 많은 작품들이 전부 뛰어날 수는 없지만, 자신의 다양한 경험을 글로 형상화했다는 점은 그만이 누릴 수 있는 문학적 성과로 남아 있다. 그는 자신이 직접 보고 듣고 체험한 세계에 상상력을 가미하여 구수한 입담으로 이야기를 풀어낸 작가이다. 그렇기에 작품 속에는 언제나 생동감이 흘러넘치며, 그 특유의 기지 넘치는 입담과 더불어 미국뿐 아니라 전 세계 대중들에게 많은 사랑을 받고 있다.

런던의 동료 작가였던 업턴 싱클레어는 그를 두고 "적응과 순응을 강요하는 미국의 문화 풍속"이 낳은 희생자라고 했다. 현실에 대한 폭넓고 날카로운 관찰과 그 이면의 모순까지 통찰한 1세기 전 작가는 어찌 보면 시대가 낳은 비극이기도 하다. 자신의 작품만큼 열정적인 삶을 살다 간 잭 런던, 오늘날 우리가 처한 시대의 현실과 모순을 직시하기에 그만큼 알맞은 작가도 없지 않을까.

〈잭 런던 걸작선〉에는 방대한 그의 작품 중 오늘의 현실을 되비추는 날카로운 통찰력이 담긴 작품들이 선별되었다. 이미 국내에도 잘 알려진 작품들이 있는가 하면, 국내 초역으로 그동안 접할 수 없었던 숨겨진 명작들도 있다. 런던이 살았던 100년 전 약육강식의 세상은 오늘날과 그리 다르지 않다. 단지 고도 자본주의라는 이름하에 좀 더 세련된 모습만 보일 뿐 더 잔인하고 혹독해졌다. 그래서 그가 작품 속에 담았던 초기 자본주의의 야생은 시간이 지날수록 더 생생하게 다가온다.

자본주의 정글에서 강자가 되려던 남자. 그 치열한 삶의 순간순간을 피 흘리며 글로 써내려간 그의 작품들이 오늘의 우리에게 말하는 메시지는 여러 함의로 읽힐 수 있다. 그것이 쾌락이든 욕망이든 반성이든 성찰이든 한국의 독자들 역시 한 위대한 이야기꾼이 풀어내는 이야기에서 우리의 자화상을 만날 수 있으리라 생각한다. 그러한 바람으로 100년 전 잭 런던이 던졌던 불길한 예언이 점점 실현되어가는 우울한 현실을 감당해야 하는 우리 독자들에게 이 걸작선을 바친다.

책임기획

곽영미

밑바닥 사람들

1판 1쇄 찍음 2011년 4월 20일
1판 1쇄 펴냄 2011년 4월 28일

지은이 잭 런던
옮긴이 정주연

주간 김현숙
편집 변효현, 김주희
디자인 이현정, 전미혜
영업 백국현, 도진호
관리 김옥연

펴낸곳 궁리출판
펴낸이 이갑수

등록 1999. 3. 29. 제300-2004-162호
주소 110-043 서울시 종로구 통인동 31-4 우남빌딩 2층
전화 02-734-6591~3
팩스 02-734-6554
E-mail kungree@kungree.com
홈페이지 www.kungree.com

ISBN 978-89-5820-156-4 03840
ISBN 978-89-5820-150-2 03840(세트)

값 11,800원